Robert Jüttner
Untergetaucht

Robert Jüttner

Untergetaucht

Rediroma-Verlag

Bibliografische Information der Deutschen
Nationalbibliothek:
Die Deutsche Nationalbibliothek verzeichnet diese Publi-
kation in der Deutschen Nationalbibliografie; detaillierte
bibliografische Daten sind im Internet über
http://portal.dnb.de abrufbar.

ISBN 978-3-98885-345-5

13,95 Euro (D)

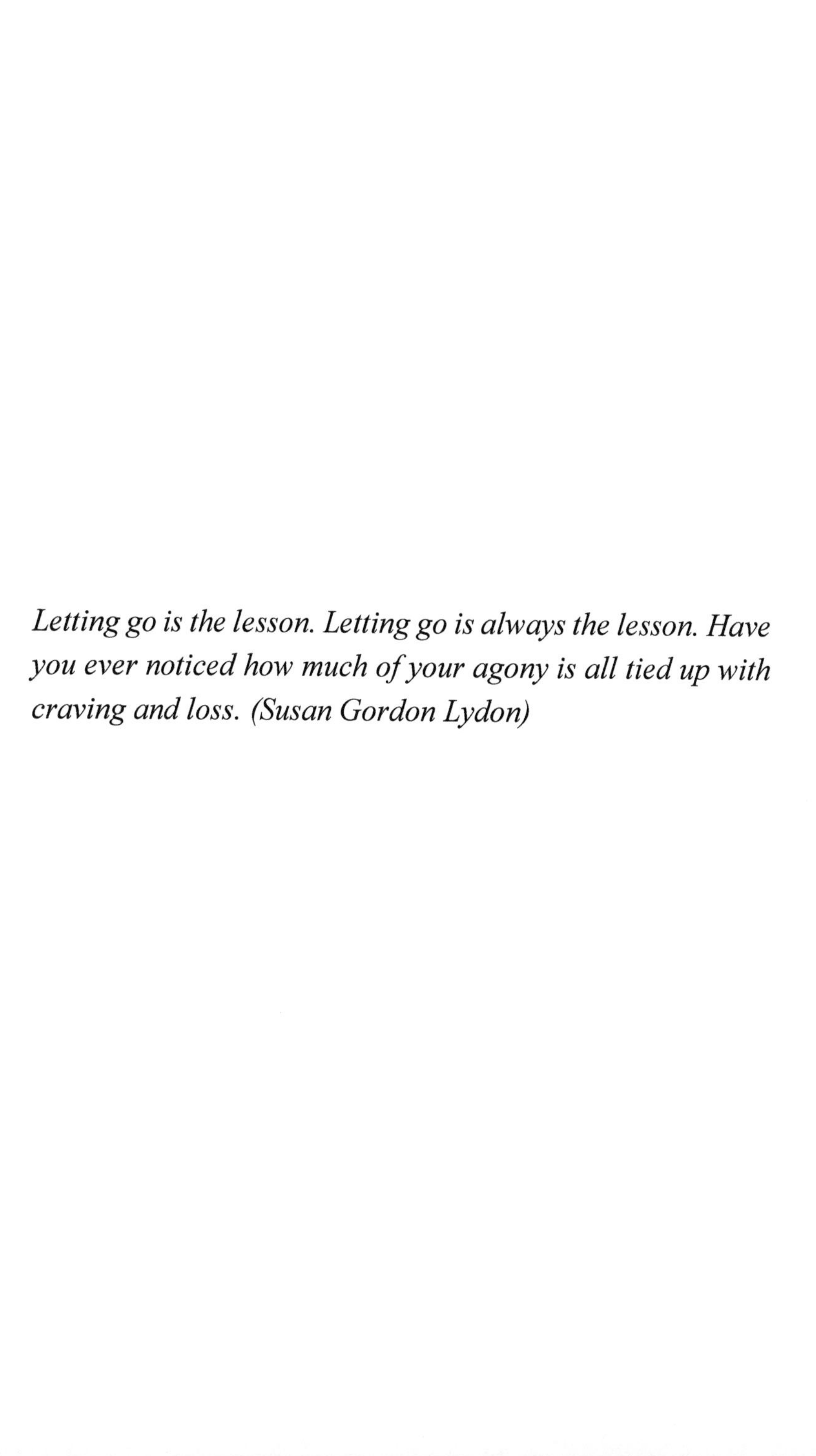

Letting go is the lesson. Letting go is always the lesson. Have you ever noticed how much of your agony is all tied up with craving and loss. (Susan Gordon Lydon)

Für Véro

Am Himmel steht nicht eine einzige Wolke. Die Temperaturen sind auf 30 Grad geklettert und ein lauer Wind verhindert, dass man schon im Stehen ins Schwitzen gerät. Der Tag ist so perfekt, wie ein Julitag nur sein kann. Die Szenerie wirkt wie aus einem Werbefilm. Kinder bauen Sandburgen, Jugendliche spielen Volleyball und ein Mann in langen weißen Baumwollhosen trägt einen Bauchladen mit Speiseeis vor sich her. Wie ein Schweif zieht er die Menschen mit sich den Strand entlang.

Sie ist auch wieder da. Sie liegt nur ein paar Meter von meinen Eltern und mir entfernt auf einem roten Badelaken. Ich studiere ihren knabenhaften Körper, die kurzen roten Haare und die blau lackierten Fußnägel. Ihr offener Blick schwenkt unbedarft umher, fängt hier und da ein Lächeln auf und lässt keinen Zweifel daran, dass dieses Mädchen perfekt ist. Hinter ihrem Strahlen lauert kein Ungemach und vielleicht ist es das, was mich stört.

Wie der Gedanke in meinen Kopf gekommen ist, weiß ich nicht. Er war irgendwann einfach da, wie ein ungebetener Gast, der sich bei einem einnistet. Während mein Blick ihren Körper entlangwandert, dringen die Bilder wie schwarze Tinte in mein Gehirn und lassen mein Herz schneller schlagen. Als sie zur Seite sieht und mir zunickt, versuche ich mich an einem Hallo, aber es bleibt an meinen trockenen Lippen kleben.

Später schwimme ich an ihr vorbei raus auf den See, paddle unbeholfen mit den Füßen und beobachte sie von dort. Es ist ein Bild, das noch heute lebhaft vor meinem inneren Auge steht, wenn ich an diesen Tag denke. Als ich zurückschwimme und ihr unsicher zunicke, bespritzt sie mich mit Wasser und lacht herausfordernd. Unentschlossen strampele ich auf der Stelle, und schließlich lasse ich mich auf das Spiel ein und kraule zu ihr. Ich sehe zum Strand, aber niemand achtet auf uns, und die Schwimmer, die in einiger Entfernung ihre Kreise ziehen, sind mit sich selbst beschäftigt. Als ich meine Hände auf ihre Schultern lege, sieht sie mich arglos an und lacht wieder. Ich zögere einen Moment. So, wie man zögert, bevor man das erste Mal ein Reh erschießt. Seine Schönheit und Verletzlichkeit stellen sich dem Impuls in den Weg.

Aber nur für einen Moment.

Dann drücke ich sie mit meinen Händen unter Wasser, und das Lachen versinkt. Und was ich dabei empfinde, ist anders als alles, was ich vorher empfunden habe. Während ich den Kopf des Mädchens unter Wasser halte und ihre Arme wie wild gewordene Schwanenflügel um sich schlagen, sehe ich mich um. Nichts. Kein Mensch nimmt den Tanz in der Mitte des Sees wahr. Es ist dieses arglose Lachen des Mädchens, das so etwas wie ein schlechtes Gewissen in mir aufkommen lässt. Aber dahinter lauert etwas anderes. Etwas, dem ich noch keinen Namen geben kann.

1

Es war der erste Sommer nach dem Tod meiner Mutter. Der Sommer, nachdem ich die Uni abgebrochen hatte. Der Sommer, der alle anderen um Längen übertraf. Wenn ich jetzt daran zurückdenke, kommt er mir nur noch wie ein schlechter Traum vor. Aber wie alle schlimmen Träume schien er einfach kein Ende zu nehmen. Dabei tat ich, was ich konnte, um ihn hinter mir zu lassen. Ich hörte Musik, ich trank, ich rannte; ich schrieb, so gut es ging, und wanderte in meiner Erinnerung an Orte, die mir früher Trost gespendet hatten. Alles vergebens. Stattdessen machte ich die Bekanntschaft eines Mädchens, mit dem die Probleme erst wirklich anfingen. Hilfe kam schließlich von ganz unerwarteter Seite, und ich weiß nicht, ich weiß wirklich nicht, wie die Geschichte ohne Natalie ausgegangen wäre.

An jenem Morgen hatte Vince mir am Telefon erklärt, dass er mich bräuchte. Aus irgendeinem Grund war Eddie nicht aufgetaucht, und jetzt benötigten sie einen fünften Mann. Obwohl ich immer noch unter den Nachwehen einer Erkältung litt, war ich dankbar für eine kleine Abwechslung, dafür, ein paar Stunden von meinem Schreibtisch wegzukommen. Weg von dem Manuskript, an dem ich nun schon seit Monaten rumdokterte, ohne dass ich über ein holpriges erstes Kapitel hinausgekommen war. Meistens glaubte ich abends noch, etwas halbwegs Vernünftiges zu Papier gebracht zu haben. Eine Einschätzung, die der Ernüchterung am nächsten

Morgen wich. Natürlich kannte ich den Grund, nichts Brauchbares mehr schreiben zu können. Aber die Ursache zu kennen, bedeutete noch nicht die Lösung des Problems. Das stundenlange aus dem Fenster starren hatte auch nicht geholfen, das Durcheinander in meinem Kopf zu ordnen. Ein Durcheinander, das nur von den klaren Regeln des Spiels verdrängt wurde.

Also hatte ich meine Sachen gepackt, war zum Platz gefahren und hatte mich schnell umgezogen. Ich war spät dran und freute mich darauf, meine steifen Knochen zu bewegen und meine Kasse etwas aufzubessern. Mein Körper war eingerostet von endlosen Stunden vor dem Laptop, Bronchialtee und Pizza. Ich sah auf die verblassten roten Flecken an meinen Beinen und Händen und fragte mich, wie lange es diesmal dauern würde, bis sie zurückkehrten.

Der Sommer ging langsam zu Ende.

Die anderen machten sich schon warm, warfen ein paar Körbe, flachsten und schielten zu unseren Opfern rüber, die auf der Bank an der Seite saßen und mit geladenen Blicken darauf warteten, dass es endlich losging. Der Geruch von Schweiß, Nikotin und aufdringlichem Männerparfüm stieg mir in die Nase. Unsere Gegner waren fünf athletische Mittvierziger mit rasierten Oberkörpern, Tattoos und schwerfälligen Schritten. Aber sie sahen nicht aus wie die Jungs, gegen die wir sonst spielten. Sie sahen aus wie Männer für die Maßanzüge, teure Sportwagen und schöne Frauen erfunden worden waren. Ich fragte mich, wo Vince sie aufgetrieben hatte und wo er jedes Mal diese Typen fand, die bereit waren, um solche Summen zu spielen. Als es losging, schoben sie sich behäbig und hüftsteif wie auf Schienen über das Feld und warfen sich dabei den Ball zu, als spielten sie Rugby. Aber sie beherrschten diese Tricks, mit denen sie uns aus dem Rhythmus brachten. Kleine Rempler, ein unerlaubtes auf den Fuß treten, ein Finger, der aus Versehen in deinem Auge landete, wenn du zum Korb ziehen wolltest. Kleine Nickligkeiten, die uns den Nerv ziehen sollten.

Und das taten sie dann auch.

Natürlich hatte es immer wieder enge Spiele gegeben, Spiele, die auf der Kippe standen, Spiele, die aus dem Ruder zu laufen drohten, wenn eine Mannschaft ihr Geld davonschwimmen sah. Aber Vince hatte es jedes Mal geschafft, die Gemüter zu beruhigen. So wie damals in der Schule. Doch diese Jungs hier ließen sich nicht von seiner stoischen Art und dem undurchdringlichen Blick beeindrucken. Sie legten es darauf an, uns zu provozieren. Es war ihre Tour, und ich konnte sehen, dass Vince die Sache langsam stank.

Wir hatten eine Auszeit genommen und uns an der Seite versammelt. Die Bäume rings um den Platz bogen sich im Wind, als wollten sie flüchten. Als ich kurz auf die tief hängenden dunkelgrauen Wolken sah, landete der erste Tropfen auf meiner Stirn. Ich fragte mich, ob sie an mich dachte. Ob sie sich wunderte, dass ich mich nicht gemeldet hatte. Ob sie den Abend so in Erinnerung hatte wie ich.

»Hey Daniel, bist du da?«, fuhr Vince mich an.

Ich schreckte hoch und sah ihn an, wie er mit den Händen in den Hüften nach vorne gebeugt vor uns stand, groß und hager, mit schwarzen Trackpants, schwarzem Shirt und einer Haut so weiß wie ein unbeschriebenes Blatt Papier. »Was? Ja.«

Er fixierte mich. »Sieht aber so aus, als würdest du träumen.« Er sah in die Runde. »Gut, wir kommen über Daniel.

Ich bringe ihn außerhalb der Zone ins Spiel. Versucht, eure Gegenspieler zu blocken, und wenn sie wieder diese linke Tour abziehen, haltet euch dieses Mal nicht zurück. Ich will, dass Daniel eins gegen eins gehen kann.« Er schaute wieder zu mir. »Wenn der Typ kommt, zieh einfach deine Nummer ab.« Er musterte mich. »Alles klar?«

Ich nickte und schielte kurz zu meinem Gegenüber, einen durchtrainierten Hünen mit einem Drachentattoo auf dem linken Oberarm.

Vince klatschte in die Hände. »Ok, dann los.«

Wir bezogen unsere Positionen. Die anderen bauten sich vor ihren Gegenspielern auf. Es war ein Gedränge und Ge- schubse, schwitzende Körper keilten sich ineinander und hielten sich gegenseitig in Schach. Kurz vor der Dreierzone passte Vince den Ball zu mir. Ich machte ein paar schnelle Schritte seitwärts und deutete einen Wurf an. Dann duckte ich mich ab und wartete, dass Tattoo vorbeisegelte. Aber er kam nicht. Als ich hochspringen und werfen wollte, traf mich etwas Stumpfes im Gesicht und ich fiel wie ein gefällter Baum auf den Asphalt. Mein Hinterkopf schlug mit voller Wucht gegen einen der kleinen Krater, die der harte Winter hinterlassen hatte. Ich weiß noch, dass ich die Feuchtigkeit in der Luft roch und den stärker werdenden Regen wie Na- delstiche auf meiner Haut spürte. Der Himmel verschwamm wie flüssiges Wachs vor meinen Augen. Mein Blick wan- derte zur Seite, wo Vince ruhig auf den Typen zuging, der mich niedergestreckt hatte. Tattoo grinste, und der Drache spannte sich auf seinem Oberarm. Es sah aus, als würde er seine Flügel ausbreiten. Im nächsten Moment entglitt mir das Bild, und ich war weg.

Als ich erwachte, konnte ich meine Lider nicht öffnen. Ich

hatte keine Ahnung, wo ich war. Es roch nach frischem Bettzeug, Desinfektionsmittel und Plastik. Direkt neben mir piepte es in regelmäßigen Abständen im Rhythmus meines Herzschlages. Wie aus weiter Ferne hörte ich Geräusche, als würde etwas über einen Flur gerollt. Türen wurden leise geöffnet und geschlossen, und darüber legte sich die Stimme eines Mannes, die ich nicht kannte. Es war eine hohe nasale Stimme, die etwas von geschwollenem Gehirn und Koma redete. Ich wollte ihm sagen, dass mit mir alles in Ordnung war, aber aus irgendeinem Grund brachte ich keinen Ton raus. Als der Mann seinen kurzen Vortrag beendet hatte, erklang die Stimme eines anderen Mannes. »Ist das wirklich nötig?«, fragte er.

»Ich fürchte, ja. Aufgrund der Schwellung drohen irreparable Schäden, wenn wir die Schädeldecke nicht öffnen, um dem Gehirn mehr Raum zu geben.«

Das war der Moment, in dem ich das erste Mal Angst bekam.

»Wie lange wird er im Koma bleiben?«

»Das hängt vermutlich davon ab, wie schnell die Schwellung zurückgeht. Und dann kommt erst das eigentliche Problem – die Operation. Aber darum wird sich der Professor kümmern.«

Ein paar Momente Schweigen; dann füllte ein Seufzen den Raum.

»Wie groß sind die Chancen einer vollständigen Genesung?«

Die Antwort bekam ich nicht mehr mit, denn im nächsten Moment verlor ich wieder das Bewusstsein.

2

Ich öffnete vorsichtig die Augen und sah undeutlich eine mittelalterliche Krankenschwester mit hängenden Schultern und knochigen Händen, die an dem Tropf herumhantierte, der an meinem Bett befestigt war. Neben ihr standen Geräte, einige mit LED-Displays, von denen Kabel und dünne Drähte direkt zu meinem Kopf und meinem Körper führten. Langsam stellte mein Gehirn das Bild scharf. Ich begann, mich zu erinnern. »Welcher Tag ist heute?«, murmelte ich leise in Richtung der Krankenschwester.

Überrascht drehte sie sich um und starrte mich an. Dann erschien plötzlich ein Lächeln auf ihrem Gesicht, als hätte jemand einen Schalter umgelegt. »Heute ist der 23. September.«

Ich rechnete nach. Seit dem Spiel waren vier Wochen vergangen. Ich ließ meinen Blick schweifen und sah mir den trostlosen Raum an. Weiße unverputzte Wände, ein grauer Linoleumboden und über mir eine schmucklose Neonleuchte, in deren Plastikverkleidung eine tote Fliege lag. Nebenan kauerte ein alter Mann in einem Bett und starrte mit leerem Blick auf einen leise gestellten Fernseher. Unter seiner Decke schaute ein kahles, rosiges Knie hervor. Als ich die Schwester fragen wollte, ob ich die Operation schon hinter mir hatte, spürte ich einen unerträglichen Druck zwischen meinen Schläfen. Es fühlte sich an, als würde mein Kopf in einem Schraubstock stecken.

16

Sie warf mir einen besorgten Blick zu. »Ich sage Dr. Peters gleich, dass Sie aufgewacht sind.«

Eine Viertelstunde später kam Dr. Peters in mein Zimmer, ein untersetzter, kräftiger Mann mit hastigem Gang.

»Na, wie fühlen wir uns?«, fragte er mit einer hohen Stimme, die klang, als hätte man ihn schlecht synchronisiert.

Ich hatte keine Ahnung, wie er sich fühlte. Meine linke Hand griff nach oben und da bemerkte ich, dass mein Kopf fast vollständig in einem Verband steckte.

»Was ist mit meinem Kopf?«

»Du hast ein schweres Schädel-Hirn-Trauma.«

Ich sah ihn fragend an, und mir schoss der Gedanke durch den Kopf, dass der Unfall vielleicht einen Teil meiner Festplatte gelöscht hatte, dass der Spuk endlich zu Ende war, dass der Typ mit dem Tattoo das Problem buchstäblich mit einem Schlag gelöst hatte. Das Blut floss plötzlich schneller durch meine Adern. »Und was heißt das genau?«

Er zögerte. »In deinem Fall bedeutet es, dass besonders sensible Teile des Gehirns durch den Sturz verletzt wurden. Präziser gesagt, es wurden Arterien beschädigt, wodurch es zu starken Blutungen gekommen ist.« Er ließ die Mine des Kugelschreibers, den er in seiner linken Hand hielt, unaufhörlich vor und zurückschnellen. Klack, klack, klack ... »Angesichts der Schwere deiner Verletzung müssen wir noch vorsichtig mit Prognosen sein. Aber die Operation ist gut verlaufen. Wir ...«

Ich versuchte, mich aufzurichten.

»... bleib liegen, Junge. Was du in nächster Zeit vor allem brauchst, ist Ruhe.«

Ich überlegte, wo mein iPhone war. Auf dem iPhone war ein Foto von ihr. Plötzlich fiel mir ein, dass man es mir eine

Woche vor dem Spiel geklaut hatte, als ich im Zeitungsladen um die Ecke ein paar Biere gekauft hatte.

»Wir werden die Entwicklung der nächsten Tage abwarten müssen und weitere Tests machen. Danach kann ich dir hoffentlich schon mehr sagen. Wir haben versucht, deine Eltern zu verständigen. Haben aber niemanden erreicht.«

»Sie sind tot.«

Er sah mich verblüfft an, nickte mir traurig zu und zog weiter zum nächsten Bett. Es sah aus, als hätte er noch eine lange Liste abzuarbeiten … und nicht genug Zeit.

3

Der Vormittag lag da wie ein falsches Versprechen, hell, strahlend, und für einen kurzen Moment blinzelte ich in die warme Septembersonne, die sich langsam über die Dächer der Häuser auf der anderen Straßenseite schob. Dr. Peters sah auf einen Zettel, der auf einem Klemmbrett lag, das er in einer Hand hielt. Das Klacken der Kugelschreibermine war das einzige Geräusch im Raum. Klack, klack, klack ... Ein tiefes Durchatmen, der Kugelschreiber verstummte. Dann blickte er auf.

Auf seinem Gesicht erschien ein aufmunterndes Lächeln. »Ich will dich jetzt nicht mit den Details langweilen. Wir haben deine Hirntätigkeit in den letzten Tagen weiter beobachtet, und von kleinen Ausnahmen abgesehen, ist alles stabil. Ich bin zufrieden mit deiner Entwicklung.«

»Was heißt das?«, fragte ich unsicher.

»Die Unregelmäßigkeiten, die wir beim Messen der Hirnströme festgestellt haben, sind nichts Außergewöhnliches nach so einer schweren Verletzung, und auf dem CT war nichts zu sehen, was wir nicht schon wussten. Aber du wirst vermutlich mit Gleichgewichtsstörungen zu kämpfen haben. Auch Erinnerungslücken und Halluzinationen sind möglich. Wir sollten auf alles eingestellt sein.« Er sah mich an und ließ seine Worte wirken.

»Zur Sicherheit werden wir dich noch eine Woche hierbehalten, um zu sehen, wie sich die Dinge entwickeln. Aber wenn du nach deiner Entlassung etwas Ungewöhnliches feststellst, musst du dich sofort melden.«

Ich richtete mich im Bett auf. »Was meinen Sie mit ungewöhnlich?«

Er lächelte bemüht. »Sagen wir einfach, alles, was dich irgendwie beunruhigt. Ich gebe dir vor deiner Entlassung noch eine Liste der möglichen Symptome, die auftreten können.«

»Werde ich wieder völlig gesund?«

Dr. Peters zögerte. »Ich will ganz ehrlich sein. Was die Erforschung des Gehirns angeht, stehen wir im Grunde noch am Anfang. Deshalb ist es schwierig, vorherzusagen, wie sich die Dinge entwickeln werden. Wir können nicht wissen, ob die Blutungen der geschädigten Arterien dauerhafte Konsequenzen haben. Dazu kommt, dass wir nicht in der Lage waren, alle Blutgerinnsel zu entfernen. Es wäre zu riskant gewesen. Wir hatten schon ähnliche Fälle wie deinen, da hatten die Patienten nach dem Koma Lähmungserscheinungen, schwere Sprachstörungen oder Erinnerungslücken. Es ist ein kleines Wunder, dass es dir so gut geht. Auch wenn du das im Moment vielleicht nicht so empfindest.«

Ich zögerte, ob ich ihm von meinen Kopfschmerzen erzählen sollte. Aber ich hatte keine Lust mehr auf weitere Untersuchungen, auf den Geruch von Desinfektionsmitteln, das schlechte Essen, die Monotonie der verstreichenden Tage, das Warten, die Ungewissheit. Ich wollte nach Hause.

»Gut, wir werden das im Auge behalten«, unterbrach Peters meine Gedanken. Er sah mich an und hob unmerklich die Schultern. »Mehr kann ich dir zum jetzigen Zeitpunkt leider nicht sagen.«

Ich fand, dass er mehr als genug gesagt hatte.

Am nächsten Morgen öffnete ich die Augen und sah aus dem

Fenster, wo der Tag große Mühe hatte, die Nacht hinter sich zu lassen. Eine Weile starrte ich auf die düsteren Wolken, die bleischwer über der Stadt hingen. Als ich mich zur anderen Seite drehte, sah ich, dass der alte Mann fort war. Sie hatten die Bettwäsche gewechselt. Die Zeitungen auf dem Beistelltisch, die Bananen, die Weintrauben und die Bilder seiner Enkel, alles entsorgt. Selbst die gelben Flecken auf der Erde neben seinem Bett waren aufgewischt worden. Ein paar Stunden vorher hatte er noch den Bildschirm angestarrt und unverständliches Zeug geredet. Jetzt gab es keine Spuren mehr von ihm.

Als hätte es ihn nie gegeben.

Ich musste nicht fragen, wo er war.

Ich wusste es.

»Daniel.« Ich schreckte aus meinen Gedanken hoch und blickte zur anderen Seite. Doktor Peters stand an meinem Bett, hinter ihm ein Mann und eine Frau, er Anfang vierzig sie Ende zwanzig. »Hier sind zwei Polizisten, die dich sprechen wollen. Ich habe ihnen gesagt, dass du eigentlich noch nicht soweit bist. Meinst du, du kannst ihnen ein paar Fragen beantworten?«

Obwohl ich nichts getan hatte, fühlte ich mich sofort schuldig. Ich fühlte mich immer schuldig, wenn ich einen Polizisten sah.

Einer der Beamten drängte sich an Peters vorbei. »Es geht um deinen Unfall. Dauert nicht lange, nur ein paar Minuten, ok? Ich bin Kommissar Brandt, und das ist meine Kollegin, Kommissarin Wagner.« Er deutete auf die Frau in seinem Rücken, die jetzt vortrat und mir zunickte. Ich brauchte eine Sekunde, dann war alles wieder da. Die Schule, die Heimfahrten, die Nachmittage im Schwimmbad und das Abifest, auf dem ich sie das vorletzte Mal gesehen hatte.

»Hey Natalie.«

Sie war nicht überrascht. »Hallo Daniel«, sagte sie kühl.

Brandts verblüffter Blick wanderte von seiner Kollegin zu mir und wieder zurück. »Ihr kennt euch?«

»Ja«, sagte sie in einem nüchternen Ton.

Brandt grummelte irgendwas vor sich hin, das ich nicht verstand. Doktor Peters sah mich an. Ich nickte, um zu signalisieren, dass ich es hinbekommen würde. Er wandte sich Brandt und Natalie zu. »Gut, ich lasse Sie dann mal alleine. Aber nicht zu lange. Er braucht immer noch viel Ruhe.«

»Ja, ja. Keine Sorge. Wir sind gleich wieder weg«, erwiderte Brandt leicht genervt. Er wirkte zerzaust, wie nach einer durchzechten Nacht, zerknitterter Anzug, zerknittertes Gesicht und blutunterlaufene Augen mit riesigen Pupillen. Er schaute auf das leere Bett neben mir, und für einen Moment glaubte ich, er würde rübergehen und sich hinlegen.

»Hat sich einer deiner Freunde in den letzten Tagen bei dir gemeldet?«, fragte er mürrisch.

»Nein.«

Er schien nicht überrascht. Dann zog er sich den Stuhl neben meinem Bett ran und setzte sich. »Erinnerst du dich noch daran, was passiert ist?«

»Was meinen Sie?«

»Ich rede davon, was passiert ist, kurz bevor du ohnmächtig wurdest. Erinnerst du dich daran?«

»Nur dass das Spiel eng war. Na ja, unsere Gegner spielten ziemlich hart. Wir lagen zwei vor, ich hatte den Ball und muss einen Schlag gegen den Kopf bekommen haben. Und dann ... keine Ahnung. Ich wurde ohnmächtig.«

Er beugte sich vor und sah mich skeptisch an. »Das heißt,

von dem, was danach passiert ist, hast du nichts mitbekommen?«

Ich schüttelte den Kopf und spürte sofort den Druck. Mein Blick wanderte an ihm vorbei, aber Natalies Gesicht ließ keine Regung erkennen. »Nein. Was ist denn passiert?«

»Gab es schon vorher irgendwelche Rangeleien zwischen euch und euren Gegnern?«

»Wie gesagt, es war ein hartes Spiel, aber richtige Rangeleien, nein. Was ...?«

Noch ehe ich fragen konnte, ging Natalie dazwischen. »Wir suchen deinen Freund, Vincent König. Du hast also nichts von ihm gehört?«

Ich betrachtete sie das erste Mal genauer. Es war nichts mehr zu erkennen von dem Hippiemädchen mit dem durchdringenden Blick. Schwarze Jeans, schwarzer Mantel, streng zu einem Zopf gebundene dunkelbraune Haare und das verschlossene Gesicht einer Gouvernante aus dem 19. Jahrhundert; sie war jemand anders geworden. Jemand, den ich nicht kannte.

»Nein.«

»Wie seid ihr eigentlich an diese Männer geraten?«, fragte sie.

Ich verstand nicht.

»Eure Gegner. Was habt ihr mit denen zu schaffen? Du studierst doch. Diese Männer sind nicht gerade der Umgang, den Studenten normalerweise haben.«

Ich fragte mich, woher sie das mit dem Studium wusste. Offenbar sah sie mir die Überraschung an. »Wir haben deine Mitspieler befragt. Vincent war der Einzige, den wir nicht auffinden konnten.«

Ich sparte es mir, ihr zu erzählen, dass ich die Uni vor mehr als einem Jahr geschmissen hatte. Ich hatte das Studium ohnehin nur begonnen, um meinen guten Willen zu zeigen. Aber ich wusste schon vorher, dass es nichts für mich sein würde. Die Leute, das Gerede und Gegaffe wegen meiner Haut, derselbe Mist wie auf der Schule. »Wir haben nur gegen sie gespielt. Das ist alles.«

»Du kennst sie also nicht?«

Ich nickte.

»Aber du weißt, wer das Spiel organisiert hat, oder?«

»Ich nehme an, Vince. Aber ich bin erst kurz vor Spielbeginn dazugekommen.«

Brandt legte eine Hand auf Natalies linke Schulter, um ihr zu signalisieren, dass es genug war. Doch sie warf ihm nur einen kurzen missbilligenden Blick zu und holte eine Karte aus ihrer Manteltasche. »Wir würden uns gerne mit Vincent unterhalten. Sollte er sich bei dir melden, ruf mich an.« Dann legte sie die Karte auf den Nachttisch.

Ich nickte.

Brandt erhob sich. Ich konnte sehen, dass ihn meine Worte nicht überzeugt hatten. Aber es schien ihm egal zu sein. Als die beiden an der Tür waren, signalisierte Natalie ihrem Kollegen, gleich nachzukommen. Im nächsten Moment waren wir alleine.

Sie sah mich skeptisch an. »Ist lange her.«

»Stimmt.«

»Du und Vincent. Seid ihr immer noch so eng?«

»Na ja, wir spielen ab und zu zusammen Basketball, und hin und wieder gehen wir etwas trinken. Ist alles in Ordnung mit ihm?«

»Was treibt er so?«

Ich zuckte die Achseln. Ich kannte Vince seit Ewigkeiten.

Wir waren von Kindesbeinen an Nachbarn gewesen und hatten morgens denselben Weg zur Schule gehabt. So lernten wir uns kennen. Er kam aus schwierigen Verhältnissen. Nicht, was das Finanzielle anging. Sein Vater war Architekt und verdiente ziemlich gut, wenn man die schwarze Mercedes-E-Klasse, die vor der Tür stand, als Maßstab für sein Einkommen nahm. Aber er hatte einen unkontrollierten Hang zum Alkohol und tendierte dazu, Probleme zu Hause mit der flachen Hand oder gleich mit den Fäusten zu lösen. Und eins dieser Probleme war sein Sohn. Vince entwickelte früh die Eigenheit zu widersprechen, wenn er sich ungerecht behandelt fühlte. Was ihm immer wieder deftige Abreibungen einbrachte. Vince' Mutter stand loyal an der Seite ihres Mannes, ob aus Überzeugung oder aus Angst, hatte Vince nie rausfinden können. Allerdings sprach das blaue Auge, mit dem sie mir ab und zu die Tür öffnete, eine deutliche Sprache. Dieses Spiel lief, bis Vince sechzehn war und das erste Mal zurückschlug. Ein Schlag, der seinem Vater soviel Respekt einflößte, dass er seinem Sohn fortan aus dem Weg ging.

Was uns in der Schule zusammengebracht hatte, war die Leidenschaft für das Spiel und die Außenseiterrolle. Vince hatte von Anfang an kein Interesse an Gleichaltrigen. Das war schon in der Grundschule so gewesen. Es war, als hätte er kurz nach der Einschulung drei Klassen übersprungen.

Er dealte schon in der vierten Klasse mit Zigaretten und geklauten Sonnenbrillen. Dinge wie Drogen und Mädchen entdeckte er lange, bevor die anderen sie kommen sahen. Als wir gemeinsam den Weg aufs Gymnasium antraten, machten wir aus unserer Leidenschaft für das Spiel eine einträgliche Einnahmequelle. Außerdem entwickelte Vince schon auf dem Gymnasium einen Sinn für Verdienstmöglichkeiten, mit denen er später seinen kostspieligen Lebensstil finanzierte. Die teuren Autos, die Designer-Outfits, die Wohnung und die Frauen, die dazu passten. Wir sprachen nie darüber, wenn wir uns trafen. Es spielte einfach keine Rolle. »Wir sehen uns nicht so oft. Und wenn, reden wir meistens über Musik ... Jazz. Manchmal über Basketball … und ...«, erwiderte ich.

»Und? ...«, hakte Natalie nach.

»Na ja, und manchmal über ... nichts.«

Ich dachte an das Mädchen.

»Hält er dir immer noch die bösen Jungs vom Hals?«

Ich versuchte, ein gelangweiltes Gesicht zu machen. Aber es funktionierte nicht. »Wie gehts Josie?«

Sie sah mich ungläubig an und zögerte. Dann schob sie das Gefühl beiseite. »Melde dich, wenn du irgendetwas von ihm hörst.« Als sie an der Tür angekommen war, drehte sie sich noch mal um. »Ach, übrigens der Typ, der dir den Schlag versetzt hat, er hatte nicht so viel Glück wie du.«

Ich sah sie fragend an.

»Er liegt hier auf der Intensivstation im Koma. Und wie es aussieht, stehen die Chancen nicht sonderlich gut. Dein Freund sollte sich bei uns melden, bevor die ihn finden.«

Es war dunkel im Zimmer. Ich döste vor mich hin und hatte undeutliche Bilder im Kopf. Bilder, wie ich an einem kühlen verregneten Sommertag mit Natalie und Josie im Olympia-stadion schwimmen war. Das Bad war wie ausgestorben, keine Teenager, keine Mütter mit schreienden Kindern oder verliebte Pärchen, die sich auf die Wiese hinter der maroden Tribüne zurückgezogen hatten. Nur der hagere Bademeister in seinem weiten weißen Unterhemd, der gelangweilt unter dem Zehn-Meter-Sprungturm stand und uns beobachtete.

Natalie und ich saßen am Beckenrand, während Josie in ihrem langärmeligen schwarzen Neoprenanzug Bahn für Bahn ihr Training durchzog. Damals dachte ich, dass sie ihn trug, um schneller zu sein.

Wir saßen in Mathe und Physik nebeneinander und nach der Schule wartete Natalie regelmäßig vor dem Pavillon, um mit uns ins Bad zu fahren. Die beiden hätten gegensätzlicher nicht sein können. Natalie groß, schlank und dunkelhaarig, Josie klein, dürr und mit lockigen roten Haaren. Ihr drahtiger Körper glitt rasant durch das Wasser wie ein menschlicher Torpedo. Sie besaß alles, was man brauchte; den kräftigen Armzug, die Frequenz, die Technik und das Gefühl für das Element. Wenn man sie so sah, konnte man sich nur schwer vorstellen, dass sie die meiste Zeit mit festem Boden unter den Füßen verbrachte. Zwischendurch sah Natalie auf ihre Stoppuhr und wir spekulierten, welche Chancen Josie bei Meisterschaften haben würde. Jedes Mal, wenn sie trainierte, saß Natalie am Beckenrand. Sie hatte immer ein Auge auf ihre kleine Schwester. Ich fand, dass sie es mit ihrer Fürsorge etwas übertrieb. Aber vielleicht sah ich das auch nur so, weil ich selbst keine Geschwister hatte. Natalie war wie ein Schatten für Josie. Selbst wenn sie nicht anwesend war. Deshalb war das, was später passierte, so schwer zu begreifen.

Während unsere Blicke Josies Kraulbewegungen folgten, berührten sich unsere Füße ganz leicht, und ich spürte, wie sich meine Nackenhaare aufstellten. Dieser Punkt war nie ein Thema gewesen. Sie war drei Jahre älter, zu hübsch, zu klug und in ihrem Blick lag nichts, das mir Hoffnung gemacht hätte. Ich traute mich nicht, zur Seite zu sehen, und als ich es schließlich doch tat, strahlte mich Natalie an und sagte: »1.56,98!«

Als ich einen leichten Luftzug spürte, öffnete ich die Augen und drehte meinen Kopf zur Seite. Da stand er mit einem Grinsen im Gesicht und einem riesigen Blumenstrauß in der rechten Hand. »Hey Vince, was machst du denn hier?«, fragte ich überrascht.

Er schloss dir Tür leise hinter sich und kam an mein Bett. »Na, mein Freund, wie gehts? Tut mir leid, dass ich erst so spät auftauche.«

Er hatte nicht die kleinste Schramme. Dunkelgrauer Anzug, schneeweiße Haut und gegelte Haare. Er sah aus wie immer. »Ist alles in Ordnung? Die Polizei war gestern hier und hat nach dir gefragt.«

Sein Grinsen verschwand. Er legte den Blumenstrauß auf den Beistelltisch und setzte sich auf die Bettkante. »Die Bullen? Was wollten sie?«

»Sie haben gefragt, ob du hier warst und was bei dem Spiel passiert ist.«

»Was hast du ihnen gesagt?«

Ich richtete mich im Bett auf. »Was sollte ich ihnen sagen? Ich war ja ohnmächtig.«

Die Nachtschwester kam ins Zimmer. Sie trug ihre glatten schwarzen Haare wieder zu einem Zopf, und ich fragte mich, ob sie es tat, weil sie fettig waren. Obwohl sie vermutlich erst Ende zwanzig war, sah sie mit ihren dunklen Augenringen und den tiefen Furchen auf der Stirn deutlich älter aus. Als hätte der kräftezehrende Job ihre Uhr schneller vorlaufen lassen. Als sie Vince erblickte, setzte sie eine finstere Miene auf. »Wie sind Sie hier reingekommen? Hören Sie, Sie müssen jetzt gehen. Ihr Freund braucht seinen Schlaf.«

Vince bedachte sie mit seinem Lächeln und ergriff die Blumen. Er hielt ihr den Strauß entgegen. »Daniel sagt, Sie sind seine Lieblingsschwester. Ich hoffe, Sie mögen weiße Rosen und Lilien.«

Sie sah mich an, und das Blut schoss in meinen Kopf. Verdutzt nahm sie den Strauß. Es dauerte nur ein paar Sekunden, dann war ihr Widerstand gebrochen, und durch ihren Unmut bahnte sich ein vorsichtiges Lächeln. »Wenn ich wiederkomme, sind Sie aber verschwunden.«

Vince nickte ihr kurz zu, dann wandte er sich zu mir.

Ich wartete, bis sie aus dem Zimmer war. »Was ist denn passiert?«

»Vergiss die Typen, Daniel.«

Ich dachte daran, wie Vince langsam auf Tattoo zu gegangen war, als ich auf der Erde gelegen hatte. »Der Hüne, der mir den Stoß versetzt hat. Sie sagen, dass er im Koma liegt.«

Er zuckte mit den Achseln. »Das Ganze ist ein bisschen unschön geworden.«

»Unschön ...?« Ich sah ihn fragend an.

»Alles in Ordnung. Nur eine kleine Rangelei. Hey, wie gehts dir überhaupt? Der Verband sieht ja grauenhaft aus, und dein Gesicht. Haut und Knochen. Geben die dir hier nichts zu essen?«

Es ließ mir keine Ruhe. »Woher kennst du sie überhaupt?«

»Es sind Geschäftspartner.« Er zuckte unschuldig mit den Achseln. »Na ja, waren Geschäftspartner. Wir werden sehen.«

»Geschäftspartner? Du meinst ...«

»Wie lange musst du noch hier drinbleiben?«

»Bis zum Wochenende.«

Er zog einen Umschlag aus seiner Jackentasche und gab ihn mir.

»Was ist das?«

»Dein Anteil. Ich hab da noch ein kleines Problem, Daniel.«

»Worum gehts?«

»Ich muss nächste Woche etwas Wichtiges erledigen. Eine Angelegenheit regeln. Könnte sein, dass ich einen Fahrer brauche.«

»Ich weiß nicht, ob ich schon so weit bin. Ich meine, wegen meiner Verletzung«, hörte ich mich sagen.

Vince tätschelte mein Bein und stand auf. »Das wird schon. Brauchst du irgendwas? Ich könnte dir was zu essen bringen lassen. So, wie du aussiehst, hat die Küche hier offenbar keinen Stern.«

Ich schüttelte den Kopf. »Nicht nötig. Danke. Sind ja nur noch ein paar Tage.«

»Gut, wie du willst. Ich melde mich.«

»Ach, Vince. Lea ... hast du mal was von ihr gehört?«

Er überlegte. »Lea?«

»Die Frau, mit der wir was getrunken haben. Die Blonde mit dem karierten Hemd und der Shorts. Die Flasche Tequila, erinnerst du dich? Ich hab ihre Telefonnummer verloren.«

Er sah mich ungläubig an.

»Sie haben mir mein Handy geklaut.«

Jetzt dämmerte es ihm. »Nein, tut mir leid. Ich habe sie nach dem Abend nicht mehr gesprochen.«

Ich nickte schwerfällig und erinnerte mich an unsere Begegnung in der Kneipe, das Gespräch, die Blicke, die Kollision auf der Toilette, den Kuss zum Abschied und ihre Telefonnummer, die sie mir zögerlich gegeben hatte. Vielleicht hatte es gar nichts bedeutet.

Aber vielleicht doch.

»Okay, ich muss los.«

Als er weg war, öffnete ich den Umschlag. Es waren 600,-
€ drin. Er hatte auch den Einsatz, den er seit ein paar Monaten jedes Mal für mich bezahlte, reingesteckt. Ich stand auf,
ging zum Fenster und öffnete es. Als ich runterblickte, entdeckte ich Vince' schwarzen Mercedes auf der anderen Straßenseite. Es war der einzige Wagen, der dort im absoluten
Halteverbot stand. Der Asphalt glänzte, als badete er in Öl.
Der frische Wind, der Regen und der metallische Geruch in
der Nase, nichts davon erinnerte an Sommer. In der Ferne
hörte ich eine Polizeisirene. Im nächsten Moment kam Vince
aus dem Krankenhauseingang und lief über die leere Fahrbahn. Ich wollte ihm schon hinterherrufen, da ging das Fenster auf der Fahrerseite seines Wagens runter. Eine junge
Frau, deren Gesicht ich nicht sehen konnte, zog an einer Zigarette und schnippte sie auf die Straße. Es dauerte ein paar
Momente, ehe ich das Tattoo an ihrem linken Handgelenk
wahrnahm.

Es ist der erste Schulausflug dieses Jahr. Die Bäume sind noch kahl, aber die Sonne brennt schon, als könne sie den Sommer nicht erwarten. Wir sitzen etwas abseits von den anderen unter einer riesigen Eiche, und wenn ich jetzt versuche, mich daran zu erinnern, kann ich nicht sagen, wie es dazu kam. Ich habe sie ganz sicher nicht aufgefordert. Sie hat sich einfach dazu gesetzt. Das ist die einzig plausible Erklärung, die mir einfällt. Ja, so wird es gewesen sein. Eine andere Möglichkeit gibt es nicht. Aber weshalb setzt sich das hübscheste Mädchen der Schule zu mir? Vielleicht liegt es an dem kleinen Geschäft, das ich seit Kurzem betreibe.

Ich denke wieder an jenen Tag vor zwei Jahren. An den Moment, in dem der entsetzte Blick meines Vaters mich plötzlich trifft wie eine Ohrfeige. Daran, wie er hektisch ins Wasser springt und auf mich zuschwimmt, während ich die Hände von den Schultern des Mädchens nehme und ohne ein Gefühl der Erleichterung feststelle, dass sie lebt. Dass die Polizei mir am Ende glaubt, dass es nur ein Spiel war und ich ihren Schrecken bedauere, überrascht mich immer noch.

Ich blicke auf. Es scheint sie nicht zu stören, dass ich in Gedanken versunken bin und nicht rede. Sie redet unaufhörlich, aber ich höre nicht zu. Ich betrachte ihre verschorften Knie, die nackten Füße, das Piercing in ihrem Bauchnabel, ihren offenen einladenden Blick, während die Worte wie Sprechblasen aus ihrem Mund steigen. Ich bin hin und hergerissen zwischen diesem verwirrenden Impuls und der Hoffnung, dass einer der Mitschüler oder unsere Lehrerin zu uns kommt und das hier beendet. Je länger mein Blick auf ihrem Körper hin und her wandert, desto stärker wird dieses Gefühl, das ich nach jenem Nachmittag am See an einem dunklen Ort verschlossen habe, den ich nie betrete.

*Sie deutet in den Wald und fragt, ob wir ein bisschen gehen
wollen. Ich sehe in Richtung einer kleinen Lichtung, zögere
einen Moment und nicke. Als wir uns erheben, ertönt plötzlich die Stimme der Lehrerin in unserem Rücken und bohrt
sich wie der Lauf einer Pistole in mein Kreuz. Und ich weiß
nicht, ich weiß wirklich nicht, ob ich erleichtert bin oder enttäuscht.*

*Das Mädchen sieht mich bedauernd an. »Vielleicht ein an-
deres Mal.«*

»Ja, ein anderes Mal«, erwidere ich.

4

Es fühlte sich fremd an, wieder zu Hause zu sein. Als würde ich von einer langen Reise zurückkehren. Bevor alles den Bach runtergegangen war, hatte es immer nur ein paar Tage gedauert, bis mir jedes einzelne Detail der Wohnung wieder vertraut war; der abgewetzte Dielenboden, die dunklen schweren Möbel, der Geruch ihres herben Parfums in der Luft und die Schwarz-Weiß-Aufnahmen von den Lieblingsmusikern meiner Mutter an den Wänden. Doch dann hatte es vor zwölf Monaten nachmittags an der Tür geklingelt und ein klein gewachsener Polizist stand mit gesenktem Kopf vor mir. Und an seiner Miene konnte ich ablesen, dass sich die Dinge von nun an ändern würden.

Und das taten sie.

Als ich meine Sachen abgelegt hatte, setzte ich mich an meinen Schreibtisch und sah aus dem Fenster. Der Himmel über den Dächern färbte sich langsam rot. Die Silhouetten der Schornsteine sahen aus wie nacheinander aufgereihte Grabsteine. Ich trug keinen Verband mehr und konnte das Pulsieren des Blutes an der Stelle, wo die Wunde war, spüren. Es fühlte sich an, als hätte jemand einen Schwarm Bienen in meinem Kopf ausgesetzt. Sie hatten mir für die Operation die Haare abrasiert, und über der fünf Zentimeter langen Narbe klebte ein weißes gepolstertes Pflaster. Wenn es ging, vermied ich es, in den Spiegel zu sehen. Eingefallene Wangen, tief liegende Augen und diese kurzen schwarzen

Stoppeln auf dem Kopf, die erst langsam nachwuchsen. Ich hätte mir nicht in einer dunklen Straße begegnen wollen.

Dr. Peters hatte mir ein paar Tipps gegeben und Atemübungen gezeigt, die meinen Körper entspannen sollten, wenn der Schmerz einsetzte. Also legte ich mich auf mein Bett und versuchte, mich auf das langsame Auf und Ab meiner Brust zu konzentrieren. Aber mein Kopf war voller Fragezeichen. Warum hatte Vince gelogen? Das Mädchen in seinem Auto, er hatte sie an dem Abend kaum einmal angesehen. Würde mein Kopf wieder in Ordnung kommen? … Würde ich die Geschichte mit meiner Mutter irgendwann hinter mir lassen können? Und, und, und...

Ich war müde.

Als ich wieder erwachte, war es dunkel. Ich starrte eine Weile an die Decke, ehe meine Gedanken langsam aus der Versenkung auftauchten. Ich schob sie hin und her, betrachtete sie von allen Seiten, bis mir klar wurde, dass ich für den Moment keine der Fragen beantworten konnte. Ich ging zum Plattenspieler, legte Chris Isaaks »Graduation Day« auf und dachte an eine Zeit, die lange zurücklag und doch nie ganz vorbei sein würde.

Es war Freitagabend, und die Gegend um den Hackeschen Markt war voller Touristen, die sich durch die Straßen schoben, die warmen Temperaturen und das geschäftige Treiben genossen. In den Bars und Restaurants herrschte Hochbetrieb. Sommerlich gekleidete Frauen und Männer waren in Gespräche vertieft oder ließen ihre Blicke schweifen. Wir fuhren mit offenem Fenster, und während ich auf den dichten Verkehr achtete und überlegte, ob ich die Geschichte mit Lea ansprechen sollte, beobachtete Vince das pulsierende Leben auf den Straßen. Ich gab Gas, um die Ampel noch zu bekommen. Der Wagen jagte über die Kreuzung.

»Wie lange willst du eigentlich noch in der Wohnung bleiben?«

Ich sah überrascht zur Seite. Vince hatte das Thema noch nie angesprochen. Auch wenn ich mir durch seine Großzügigkeit mittlerweile eine neue Bleibe hätte leisten können, fehlte mir einfach die Energie für Dinge wie Wohnungssuche. Ich stand mittags auf, stellte mich in den Laden und fuhr anschließend meine Tour. Alles andere hatte ich aufgegeben.

»Keine Ahnung. Bis die Dinge wieder in der Reihe sind, schätze ich.«

Vince sah mich nur an. Er dachte das, was alle dachten, die mich kannten. Dass es Zeit war, weiterzumachen. Dass meine Auszeit lange genug gedauert hatte. Dass ich endlich über die Sache hinwegkommen musste. Aber wie kommt man über die Tatsache hinweg, dass der wichtigste Mensch in deinem Leben von einer auf die andere Sekunde nicht mehr da ist. Als hätte jemand das Licht ausgeschaltet. Ich kannte die Dunkelheit. So wie jeder Mensch, der genug Zeit hat, ihre Bekanntschaft zu machen. Ich war nur nicht darauf vorbereitet, dass sie ein dauerhafter Begleiter sein würde. Bis zu dem Abend mit Lea hatte ich keine Ahnung gehabt, wie ich sie loswerden konnte. Aber dann war von einem auf den anderen Moment alles anders gewesen. Bei dem letzten Gedanken trat ich noch mal das Gaspedal durch, und wieder jagte der Wagen über eine Kreuzung.

»Die war rot«, bemerkte Vince beiläufig. Er hatte seinen Führerschein vor drei Monaten verloren, weil er über eine rote Ampel gerast war.

»Wann bekommst du ihn wieder?«

»Nächste Woche …, wenn ich Glück habe.«

Drei Ecken weiter war es um einiges ruhiger. Kein Lärm, keine Touristen, nur langbeinige Prostituierte, die im Abstand von zehn Metern am Straßenrand mit ihrem stumpfen Lächeln auf vorbeifahrende Freier warteten. Ich wusste immer noch nicht, wo wir hinwollten.

»Gut, hier links rein, und dann hältst du auf der rechten Seite.«

Ich bog ab, und nach zwanzig Metern fand ich einen Parkplatz. Ich sah Vince an. »Okay, und was machen wir hier?«

»Ich muss nur was klären. Bin gleich wieder da.«

Vince' Blick fiel rüber zu einem Club oder einer Bar, das war nicht eindeutig auszumachen. Die Scheiben waren geschwärzt, und es stand kein Name über dem Eingang. Er zögerte, als sei er nicht sicher, ob er wirklich rübergehen sollte. Schließlich stieg er aus und ging langsam über die Straße. Ich ließ das Fenster runter und hörte das leise Rascheln des Windes in den Bäumen. Der klebrige Geruch von Harz lag in der Luft. Als er die Klingel am Eingang drückte, passierte eine ganze Weile nichts. Dann ging die Tür des Ladens auf. Ich weiß nicht, was ich erwartet hatte. Vermutlich die Filmversion eines Türstehers. Stattdessen stand da ein schmächtiger alter Mann, der einen schwarzen Anzug trug, der ihm wie ein Pyjama an seinem knochigen Körper hing. Als er Vince sah, rief er etwas in den Laden. Im nächsten Moment war mein Freund hinter der schwarzen Fassade verschwunden. Der Mann trat kurz vor die Tür, sah die Straße auf und ab und ging wieder hinein.

Wenig später fuhr ein schwarzer Jaguar mit abgedunkelten Scheiben vor dem Laden vor. Eine junge schlanke Frau in einem extrem kurz geschnittenen engen schwarzen Kleid und meterhohen Pumps stieg aus dem Fond aus und stöckelte zum Einlass. Ihr Gang hatte etwas von den ungelenken Bewegungen eines Teenagers. Aber solche Schuhe machten aus den meisten Frauen Teenager.

Zehn Minuten später kam Vince raus. Er ging langsam über die Straße, zündete sich eine Zigarette an und stieg zu mir in den Wagen. Ein paar Momente starrte er regungslos ins Nichts. »Okay. Fahr los.«

»Alles in Ordnung?«

»Jepp.«

»Was ist das für ein Laden?«

Eine Weile war er in Gedanken versunken. Dann riss er sich zusammen und lächelte müde. »Wieso hast du mir eigentlich nicht gesagt, dass einer der beiden Bullen Natalie war?«

Ich sah ihn verblüfft an. »Ich wusste ... spielt das eine Rolle?«

»Na ja, sie hat sich nach mir erkundigt. Also, ich schätze schon, dass es eine Rolle spielt.«

Mehr als ein Nicken brachte ich nicht zustande.

»Bist du immer noch in die Kleine verknallt?«

War ich noch verliebt? Kann man in jemanden verliebt sein, den man nicht mehr kennt? Ich war oft in Mädchen verliebt gewesen, die ich nicht gekannt hatte. Es war ganz leicht, wie das Auffüllen eines leeren Glases.

Er ließ das Fenster runter und blies den Rauch raus. »Und, bist du?«

Ich drehte den Schlüssel im Zündschloss um und startete den Wagen. »Wo wollen wir hin?« Wir ließen die Staatsoper links liegen. Auch hier Unter den Linden wimmelte es von Touristen. Menschen mit Fotoapparaten und Handys.

Menschen, die jeden Schritt, den sie taten, dokumentierten, als hätten sie Angst davor, alles wieder zu vergessen.

»Also, wie weit bist du mit deinem Roman?«, fragte er.

»Hmmm?«

»Wie weit du mit deiner Geschichte bist? Bist du endlich durch?«

»Ja, bald.«

Er sah mich wieder von der Seite an. Er sagte nichts, aber das brauchte er auch nicht. Ich wusste, was er dachte. Er hatte mir diese Frage schon zu oft gestellt. Während der ganzen restlichen Fahrt lag es mir auf der Zunge. Das, was mich seit dem Abend im Krankenhaus verfolgt hatte, als das Fenster auf der Fahrerseite von seinem Wagen runtergegangen war. Aber ich hielt meinen Mund. Es fiel mir leichter, mich an etwas zu klammern, was es nicht gab, als die Wahrheit zu schlucken.

Als wir gegenüber vom Cantinetta hielten, spürte ich, wie langsam von ganz hinten die Schmerzen in meinem Kopf anrollten.

»Alles in Ordnung?«, fragte Vince.

»Was? Ja.«

»Gut, halte in zweiter Reihe. Ich rufe dir ein Taxi.«

»Brauchst du nicht. Ich gehe zu Fuß. Sind ja nur zwanzig Minuten.«

»Wie du willst.«

Der Druck in meinem Kopf wurde stärker und ich versuchte, ruhig ein- und auszuatmen. Aber ich wusste schon, dass die Welle nicht mehr zu stoppen war. Ich blickte rüber zum Restaurant, und sah sie an einem Tisch sitzen, blond, ungeschminkt und mit hängenden Schultern. Ihr gegenüber saß ein dunkelhaariger Mann mit dem Rücken zum Fenster, der mit ihr sprach. Die Frau, die Lea zum Verwechseln ähnlichsah, blickte gedankenverloren auf die Straße. Der Typ redete gegen eine Wand. Als er ihre Abwesenheit bemerkte, schnippte er mit einer Hand vor ihr rum und sie sah ihn an.

Die Worte kamen langsam und leise. »Ich habe euch gesehen.«

Vince blickte mich fragend an.

»Vor dem Krankenhaus, als du mich besucht hast. Da habe ich euch gesehen.«

»Wen hast du gesehen?«

»Dich und Lea.«

»Mich und ... wovon redest du?«

»Das Mädchen in deinem Wagen.«

»Ja, und?« Er brauchte ein paar Sekunden, ehe er begriff, wovon ich sprach. »Daniel, das war nur irgendein Mädchen, das mich gefahren hat.« Er sah meinen zweifelnden Blick und legte mir eine Hand auf die Schulter. Dann lächelte er wieder sein Lächeln, nur dass sich jetzt eine Spur Bedauern daruntermischte. Zumindest glaubte ich das, aber vielleicht bildete ich es mir auch nur ein, weil es sich dann besser anfühlt. »Sie war es nicht, ok?«

Ich drückte die Fingerkuppen gegen die Stirn, aber der Schmerz ließ sich nicht mehr aufhalten. Und dann schoss der Blitz mit einem Mal in meinen Kopf. Ich presste die Augen zusammen und versuchte, ruhig zu atmen.

Vergeblich.

»Alles in Ordnung?«, fragte Vince.

»Ja, alles bestens. Ich muss los«, stöhnte ich. Ich sprang aus dem Wagen und machte mich mit schnellen Schritten auf den Weg nach Hause. Ich ließ die Autotür offen, sagte kein Wort und warf keinen Blick mehr zurück.

Ich wollte nur weg.

»Hey Daniel, was ist los?«, rief mir Vince hinterher. »Daniel, dein Geld.«

Ich begann zu laufen, so lange, bis ich sicher war, dass ich seine Stimme nicht mehr hören würde. Ich habe nur wenige Erinnerungen an die nächsten zwanzig Minuten, daran, wie ich nach Hause gekommen bin, oder was ich gedacht habe. Falls ich überhaupt etwas gedacht habe. Ich setzte ein Bein vor das andere und pumpte Sauerstoff in meine Lungen. Das war alles, was ich tat. Das Nächste, was in meinem Kopf auftaucht, ist, dass ich vor unserer Haustür stand und meinen Schlüssel suchte.

Als ich in die Wohnung kam, zog ich mir am Eingang die Schuhe aus, ging in mein Zimmer, legte mich auf mein Bett und wartete, bis der Schmerz sich zurückzog.

Als es mir langsam besser ging, füllte sich mein Kopf wieder mit Bildern. Bilder, wie Lea geohrfeigt, zu Boden geworfen und ... mein Puls beschleunigte sich, und unter der Narbe pochte es. Wie ein Mantra wiederholte ich die Worte in meinem Kopf: Es sind nur Bilder. Bilder, die nichts zu bedeuten haben. Du hast Vince gehört. Sie war es nicht. Es ist nur ein perfider Trick deiner Fantasie, nichts weiter. Atme tief durch, denk daran, was dir der Arzt gesagt hat. Tief durchatmen. Loslassen.

Mein Handy klingelte. Ich sah auf das Display. Es war Vince. Ich ging nicht ran, und nach sechs Mal Klingeln schaltete sich die Mailbox an. Ein paar Momente später sah ich, dass er mir etwas drauf gesprochen hatte. Ich hörte die Nachricht ab. Es war schwer, zu verstehen, denn im Hintergrund lief Musik und Leute unterhielten sich. »Hey Daniel, ich hoffe, du bist zu Hause und deinem Kopf gehts besser. Hör zu, das mit diesem Mädchen ... ich weiß, sie sieht nett aus, aber du findest was Besseres. Glaub mir, sie ist nicht die Richtige. Melde dich bei mir wegen des Geldes.«

Ich hörte die Nachricht noch einmal ab. Er hatte oft gesagt: »Sie ist nicht die Richtige.« Und er hatte jedes Mal recht behalten. Aber jetzt erinnerte ich mich an den Abend, an das Gespräch mit Lea. Die Kneipe war noch leer gewesen, und ich hatte ein wenig auf dem verstimmten Klavier rumgeklimpert. Sie war irgendwann mit Vince aufgekreuzt, hatte sich einfach dazu gesetzt, mich angelächelt und sich als Lea vorgestellt. Was das sei, was ich da gerade gespielt hätte. Ich zuckte mit den Achseln und sagte, das sei nichts ... ein paar Akkorde. In dem Moment sah sie auf meine Hände, und ich dachte, das wars. Aber sie tastete nur die roten Stellen ab, ohne Abscheu, ohne Kopfschütteln, ohne dieses Bedauern, das ich so hasste; einfach nur, um festzustellen, dass es sich rau anfühlte. Nicht widerlich, ekelhaft oder abstoßend, nur rau und hart, wie ein Panzer.

Ob ich einen Panzer bräuchte, fragte sie.
Meine Kehle war trocken. Ich stand auf und ging in die Küche, um mir etwas zu trinken zu holen. Im Kühlschrank stand eine halb volle Flasche Apfelsaft neben dem Hähnchen und dem Gurkensalat, den ich mir fertig abgepackt im Supermarkt gekauft hatte. Ich nahm den Saft raus und leerte die Flasche in einem Zug. Ich dachte an Vince' Worte und an den Abend mit Lea. Dann dachte ich an das Mädchen, das die Zigarette aus seinem Auto geschnippt hatte, und an das Tattoo am Handgelenk. Es war dasselbe Tattoo gewesen. Kein Zweifel.

Zuerst wollte sie sich nicht mit mir verabreden, und das Tuscheln ihrer Freunde hinter vorgehaltener Hand bestätigt, was ich im Grunde schon wusste. Sie hat es allen erzählt. Hat ihnen erzählt, dass ich beim ersten Mal gekniffen habe.

Sie glaubt zu wissen, warum.

Der See war meine Idee. Aber der Nachmittag verläuft anders als erwartet. Sie ist nett – jetzt, wo ihre Clique nicht dabei ist. Sie hat sich die Haare schneiden lassen, und zusammen mit den Sommersprossen und dem hageren Körper wirkt sie fast wie ein Junge. Sie trägt Shorts und ein knallenges T-Shirt, durch das man ihre kleinen Brüste deutlich sehen kann. Ich gebe ihr etwas von dem Zeug, das sie sich sonst nicht leisten könnte, und kurz darauf schießen die Worte wie Pfeile aus ihrem Mund. Als ihr Redefluss über langweilige Freunde, ihre spießigen Eltern und ihrem Wunsch nach dem neuen iPhone kurz versiegt, sieht sie mich an und fragt, was ich denke. Noch nie hat mich jemand in meinem Alter gefragt, was ich denke, und ganz vorsichtig wage ich mich aus meinem Schneckenhaus und antworte, dass ich es schön finde, hier mit ihr zu sitzen. Sie sieht mich an, als hätte ich etwas in einer fremden Sprache gesagt. Aber dann geht auf ihrem Gesicht plötzlich ein Lächeln auf und sie erwidert, dass es ihr genauso geht. Völlig unvermittelt fragt sie, ob ich Angst vor dem ersten Mal habe; und die Art, wie sie fragt, vorsichtig und ohne Häme, lässt mich tatsächlich antworten.

»Ich will einfach nichts falsch machen«, höre ich mich sagen. Und das Verblüffende ist, dass ich meinen Worten glaube. Es fühlt sich plötzlich an, als würden meine Gefühle und meine Gedanken zu mir gehören und nicht zu jemand anderen.

Einem Fremden.

Sie legt eine Hand auf mein rechtes Knie, sieht mich an und das öffnet plötzlich alle Türen in mir. Vielleicht ist das jetzt der Moment, denke ich. Der Moment, wo ich es erzählen kann. Ich habe schon so lange den Wunsch, es irgendjemandem zu erzählen. Dass ich manchmal diese Gedanken habe, diese seltsamen Bilder, die ich nicht erklären kann. Dieses Bedürfnis. Diesen Drang. Als ich zögernd ansetze, sehe ich, dass sie Mühe hat, mir zu folgen. Und das wachsende Unverständnis, das sich auf ihrem Gesicht abzeichnet, verstärkt das Verlangen in mir, ihr zu erklären, was nicht zu erklären ist. Hektisch suche ich nach den richtigen Worten, und irgendwann blicke ich dabei kurz zur Seite auf ihre schwarze Lederhandtasche, auf das Handy, das halb rausschaut. Zunächst schenke ich dem roten Punkt auf dem Display keine Beachtung. Es dauert, bis die Information zu mir durchdringt und mir klar wird, was hier läuft. Dass sie die ganze Zeit die Handykamera mitlaufen lässt. Als sie meinem Blick folgt und merkt, dass ich ihr Spiel durchschaut habe, grinst sie mich höhnisch an, greift blitzschnell nach ihrer Tasche, springt auf und rennt weg. Ich folge ihr den Waldweg entlang in Richtung Parkplatz. Die Dämmerung hat eingesetzt, und es sind nur noch wenige Menschen am See. Plötzlich weiß ich genau, wie dieser Nachmittag enden wird. Als sie die Straße erreicht und sich im Laufen nach mir umdreht, sehe ich den grünen Golf, der ungebremst auf sie zuhält.

Eine Geschenk Gottes.

Im nächsten Moment fliegt sie scheinbar schwerelos durch die Luft. Das Auto macht eine Vollbremsung, und der Fahrer bleibt konsterniert hinter seinem Steuer sitzen. Er begreift noch nicht, was da eben passiert ist. Obwohl ich außer Atem bin, ist ein Teil von mir ganz ruhig. Es ist der Teil, der weiß, was ich jetzt tun muss. Ich gehe zu ihr, und während sie auf dem Rücken liegend mit ausdrucksloser Miene in den dunkler werdenden Himmel schaut und etwas vor sich hinmurmelt, knie ich mich hin, nehme das Handy aus ihrer Tasche, die neben ihr liegt, und lösche den Film. Dann beuge ich mich zu ihr runter, um ihr Flüstern zu verstehen. »Du kranker Loser.«

Ich sehe mich um. Außer dem Fahrer, der immer noch geschockt in seinem Wagen sitzt und das Lenkrad umklammert, ist weit und breit niemand zu sehen. Langsam nehme ich ihre Hand, beobachte den Mann in seinem Wagen und warte, bis das Heben und Senken ihrer Brust aufhört.

Ich fühle nichts.

Nicht mal Befriedigung.

5

Der Laden war vom ersten Tag an ein Pleitegeschäft. Er lag in einer kleinen Seitenstraße fünf Minuten von unserer Wohnung entfernt. Meine Mutter hatte ihn vor ein paar Jahren von ihrem Doktorvater übernommen. Der alte Mann hatte ihr auf seinem Sterbebett das Versprechen abgenommen, das Geschäft weiterzuführen. Das perfekte Abschiedsgeschenk, eine Hypothek als Vermächtnis. Es war ein kleines verstaubtes Antiquariat mit mehr als zehntausend teils seltenen Jazzplatten und allerlei Souvenirs für Sammler.

Meine Mutter hatte diesen Ort geliebt. Nachdem sie ihren Job als Lehrerin aufgegeben hatte, weil bei ihr MS diagnostiziert worden war, machte sie das Geschäft zu ihrem persönlichen Projekt. Durch den Laden entdeckte sie ihre Liebe zum Jazz. Etwas, das uns in ihren letzten Jahren einander nähergebracht hatte als alle gut gemeinten Versuche, sich für mein Leben und vor allem mein Studium zu interessieren. Das Antiquariat war die Bühne, auf der wir endlich unsere Rollen fanden. Jede Platte hatte ihre eigene Geschichte, und unser Laden bot einen scheinbar endlosen Fundus, der dafür sorgte, dass uns nie das Material ausging. Auch wenn sie am Ende nur noch hinter dem Tresen saß oder sich schwerfällig am Stock durch den Raum bewegte, waren die Schätze, die unser Laden barg, bis zum Schluss der Stoff, der die Beziehung zwischen meiner Mutter und mir definierte.

Wer ein Zippo mit dem Konterfei von Aznavour suchte

oder einen Aschenbecher, den Sinatra signiert hatte, wurde bei uns fündig. Es gab Bootlegs von Miles Davis und Jon Coltrane, vergriffene Biografien von Charles Mingus und Duke Ellington. Es war ein unerschöpflicher Quell. Aber kaum jemand interessierte sich dafür. In der Regel kamen am Tag nicht mehr als ein halbes Dutzend Besucher in den Laden, und das auch nur, weil sie neugierig waren, was sich hinter der verwitterten Fassade des zweistöckigen Altbaus verbarg. Sechs Mal die Woche arbeitete ich dort. Während dieser Stunden las ich Biografien oder tüftelte lustlos an dem ersten Kapitel rum, das ich mir mit Mühe aus den Fingern gesogen hatte. Der Tod meiner Mutter hatte alles verändert, und der Laden war der perfekte Ort, um abzutauchen. Ein Ort zum Verschwinden. Ein Ort, der keine Fragen stellte und keine Ratschläge gab.

Es war mein Ort.

Durch die dreckigen Scheiben fiel ein breiter Sonnenstrahl seitlich auf den abgetretenen Dielenboden. Ich konnte die Staubteilchen im Licht tanzen sehen, und während mein Blick den Strahlen folgte, fragte ich mich, warum Vince mich belogen hatte. Er interessierte sich nicht für Frauen wie Lea. Sie waren nicht seine Gewichtsklasse. Er zog mit Frauen durch die Gegend, die in einer anderen Liga spielten. Anwältinnen, Journalistinnen und Politikerinnen, Frauen, denen er ihre Grenzen aufzeigen konnte, wie er es nannte, was lediglich bedeutete, dass er ihnen schnell und in der Regel ohne Erklärung den Laufpass gab. Keine Gefühle, keine Abhängigkeit war sein Credo. Lea passte einfach nicht in sein Beuteschema.

Um sechs Uhr machte ich den Laden mit zehn Euro Tageseinnahmen in der Tasche zu. Als ich abgeschlossen hatte, stieg ich in mein Taxi, schaltete die Uhr ein und fuhr ziellos durch die Gegend. Nach einer Stunde hatte ich immer noch keinen Fahrgast. Ich dachte an Lea. Daran, wie ich sie finden konnte, und dass es keinen Sinn haben würde, Vince zu fragen.

Es blieben nicht viele Möglichkeiten.

Die Terrasse vom Cantinetta war voll, und in der zweiten Reihe parkten die üblichen Luxuslimousinen. Blücher saß auf seinem Stammplatz direkt neben der Eingangstür und beobachtete das Geschehen. Auf seinem Tisch stand eine Flasche Champagner Ruinart und zwei Gläser. Das übliche Gedeck. Er war nur drei Jahre älter als ich, wirkte aber wie jemand aus einer anderen Generation. Die teuren Anzüge, die gesetzte Haltung, der aufrechte ruhige Gang, der immer so aussah, als würde er schlendern. Es war, als wäre er schon erwachsen auf die Welt gekommen. Wenn er auf dem Hof die Drogen an die Oberstufler vertickt hatte, war er mir immer wie ein Lehrer vorgekommen, der die Prüfungsunterlagen für die Abiturklausuren unter der Hand verteilte. Nachdem er sein Abi gemacht hatte, übernahm Vince die Geschäfte in der Schule. Und er übernahm ein florierendes Unternehmen, denn Gras und Koks waren mindestens genauso beliebt wie Youtube und Instagram. Als Vince später seinen Abschluss gemacht hatte, wurde er Blüchers rechte Hand im Cantinetta. Hin und wieder war ich Blücher zwischen Tür und Angel begegnet, aber zu mehr als einem Kopfnicken hatte es bis jetzt nicht gereicht. Meistens saß er einfach nur mit unbeweglicher Miene da, überblickte sein Reich und überließ Vince das Geplänkel mit den Gästen.

Ich stand zwanzig Meter entfernt in einer Parkbucht und beobachtete das Treiben. Ich rechnete nicht wirklich damit, dass Lea auftauchen würde. Sie war nicht der Typ, der ins Cantinetta ging. Der Laden war ein Sammelbecken für Leute, die Geld hatten und es gerne zeigten. Leute mit Botoxgesichtern und Designerklamotten. Leute, die ihre Luxuskarossen demonstrativ in der zweiten Reihe parkten. Leute, die ein halbes Dutzend Mal am Abend auf die Toilette gingen, mit Pupillen wie Tellerminen zurückkamen und dann glaubten, die Welt aus den Angeln heben zu können. Aber es war immerhin eine Chance. Und eine Chance ist besser als nichts, oder? Ich schaltete die Uhr ab, schob eine Van-Morrison-CD ein und wartete.

Als es gegen mein Fenster klopfte, wachte ich auf. Leicht benommen sah ich nach draußen, wo ein etwa sechzigjähriger grauhaariger Mann stand.

»Sind Sie frei?«

Ich schüttelte den Kopf und ließ das Fenster runter. »Nein, tut mir leid. Ich habe Feierabend.« Und gerade als ich es mir anders überlegte und ihn nach seinem Ziel fragen wollte, sah ich Lea auf der anderen Seite aus dem Cantinetta kommen. Das schwarze Cocktailkleid, die eleganten hochhackigen Schuhe, die hochtoupierte Frisur, nicht einmal der Gang erinnerte mich an die Frau, die ich zwei Monate zuvor in der verrauchten Kneipe kennengelernt hatte. Das natürliche, ungeschminkte, abgerissene, alles weg, eingetauscht gegen eine Glamourversion, die perfekt ins Cantinetta passte.

Sie sah die Straße auf und ab und ging dann in Richtung Ku'damm, wo nur wenige Meter entfernt ein Taxistand war. Ich startete den Wagen, drehte um und fuhr los. Kurz bevor ich auf ihrer Höhe war, drosselte ich das Tempo. Ich war skeptisch, ob es funktionieren würde, aber als sie mein Taxi sah, lief sie tatsächlich auf die Straße und hielt einen Arm raus. Ich stoppte und überlegte, was ich antworten sollte, wenn sie mich fragte, ob das hier ein Zufall war.

Was für ein Zufall.

Unglaublich.

Aber sicher.

Egal.

Im nächsten Moment saß sie auf der Rückbank meines Wagens, und noch bevor ich ein Wort sagen konnte, hatte sie sich schon hastig eine Zigarette angezündet.

Ich drehte mich um. »Wo soll es hingehen?«

Es dauerte ein paar Sekunden, ehe sie mich erkannte und entsetzt die Augen aufriss. »Daniel?! Meine Güte, hast du mich erschreckt!«

»Ja.« Ich strich mir mit einem hilflosen Grinsen über den Kopf. »Ich weiß, kein schöner Anblick. Ich kann mich selbst nicht dran gewöhnen.«

»Was ist passiert?«

»Hab mir beim Basketball den Kopf aufgeschlagen.«

»Meine Güte, das sieht übel aus. «

Ich lächelte unsicher. »Danke.«

»Nein, so meine ich das nicht.«

Offenbar war sie so sehr von meinem Aussehen schockiert, dass sie gar nicht auf die Idee kam, dass das hier kein Zufall war. »Ist schon okay. Wo soll ich dich hinfahren?«

Sie überlegte einen Moment. »Thielallee 61. Das ist in ...«

»Ich weiß, wo es ist.« Ich sah wieder in den Rückspiegel, aber sie schenkte mir keine Beachtung mehr, sondern sog gierig an ihrer Zigarette, während ihr Blick aus dem Fenster fiel und nirgends Halt fand. Ich fuhr los, und während wir uns langsam Richtung Halensee durch den Berufsverkehr schoben, überlegte ich die ganze Zeit, was ich sagen sollte.

»Ist das in Ordnung, wenn ich hier rauche?«

Ich warf einen kurzen Blick auf den Nichtraucher Button, der auf der Ablage klebte. »Ja. Sicher.«

Sie sah in den Rückspiegel, nickte und rieb sich müde die Augen.

»Harter Tag?«

»Ja, bin ziemlich kaputt.«

Eine Weile fuhren wir wortlos durch die Straßen und überließen den vertrauten Geräuschen der Stadt das Feld. Ich dachte daran, wie sie mir an jenem ersten Abend von ihrem Job als Nanny bei einer reichen Familie erzählt hatte; von ihrem eigenen Zimmer mit Blick auf den Garten und von ihren Gastgebern, die sie wie eine Tochter aufgenommen hätten. Sie kam ursprünglich aus Bukarest, hatte ihre Eltern bei einem Autounfall verloren und war später ihrer besten Freundin nach Berlin gefolgt. Schwer zu sagen, ob der Unfall auch etwas mit meinen Gefühlen für sie zu tun hatte. Auf jeden Fall verstand ich, dass der Job im Supermarkt und die Anderthalbzimmerwohnung in einer heruntergekommenen Plattenbausiedlung keine überzeugenden Gründe gewesen waren, in ihrer Heimat zu bleiben. Jeder hätte die Chance genutzt, von dort wegzukommen.

»Was machst du? Ich meine, wie läuft der Job?«

»Ja. Läuft alles gut«, erwiderte sie in ihrem gebrochenen Deutsch. Sie nahm einen langen Zug von ihrer Zigarette und schnippte sie aus dem Fenster. »Wie läuft es mit dem Schreiben? Ist dein Roman fertig?«

»Nein. Seit der Sache mit meinem Kopf kann ich mich nicht besonders gut konzentrieren.«

»Das wird schon wieder.«

»Hast du dir das Konzert angehört, das ich dir empfohlen

habe?«, fragte ich.

Ich konnte sehen, wie sie überlegte.

»Donald Byrd.«

Sie hatte keine Ahnung, wovon ich sprach. »Ja, habe ich reingehört.«

»Und, wie hat es dir gefallen?«

»Nicht übel.«

Während wir schweigend durch die Stadt fuhren, rauchte sie zwei weitere Zigaretten und schaute abwechselnd in den Rückspiegel und wieder aus dem Fenster. Sie wich meinem Blick aus, und ich fragte mich, ob es an meinem Aussehen lag oder daran, dass ich mich nicht gemeldet hatte. Aber vielleicht wollte sie das hier auch einfach nur schnell hinter sich bringen, weil sie mich längst abgehakt hatte. So, wie mich all die Mädchen davor abgehakt hatten, weil ich sie mit meinem Schweigen genervt oder verängstigt hatte. Einige von ihnen hatten zu meiner Überraschung länger durchgehalten. Vermutlich in der Hoffnung, dass sich hinter meinem traurigen Blick etwas verbarg, auf das es sich lohnte, zu warten. Eine Hoffnung, die regelmäßig enttäuscht wurde. Wenn mir ein Mädchen gefiel, überkam mich eine Unsicherheit, die jedes Gespräch im Keim erstickte. Außer meinem Wissen über Jazz und Basketball gab es nichts, dass ich zu bieten hatte; und Charlie Parker oder die LA Lakers waren keine Themen, mit dem man ein Mädchen beeindrucken konnte.

»Da vorne an der Ecke kannst du mich rauslassen.«

Ich hielt in zweiter Spur. »Tut mir leid.«

Sie kramte in ihrem schwarzen Lederbag nach ihrer Brieftasche. »Was meinst du?«

»Dass ich nicht angerufen habe. Sie haben mir mein Handy geklaut, und ich hatte nur deinen Vornamen.«

»Mach dir keine Gedanken. Ich bin nicht böse.« Sie hatte ihre Brieftasche gefunden. »Wie viel bekommst du?«

»Nichts, die Fahrt ist umsonst.«

»Komm schon, wie viel kriegst du?«

»Nein, wirklich, ich will nichts.« Ich stockte. Ich wollte etwas sagen, irgendetwas, das das hier in die Länge zog. Ich wollte sie nach einer Verabredung fragen, wollte das Gespräch von unserem ersten Abend wieder aufnehmen, die Blicke, das Lächeln, den Kuss ... die Kollision.

Sie warf einen flüchtigen Blick hoch. »Alles okay mit dir?«

»Ja, alles bestens.«

Sie zog einen Zwanziger raus und reichte ihn mir. Aber ich winkte ab. Achselzuckend steckte sie das Geld wieder ein. »Wie du willst. Na dann, danke für die Fahrt.«

»Kein Problem.«

Als sie ausgestiegen und um den Wagen gegangen war, um die Straße zu überqueren, ließ ich das Fenster runter. »Lea.«

Sie blieb stehen, drückte das Kreuz durch, als würde ich ihr eine Waffe in den Rücken bohren, und drehte sich um.

Die Worte kamen gepresst, wie ein Baby, das einfach nicht auf die Welt will. »Hast du ... na ja, hast du Lust, vielleicht mal einen Kaffee trinken zu gehen? ... Irgendwann. Ich meine ...«

»Ja, das wäre nett. Aber ich hab sehr wenig Zeit im Moment. Tut mir leid.«

Ich zögerte und sah die Ungeduld in ihren Augen. »Na ja, du hast gesagt, ich soll dich anrufen, und ich habe irgendwie ein schlechtes Gewissen wegen der Sache.«

Sie sah mich lange an, wie einen entlaufenen Hund, den sie unmöglich mit nach Hause nehmen konnte. »Gut, gib mir deine Nummer. Ich rufe dich an.«

Mir war klar, dass sie nicht anrufen würde. Vermutlich hielt sie es für die leichteste Art, mich loszuwerden.

6

Als die Türklingel leise ertönte, öffnete ich meine Augen und richtete mich auf. Es war Vince. Seit dem Tod meiner Mutter sah er mehrmals die Woche im Laden vorbei, um mich aus meiner trübsinnigen Stimmung zu holen. Ein Versuch, der jedes Mal scheiterte. Ich glaube nicht, dass er wirklich damit rechnete, mich aufmuntern zu können. Es war einfach seine Art, mir zu zeigen, dass er da war. Dass ich mit der Geschichte nicht alleine war. Auch wenn es nichts änderte. Es ändert ja nie etwas, oder? Egal, wie viele mit dir am Grab stehen. Du fühlst, was du fühlst, und mit diesen Gefühlen bist du alleine.

»Hey, wie läufts?«, fragte er zur Begrüßung in seinem bemüht lockeren Ton.

Ich deutete mit einem Blick auf den leeren Laden, was seine Frage beantwortete.

»Verstehe.« Er setzte sich auf den Hocker vor dem Tresen und sah auf mein kariertes Baumwollhemd, das zur Hälfte aufgeknöpft war. Es war der achte Tag hintereinander, dass ich es trug. Etwas, worauf er mich am Vortag mit besorgter Miene hingewiesen hatte.

»Nichts Neues«, erwiderte ich.

»Du solltest vielleicht daran denken, ihn zu verkaufen.« Er wusste, was ich davon hielt. »Schon klar. Trotzdem. Es ist ein finanzielles Grab.« Sein Blick ging an mir vorbei. »Du musst endlich damit aufhören.«

»Womit?«

Er nickte in Richtung des Beistelltisches, der neben mir hinter dem Tresen stand. Darauf lag ein Foto meiner Mutter. Sie stand im Laden am Fenster und trug ein schlichtes graues Baumwollkleid, das ihr bis zu den Knien reichte. Es war das Kleid, das sie an jenem Vormittag getragen hatte. Ich dachte daran, wie wir uns gestritten hatten, weil ich von der Uni abgegangen war. Ich dachte an die Dinge, die ich ihr an den Kopf geworfen hatte, an ihren enttäuschten und verletzten Blick, als ich aus der Wohnung gestürmt war. Daran, dass ich nichts mehr davon zurücknehmen konnte.

Es war das erste Mal, dass ich mit Vince darüber sprach. Bis jetzt hatten wir das Thema gemieden wie Treibsand. Zwölf lange Monate. Keine Ahnung, warum er nun damit anfing. Vielleicht weil ich ihn langsam mit meinem Trübsinn ansteckte. Jetzt, wo er den Kopf mit anderen Dingen voll hatte.

»Sie war eine tolle Frau. Aber dass du hier rumsitzt und Trübsal bläst, bringt sie nicht zurück.« Er schüttelte den Kopf. »Ich weiß einfach nicht, was ich dir noch sagen soll.« Er sah mich an und wartete auf eine Reaktion. Aber ich erwiderte nur seinen Blick und wunderte mich. Denn bisher hatte er überhaupt nichts gesagt. Als sei der Tod meiner Mutter ein Minenfeld, das er um jeden Preis meiden wollte.

»Du musst loslassen«, beschwor er mich.

Ich beugte mich demonstrativ vor. »Wenn du mir sagst, wie, mache ich es.«

Er blieb unbeeindruckt. »Wir haben heute Abend eine Sängerin für ein kleines Konzert im Laden. Eine Mischung aus Soul und Jazz. Komm vorbei. Pasta, ein Glas Wein. Ein bisschen Ablenkung. Wir haben ein paar neue Kellnerinnen.«

Er zwinkerte mir zu.

Ich nickte, aber ihm war klar, dass ich nicht kommen würde. Er ließ sich vom Hocker gleiten und machte Anstalten, zu gehen. Als er ansetzen wollte, noch etwas zu sagen, kam ich ihm zuvor. »Ok, ich überleg's mir.«

Im nächsten Moment war er aus der Tür. Ich sah zur Seite auf das Foto meiner Mutter. Sie war eine begeisterte Lehrerin gewesen, bis ihre Krankheit sie jäh ausgebremst hatte. So wurde die Musik in den letzten Jahren zu einer Art Zuflucht für sie vor ihrem unberechenbaren Körper und der Tatsache, dass ihr Mann sie kurz nach der niederschmetternden Diagnose verlassen hatte.

Dass mein Vater geheiratet hatte, war vermutlich nur einem schwachen Moment, oder aber dem Wunsch, sich in das Heer vermeintlich glücklicher Familien einzureihen, geschuldet. Wenn alle um dich herum das gleiche Programm fahren, kommst du nicht umhin, dich zu fragen, ob mit dir etwas nicht stimmt. Es ist nicht leicht, seiner eigenen inneren Stimme zu folgen, statt dem einheitlichen Rauschen, das die Welt um dich herum anstimmt. Die Bestimmung meines Vaters waren ständig wechselnde Affären und die Wissenschaft. Er taugte nicht zum Krankenpfleger, und nach der Diagnose für meine Mutter nutzte er einen tränenreichen Abend für eine letzte theatralische Abschiedsszene, bevor er für immer verschwand. Immerhin überwies er jeden Monat pünktlich den Unterhalt, der meine Mutter über Wasser hielt. Mittlerweile lehrte er an einer Uni in Lissabon. Wir hatten seit Jahren nichts voneinander gehört. Im Grunde ist er ein Leben lang ein Fremder für mich geblieben. Ein Mann, der eigentlich kein Kind wollte und zu seinem Sohn lediglich eine Art Geschäftsbeziehung pflegte, deren Credo lautete:

»Wenn du mich in Ruhe lässt, lasse ich dich in Ruhe.« Eine Grundlage, auf der unsere Beziehung erstaunlich gut funktionierte. Und nachdem ich bei Vince gesehen hatte, wie so etwas auch laufen konnte, war ich nicht einmal unglücklich über unser stillschweigendes Abkommen. Er war auch nicht zur Beerdigung gekommen. Ich hatte ihm nicht Bescheid gesagt, sondern lediglich das Konto meiner Mutter aufgelöst.

Ich dachte an Vince' Worte: »Es bringt sie nicht zurück.« Das war das Problem. Es ließ sich nicht ungeschehen machen. Ich hatte ihm nichts erzählt. Nichts von dem Gespräch am letzten Morgen. Davon, dass sie jetzt noch leben könnte.

Ich hatte niemandem davon erzählt.

In diesem Moment ging der Vibrationston meines Handys los. Ich kannte die Nummer nicht und überlegte. Normalerweise ging ich nie ran, wenn mir die Nummer auf dem Display fremd war. Aber diesmal, ich weiß nicht, vielleicht war es eine Eingebung, vielleicht wollte ich auch nur auf andere Gedanken kommen. Jedenfalls ging ich nach dem fünften Vibrieren ran. Die Stimme klang gedämpft und von Tränen erstickt. Zunächst erkannte ich sie nicht. Erst als sie ihren Namen sagte, war mir klar, wer dran war. Dass sie es war.

»Lea. Hey, alles in Ordnung?«

Sie schniefte und zog die Nase hoch. »Nein, ist es nicht. Kannst du vorbeikommen?«

»Ich ... wo bist du? Was ist passiert?«

»Da, wo du mich abgesetzt hast.«

»Ich verstehe nicht.«

Ihre Stimme war jetzt nur noch ein Flüstern. »Das erkläre ich dir später. Komm einfach vorbei, ja?«

»Soll ich die Polizei rufen?«

Sie zog die Nase wieder hoch und wimmerte leise. »Nein.«

»Aber wieso? Was ist denn eigentlich los?«

Sie antwortete nicht.

»Lea, was ist los? Sag mir doch einfach, was los ist?«

»Das Schwein hat …« Sie schluchzte. »Kommst du?«

Ich versuchte, einen klaren Gedanken zu fassen, aber in meinem Kopf war eine riesige Leere.

»Daniel …?«

»Ja?«

»Was ist, kommst du?«

Mein Mund war trocken. Ich starrte an die Decke.

»Vergiss es. Mach's gut …«

»Nein, schon gut … ich komme.«

»In der Einfahrt steht ein blauer BMW. Geh durch den Garten um das Haus rum. Die Tür zur Terrasse müsste offen sein. Und sei vorsichtig! Ich glaube, er schläft … ist betrunken.«

Ich wollte noch etwas sagen. Aber da hatte sie schon aufgelegt.

Als ich bei der Adresse ankam, sah ich, dass im unteren Stockwerk Licht brannte. Es war eine Jugendstilvilla mit einem großen Vorgarten und einer asphaltierten Einfahrt. Ich entdeckte den blauen BMW, der vor der Garage stand, und blieb eine Weile sitzen, unentschlossen, mit der Frage beschäftigt, ob es wirklich eine gute Idee war, rüber in dieses Haus zu gehen und … was zu finden? Plötzlich überfiel mich der Wunsch, im Bett zu liegen, einfach vor mich hinzustarren und mir Sätze auszudenken, die nie das Licht der Welt erblicken würden. Aber dann dachte ich an Lea, ihr Schluchzen, das Wimmern, die Hilflosigkeit in ihrer Stimme, daran, wie es sich angefühlt hatte, als sie mit einem Finger über meine

Hand gestrichen war, das Prickeln, die Erregung, das Vibrieren meines Körpers. Und ihr trauriger Blick zum Schluss, als ich ihr von meiner Mutter erzählt hatte.

Ich sah die Straße auf und ab, keine Menschenseele, es war ganz still. Das einzige Geräusch war das monotone Summen des Großstadtverkehrs. Ich zog den Schlüssel aus dem Schloss, stieg aus und ging langsam über die Straße auf das Haus zu.

Die Tür zum Vorgarten war nur angelehnt. Auf dem Klingelschild stand OS Serviceagentur. Ich betrat das Grundstück und horchte, ob ich etwas Verdächtiges hörte. Schreie, Geräusche eines Kampfes, keine Ahnung, irgendetwas, das mir einen guten Grund gegeben hätte, die Polizei zu rufen und dann das Weite zu suchen. Mein Blut raste durch die Venen, meine Knie waren wackelig, und einen Moment lang überlegte ich, Vince anzurufen.

Ich ging um das Haus rum. An seiner Rückfront erstreckte sich ein riesiger Garten, in dessen Mitte ein beleuchteter Swimmingpool lag. Ringsherum standen dicht bewachsene hohe Büsche, die den Blick auf das Grundstück versperrten. Kurz darauf kauerte ich am Eingang der Terrassentür. Ich zögerte eine Sekunde, ergriff die Klinke und stellte fest, dass die Tür auf war. Ein Gefühl der Enttäuschung jagte wie Gift durch meinen Körper, als ich begriff, dass es jetzt kein Zurück mehr gab, keine fadenscheinige Erklärung, dass es nicht an mir gelegen hatte, dass das verdammte Teil abgeschlossen war und ich unverrichteter Dinge den Rückzug hatte antreten müssen. Die Tür war auf, also ging ich rein.

Was hätte ich sonst tun sollen?

Der Raum war in rotes Licht getaucht. Ich sah mich um, und es war offensichtlich, dass eine Frau in diesem Haus

lebte. Die goldenen Kerzenständer, die rote Vase, der Steck-
kasten, in dem kleine Parfümflaschen standen, die verzierten
Lampen auf den Beistelltischen, die Modezeitschriften. Ich
versuchte, das Ganze mit Leas Worten in Einklang zu bringen, aber es gelang mir nicht. Ihr Schluchzen, der schlafende
Typ, die verspielte Einrichtung, es ergab kein stimmiges
Bild.

Ich lauschte, ob ich vielleicht ein Wimmern oder Weinen
hörte, aber da war nichts, nur das leise Rauschen in meinen
Ohren. In diesem Moment spürte ich das Summen in meiner
Hosentasche. Erschrocken nahm ich das Handy raus, drückte
auf Annahme und flüsterte: »Lea?«

Ein Schniefen. »Wo bist du?«

»Ich stehe im Wohnzimmer. Wo bist du?«

»Im Bad. Sieh nach, ob der Typ schläft.«

»Welcher Typ ...? Und ...«

»Der Typ, der ... sieh einfach nach!«

»Aber wo soll ich suchen?«

»Wenn er nicht im Wohnzimmer liegt, sieh im Schlafzimmer nach. Es ist gleich nebenan.«

»Okay, und wo finde ich dich? Ich meine, wo ist das Badezimmer?«

»Am Ende des Flurs die letzte Tür links.«

Es machte klick. Ich steckte das Handy ein und ging vorsichtig in Richtung Tür. Ich stoppte nach jedem Schritt, lau-
schend, ob da irgendein Geräusch war, etwas Verdächtiges,
ob sich jemand wälzte, schnarchte oder im Begriff war, auf-
zustehen. Schritt für Schritt schlich ich mich bis zur Tür. Als
ich über die Schwelle trat, knarrte der Dielenboden unter
meinen Füßen. Ich blieb stehen und hielt die Luft an. Ich
wünschte mir diesen Schmerz, den Blitz in meinem Kopf,

und dann ein Bild, das mir zeigte, das wir hier unbeschadet wieder rauskamen. Aber da war nur das Pochen unter der Narbe, das wie ein Generator unentwegt lief und mich daran erinnerte, dass da etwas in meinem Kopf war, das da nicht sein sollte.

Die Tür zum Schlafzimmer war angelehnt. Ich ging drei Schritte wie in Zeitlupe und stand direkt davor. Ganz langsam drückte ich sie auf und sah in dem dunklen Raum undeutlich die Umrisse eines massigen Körpers mit dem Kopf nach unten auf einem riesigen Bett liegen. Leise Pfeifgeräusche drangen aus dem Zimmer. Ich zog die Tür Zentimeter für Zentimeter wieder ran, drehte ab und ging langsam zum Ende des Flurs. Vor der letzten Tür blieb ich stehen und klopfte leise. »Lea?«

Nach ein paar Momenten wurde die Tür entriegelt. Ich drückte die Klinke runter und öffnete sie. Lea kauerte auf der Erde neben dem Waschbecken. Sie trug nur einen weißen Slip und ein rosa Tanktop. Ihr Körper war mit blauen Flecken und Abschürfungen übersät. Ihre Unterlippe war aufgeplatzt, und ihr linkes Auge schimmerte bläulich violett. Sie sah mich aus tränenverschmierten Augen an. Der Anblick verschlug mir die Sprache.

»Verdammt, was ist passiert?«, war das Erste, was ich rausbrachte.

Sie zog die Nase hoch und wischte sich mit einer Hand über die Wangen. »Kannst du mir aufhelfen?«

Ich ging rüber und versuchte, ihr so vorsichtig wie möglich auf die Beine zu helfen. Es fühlte sich an, als würde ich etwas Lebloses hochhieven. Ich nahm ihren rechten Arm, legte ihn um meine Schulter und fasste sie um die Taille. Dann zog ich sie langsam aus dem Badezimmer. Bei jedem Schritt zuckte ihr Körper vor Schmerz zusammen, und ihr Gesicht verzog sich zu einer Grimasse.

»Gehts?«, fragte ich.

»Ja.«

Ich half ihr den Flur entlang und hielt nach ein paar Schritten an, um zu lauschen, ob ich irgendetwas Verdächtiges hörte. Nichts. Als wir am Schlafzimmer vorbeikamen, stoppte mein Atem. Ich hielt ihn nicht an. Er stoppte einfach. Ein Instinkt, mehr nicht. So alt wie die Zeit. Aber neben mir ertönte ein schmerzvolles Stöhnen, und ich kniff die Augen zusammen, während ich betete, dass wir endlich aus dem verdammten Haus rauskamen. Als wir das Wohnzimmer erreicht hatten, ließ Lea ihren Blick durch den Raum schweifen.

»Oh nein.«

»Was ist?«

Mit der freien Hand strich sie sich durch die strähnigen Haare. »Daniel, wir müssen noch mal ins Schlafzimmer.«

Ich hielt an. »Ins Schlafzimmer? Unmöglich. Der Typ liegt im Schlafzimmer.«

»Es geht nicht anders. Meine Tasche steht auf dem Nachttisch. Da sind meine Sachen drin … mein ganzes Geld.«

»Aber was ist, wenn er aufwacht?«

»Er hat eine Menge getrunken. Ich glaube nicht, dass er aufwacht?«

Ich ließ sie langsam auf einen dunkelbraunen Samtsessel gleiten. »Ok, du bleibst hier. Ich hole die Tasche.«

Sie nickte, und als ich abdrehen wollte, hielt sie mich kurz an einem Handgelenk fest und warf mir einen Blick zu. Ich zog meinen Arm vorsichtig weg und ging in den Flur. Vor dem Schlafzimmer schloss ich für einen Moment die Lider, dann drückte ich die Tür auf. Der Mann lag immer noch auf dem Bauch und schnarchte ganz leise. Ich wartete ein paar Sekunden, bis sich meine Augen an das Dämmerlicht in dem Raum gewöhnt hatten. Dann sah ich die schwarze Ledertasche. Sie stand direkt auf einem Beistelltisch unter einer Stehlampe. Als ich den ersten Schritt in den Raum setzte, drehte der Mann sich stöhnend um und zog sich das weiße Laken bis zur Hüfte. Mein Puls setzte für eine Sekunde aus, denn der Mann, der da vor mir lag, war niemand anderes als Natalies Kollege. Der Typ, der mich im Krankenhaus verhört hatte. Der Mann, der völlig übernächtigt ausgesehen hatte.

Brandt.

Ich starrte ihn an und versuchte zu begreifen, was er hier machte und warum er Lea so zugerichtet hatte. Aber in meinem Kopf herrschte völlige Leere. Ein paar Sekunden blieb ich ohne zu atmen stehen, ehe ich langsam Schritt für Schritt wie über ein Minenfeld in Richtung Tasche ging. Als ich direkt neben Brandts Kopf stand, überlegte ich, wie groß die Chancen waren, mit heiler Haut davonzukommen, wenn ich ihm jetzt ein Kissen aufs Gesicht drückte. Es war nur ein kurzer Anflug, der Wunsch, sich mit einem Griff aller Probleme zu entledigen. Aber ich wusste, dass die Probleme gerade erst begonnen hatten.

Lea hatte sich aufgerichtet und saß auf der Lehne des Sessels, als ich ins Wohnzimmer kam. Ihre Augen starrten auf den Boden ins Leere. Sie sahen aus, als wären sie in trübes Wasser getaucht worden. Ich reichte ihr das Kleid und die Tasche. Sie warf einen kurzen Blick rein und nickte mir zu. Das Zeichen, dass wir endlich verschwinden konnten. Ich hob sie wieder hoch, ein kurzes Stöhnen, ein Zucken im Körper, und wir schoben uns vorsichtig in Richtung Terrasse.

In diesem Moment hörte ich das Knarren des Bettes und ein Vibrieren wie von einem leichten Erdbeben. Die Geräusche kamen aus dem Schlafzimmer, aber ich schwöre, ich hörte sie so deutlich, als kämen sie direkt aus meinem Kopf. Wir hielten an, drehten uns um und sahen einen riesigen Schatten um die Ecke kommen.

Lea zog mich am Ärmel. »Komm!«

Dann rannten wir in Richtung Terrasse.

Als wir im Auto saßen, sagte keiner ein Wort. Ich startete den Wagen, guckte hektisch in den Rückspiegel und fuhr los. Während ich ziellos durch die schlecht beleuchteten Alleen kreuzte, zog sich Lea leise stöhnend ihr Kleid an. Dann kramte sie mit schmerzverzerrtem Gesicht nach einer Zigarette, und im nächsten Moment war der Wagen voller Qualm.

Ich ließ das Fenster runter.

Sie pustete den Rauch von mir weg. »Sorry ...«

»Ist schon in Ordnung.« Ich sah rüber zu ihr auf den geschundenen Körper und ihr lädiertes Gesicht. »Weißt du, dass der Typ ein Bulle ist?«

»Ja.«

»Wir müssen erst mal in ein Krankenhaus.«

»Auf keinen Fall. Ich will nur noch in mein Bett.«

Ich schüttelte den Kopf. »Sieh dich an. Wir müssen zu einem Arzt, und dann sollten wir zur Polizei.«

»Er gehört zu denen. Was glaubst du, was die machen, wenn ich ihnen meine Geschichte erzähle?«

Eine graue Katze schoss plötzlich unter einem parkenden Auto hervor, und ich trat voll auf die Bremse. Eine Weile starrte ich auf die leere Straße vor uns. »Willst du das Schwein einfach so davonkommen lassen. Sieh dir an, was er mit dir gemacht hat?«

Sie winkte ab. »In ein paar Tagen ist das wieder vergessen.«

Ich spürte, dass es keinen Sinn hatte, sie überzeugen zu wollen. »Aber ich fahre dich auf jeden Fall in ein Krankenhaus. Eine Bekannte von meiner Mutter ist Ärztin. Die soll sich das ansehen.«

Sie seufzte. »Gut.«

»Kennst du den Typen?«

Keine Reaktion.

Ich fuhr weiter. Die Lichter der entgegenkommenden Wagen flogen an uns vorbei. »Was ist eigentlich passiert?«, fragte ich und sah zur Seite. Lea lehnte mit dem Kopf am Fenster. Ich konnte sehen, wie ihr Atem das Glas beschlagen hatte. »Lea?«

Sie schreckte aus ihren Gedanken hoch. »Was?«

Es fiel mir schwer, die Worte auszusprechen, denn ich hatte längst ein Bild im Kopf, was passiert war. »Was hast du da gemacht? Ich meine, woher kennst du ihn?«

Ihre blutunterlaufenen Augen sahen mich müde an. »Nicht jetzt, Daniel.«

In der Klinik fragte ich bei der Aufnahme, ob Dr. Verbeck im Haus war. Wir hatten Glück. Also nahm ich Lea und fuhr mit ihr in den achten Stock. Als wir aus dem Fahrstuhl stiegen, deutete ich mit einer Hand auf die weißen Plastikstühle im Flur. »Warte hier einen Moment. Ich werde sie suchen. Bin gleich wieder da.«

Lea nickte, setzte sich vorsichtig hin und ich ging den Korridor entlang. Eine Schwester kam mir entgegen. Eine kleine zierliche Frau mit weißer Uniform und Gesundheitsschuhen.

»Können Sie mir sagen, wo ich Dr. Verbeck finde?«

»Versuchen Sie es da hinten rechts im Schwesternzimmer.«

»Danke.« Ich wollte mich gerade auf den Weg machen, da hörte ich eine bekannte Stimme in meinem Rücken. »Daniel?« Ich drehte mich um und sah die Freundin meiner Mutter aus einem Patientenzimmer kommen. »Suchst du mich?« Sie sah erschrocken aus und kam mit ihrer typischen Haltung, hinter dem Rücken verschränkten Armen, in meine Richtung. Ihre Hände waren immer rau und gerötet. Verbeck war die Ärztin, die meine Mutter wegen ihrer MS behandelt hatte. Dabei hatte sich zwischen den beiden so etwas wie eine Freundschaft entwickelt. Ich erinnerte mich, wie sie einmal zum Abendessen bei uns war und dabei vier Mal auf die Toilette gegangen war. Jedes Mal lag der Pfirsich Duft unserer Handseife in der Luft, wenn sie zurückkam. Plötzlich begriff ich, warum sie so erschrocken dreinblickte. »Was ist mit deinem Kopf passiert?«

Ich winkte ab. »Ein kleiner Unfall.«

Sie runzelte nur die Stirn.

Ich ignorierte es. »Eine Freundin von mir ist verletzt. Könnten Sie sich das ansehen?« Ich deutete den Gang entlang zu Lea, die mit offenen Augen auf dem Stuhl saß, ihren Kopf gegen die Wand lehnte und an die Decke starrte.

Verbeck folgte meinem Blick, und wir gingen den Flur entlang zu Lea. »Was ist passiert?«

Ich überlegte, was ich sagen sollte. Aber mir fiel nichts ein. »Ich weiß es nicht.«

Sie schüttelte ungläubig den Kopf. »Sie ist deine Freundin und du weißt nicht, was passiert ist?«

»Sie ist ... Na ja, sie ist ... ich bin erst dazugekommen, als alles vorbei war.«

Wir standen vor Lea, die ihren Kopf von der Wand hob und den Blick senkte. Ich hatte damit gerechnet, dass Verbeck entsetzt reagieren würde, aber sie blieb ganz ruhig und sachlich. Vermutlich war es nicht das erste Mal, dass sie so etwas sah. Wahrscheinlich sah sie hier Dinge, die ich mir nicht mal vorstellen konnte.

»Können Sie aufstehen?«

Lea schälte sich mühsam aus ihrem Sitz. Ich griff ihr unter die Arme und half ihr hoch. Verbeck zeigte zu einer Tür. »Gehen wir in mein Sprechzimmer. Dann sehe ich mir das an.« Als wir vor dem Zimmer angekommen waren, nahm sie Lea am Arm. »Ich glaube, es ist das Beste, wenn du hier draußen wartest, Daniel. Ich hole dich dann.«

Ich nickte, und im nächsten Moment waren die beiden in dem Sprechzimmer verschwunden. Als ich mich gegenüber auf einem Stuhl niederließ, fiel die ganze Anspannung von mir ab, und von einer Sekunde zur anderen sackte ich zusammen, müde und erschöpft, aber immer noch damit beschäftigt, ob die Antwort auf die Frage, was Lea in dem Haus gemacht hatte, so einfach war, wie sie aussah. Ich wollte, dass sie es nicht war, und redete mir ein, dass es haufenweise Erklärungen gab. Mir fiel nur keine ein, und eine leise Stimme in meinem Ohr stichelte immer wieder: »Sei kein Dummkopf. Sieh der Wahrheit ins Auge. Du weißt, was da läuft. Dein Problem ist, dass du nicht glaubst, was du weißt.«

Nach etwa einer Viertelstunde kam Verbeck wieder raus. Sie sah ernst und besorgt aus. Ich stand auf und ging zu ihr.

»Deine Freundin zieht sich noch an. Ich habe ihr ein Schmerz- und Beruhigungsmittel gegeben.«

»Danke. Ist alles in Ordnung?«

»Du hast sie gesehen. Was glaubst du?«

Ich schüttelte den Kopf.

»Abgesehen von den Prellungen und Schürfwunden hat sie starke Verletzungen im Genitalbereich. Weißt du, wer das war?«

Ich zögerte, unsicher, ob ich erzählen sollte, was ich gesehen hatte.

»Daniel, ihr müsst zur Polizei und den- oder diejenigen, die dafür verantwortlich sind, anzeigen.«

»Ich weiß, aber das will sie nicht.«

Ihre Stirn legte sich in Falten. »Das hat sie mir auch gesagt. Aber weshalb? Hat sie Angst?«

Was sollte ich sagen, dass der Typ, der sie vergewaltigt hatte, Polizist war? Dass sie sich für Geld mit einem brutalen Schwein eingelassen hatte. »Ich habe keine Ahnung.«

»Du solltest unbedingt noch mal mit ihr reden. Ihr müsst damit zur Polizei.«

»Ja.«

»Wie gut kennst du sie eigentlich?«

»Weshalb?«

»Ich bin mir ziemlich sicher, dass sie etwas genommen hat.«

»Genommen?«

»Drogen.«

Ich nickte. Mein Adrenalinspiegel war dermaßen hoch gewesen, dass ich keinen Blick dafür gehabt hatte, dass Lea bis oben hin zugedröhnt war. Aber ich erinnerte mich an ihre Fahrt im Taxi bei mir. Der flackernde Blick, ihr unruhiger Körper und die Art, wie sie die Zigaretten eingesaugt hatte. Eine Krankenschwester ging an uns vorbei, und Verbeck nickte ihr kurz zu. »Ihre Pupillen sind stark erweitert, und obwohl sie total erschöpft ist, kommt ihr Körper nicht zur

Ruhe. Ihr Puls rast. Das ist ein deutliches Zeichen für Drogenkonsum. Kokain, Ecstasy, Speed, was auch immer. Was ist mit dir?«

»Mit mir?«

»Ja, nimmst du irgendetwas?«

»Sie meinen Drogen? Nein.«

Sie sah mich skeptisch an. »Ich weiß, es geht mich nichts an. Aber lass dich da nicht in irgendetwas reinziehen, Daniel.«

Ich nickte und dachte an die letzten 72 Stunden. Daran, dass es dafür zu spät war. In diesem Moment kam Lea aus dem Sprechzimmer. Sie zog ihr Kleid noch einmal zurecht und streifte ihre Tasche über die Schulter. In ihrer Armbeuge klebte ein kleines Pflaster. Auf ihrem Gesicht erschien ein schwaches Lächeln. »Ok, von mir aus können wir.« Sie nickte Verbeck zu. Ein kurzer Händedruck, dann waren wir bereit.

»Danke noch mal. Schicken Sie die Rechnung zu mir nach Hause«, sagte ich.

Sie warf Lea einen kurzen Blick zu. »Das ist schon erledigt.«

Die nahm mich an die Hand. »Komm. Ist alles geregelt. Lass uns gehen.« Und dann machten wir uns auf den Weg. Ich zog meine Jacke aus und gab sie ihr. Sie lächelte schwach und legte sie sich um die Schultern. Ich nickte unsicher und fragte mich, ob ich sie noch stützen sollte. Ich hatte keinerlei Erfahrung in solchen Dingen. Nicht dass sie im Vollbesitz ihrer Kräfte war, aber sie sah aus, als könnte sie alleine gehen, und dieser Gedanke versetzte mir einen Stich.

Als wir im Auto saßen, überlegte ich, wie es weitergehen sollte. Mein Blick fiel über den halb leeren unbeleuchteten

Parkplatz zum Eingang, wo ein Patient im Bademantel stand und sich eine Zigarette anzündete. »Worauf wartest du?«

Ich sah sie an. Sie wirkte ruhiger, gefasster. Ich meine, ihr Körper war immer noch damit beschäftigt, die Spuren der Nacht zu verarbeiten, und ihr Blick wirkte erschöpft, aber es sah aus, als würde sie langsam die Kontrolle über sich zurückgewinnen. Sie atmete tief durch und seufzte, ein kurzer Moment der Unentschlossenheit. »Auf nichts.«

»Also gut, dann lass uns fahren.«

Ich startete den Wagen, schaltete das Licht an und fuhr in Richtung Ausgang. Wir fädelten uns in den Fürstenbrunner Weg ein, passierten einen riesigen unbeleuchteten Friedhof und bogen nach ein paar hundert Metern in den Spandauer Damm ab. Keiner sagte ein Wort. Wir starrten einfach nur geradeaus und mit jeder Sekunde machte mich dieses Schweigen nervöser. »Wie gehts dir? Fühlst du dich besser?« Ich blickte zur Seite.

Sie sah mich an. »Alles ok.«

Ich nickte und entschloss mich, auf die Stadtautobahn zu fahren. Sie war völlig leer, und das einzige Licht waren die Scheinwerfer meines Wagens, die uns direkt in Richtung Grunewald führten. Lea warf mir einen Blick zu und zündete sich wieder eine Zigarette an. Aber nicht mehr hastig, sondern wie ein vertrautes automatisiertes Ritual. Nach dem ersten Zug konnte ich sehen, wie eine Welle der Entspannung durch ihren Körper flutete. »Was hast du vor?«

»Ich fahre dich nach Hause. Der Weg ist kürzer.«

Der Mond stand tief und strahlte in voller Wattzahl. Er hatte sich eine kleine Schneise durch die dichte Wolkendecke gesucht und schien zum Greifen nah. Es sah aus, als würden wir direkt auf ihn zufahren. Ich dachte an Brandt, das

Schlafzimmer, Leas Tasche auf dem Beistelltisch und wie sie in dem Bad gekauert hatte. »Wie bist du eigentlich an dein Handy gekommen?«

Sie sah mich völlig ahnungslos an.

»Du hast mich doch aus dem Bad mit deinem Handy angerufen.«

Jetzt fiel der Groschen. Sie zuckte mit den Achseln. »Ich hatte einfach Glück. Ich habe es im Badezimmer liegengelassen, als ich mich frisch gemacht habe. Ich hatte eine Whatsapp bekommen und es auf die Ablage vor dem Spiegel gelegt.«

Ich stellte mir vor, wie Brandt auf sie einschlug, und das Blut pumpte auf einmal schneller durch meine Venen. »Das war wirklich Glück.«

Sie nickte. »Wenn er bei einem Schlag nicht sein Gleichgewicht verloren hätte und aus dem Bett gekippt wäre, hätte ich es gar nicht bis ins Bad geschafft.«

»Warum hat er das getan? Ich meine, warum hat er dich geschlagen?«

»Ich weiß es nicht. Vermutlich, weil er krank ist.«

Ich nahm die Ausfahrt Halensee und holte tief Luft. »Und du willst die Sache wirklich auf sich beruhen lassen?«

Sie starrte in die Nacht und sog gierig an ihrer Zigarette. »Es würde alles nur noch schlimmer machen.«

»Ich verstehe es immer noch nicht.«

»Kannst du dir vorstellen, wie das läuft? Es spielt keine Rolle, wie viele blaue Flecken ich habe ... ich bin dahin gegangen, und die werden sagen, dass ich auf so was stehe. Die lassen keinen Polizisten ins Gefängnis gehen. Nicht wegen einer wie mir.« Sie schloss die Augen und atmete tief durch. Dann sah sie mich an. »Danke.«

In diesem Moment hörte ich leise eine Melodie spielen. »Hörst du das?«

»Was meinst du?«

»Die Musik. Von irgendwoher kommt Musik.« Ich drehte mich um, um zu sehen, ob irgendetwas in unserem Rücken war. Doch hinter uns lag nur die Dunkelheit.

Lea horchte. »Ja, jetzt höre ich es auch ... das ist mein Handy.« Sie griff in ihre Tasche, zog es raus und sah auf das Display. Ihr Blick verdunkelte sich, aber sie ging nicht ran.

»Alles in Ordnung?«

»Ja.«

Ich fragte mich, wer der Anrufer war, und als ich sie anschaute, sah ich die Nervosität in ihren Augen. Aber da war noch etwas anderes.

Angst.

Als wir in die Königsallee abbogen, hatte es angefangen, zu tröpfeln. Und binnen weniger Augenblicke hatte sich der leichte Schauer in einen so kräftigen Platzregen verwandelt, dass ich Mühe hatte, die Straße vor mir zu sehen. Ich ging vom Gas und fuhr jetzt fast Schritttempo. Rechts überholte mich ein Radfahrer, der keinen trockenen Fetzen mehr am Leib trug. Ein paar Momente später hielt ich Ecke Hagenerstraße. »Willst du wirklich den Rest zu Fuß gehen? Ich kann dich nach Hause fahren.« Mein Blick fiel auf die Straße, den nassen Asphalt und die Leute, die von dem Wolkenbruch kalt erwischt worden waren und Mühe hatten, gegen den Wind anzukämpfen.

»Kein Problem, von hier aus ist es nur noch ein Katzensprung.« Sie zog meine Jacke aus und reichte sie mir.

»Nein, behalte sie.«

Sie schüttelte den Kopf. »Danke, aber es ist wirklich nicht

weit.« Sie klappte die Sonnenblende runter und betrachtete sich kopfschüttelnd im Spiegel. Ihr Blick verlor sich in Gedanken und tauchte erst wieder auf, als ihr Handy erneut klingelte. Sie holte es raus, sah auf das Display, drückte den Anrufer weg und steckte es ein. Ich hatte einen flüchtigen Blick erhaschen können und den Namen Elena gelesen.

»Was machst du übermorgen?«, fragte sie.

Ich überlegte kurz. »Nichts. Wieso?«

»Noch an einem Kaffee interessiert?«

Ich stutzte. »Ja.«

»Gut, dann hole mich hier um sechs Uhr ab.« Zum Abschied gab sie mir einen Kuss auf die Wange.

Als sie ausstieg und über die Straße ging, dachte ich daran, ihr zu folgen. Ich wartete, bis sie um die Ecke verschwunden war, zögerte noch einen Moment, dann drehte ich um und fuhr nach Hause.

Sie hört sich an, als wüsste sie, wovon sie redet, als sie von Zwangsstörungen spricht. Ihre Stimme, die aus dem Radio zu mir dringt, klingt kühl und kontrolliert. Ich zögere, ehe ich mir ihre Adresse und Telefonnummer besorge.

Als ich im Wartezimmer unruhig auf dem Stuhl rumrutsche, spüre ich ein überwältigendes Gefühl der Hoffnung. Ein paar Minuten später sitze ich ihr gegenüber. Ich weiß nicht, wie ich beginnen soll. Mein Blick wandert unsicher durch die Gegend. Ich sehe auf den grauen Veloursteppich, den Lederschwinger, auf dem sie sitzt, ihre schwarze Nickelbrille. Es dauert eine Weile, bis ich zu reden beginne. Ich sehe sie nicht an. Als ich fertig bin, sagt sie kein Wort, und ich frage mich, ob sie sich immer noch an die Schweigepflicht gebunden fühlt. Ihr Blick gibt mir keinen Aufschluss. »Es sind nur Gedanken«, sage ich.

»Warum sind Sie dann hier?«

Ich zögere.

Sie sieht mich skeptisch an. »Die Behandlung kann langwierig werden. Haben Sie schon mal daran gedacht, sich einweisen zu lassen? Eine stationäre Therapie wäre vermutlich erfolgversprechender.«

»Ich bin nicht verrückt. Ich will nur reden.«

Keine Reaktion. Nur ein neutraler, geschäftsmäßiger Blick, der nach ein paar Sekunden an mir vorbei aus dem Fenster gleitet, wo er meine Geschichte hinter sich lässt und in seine eigene Welt eintaucht. »Überlegen Sie es sich«, sagt sie, als sie wieder zu mir zurückkehrt.

Ich nicke.

Als ich die Praxis kurz darauf verlasse, weiß ich, dass ich nicht wiederkommen werde.

Es muss eine andere Lösung geben.

7

Als ich am nächsten Abend den Laden zumachte, war es ruhig auf der Straße. Kein Gedrängel, kein aufgeregtes Stimmengewirr, nur die von Autoabgasen geschwängerte Luft und leise Motorengeräusche, die der Stadt ihren gewohnten Klang gaben. Mein Blick fiel zum Smart Stay Hotel an der Ecke, wo ein paar gut gelaunte Typen in meinem Alter einen Joint kreisen ließen. Vor Kurzem hatten sich drei Hotels und einige asiatische und italienische Restaurants angesiedelt. Seitdem trieb es haufenweise überwiegend junge Touristen in die Gegend. Ein Trend, von dem unser Laden nicht profitieren konnte. Die Leute mochten ihn. Aber niemand gab Geld für alte abgegriffene Platten, Souvenirs und Erinnerungen aus.

Während ich über Erinnerungen nachdachte, fiel mir der graue Polo auf der anderen Straßenseite auf, und als ich genauer hinsah, entdeckte ich sie. Es war das Auto, das Natalie von ihren Eltern zum Abitur geschenkt bekommen hatte. Oder jedenfalls das, was noch von ihm übrig war. Beide vorderen Kotflügel waren zerbeult, der Lack blätterte überall ab und ließ an vielen Stellen Rost durchschimmern. Über die ehemals silbernen Felgen hatte sich eine speckige Dreckschicht gelegt. Das vordere Nummernschild war offenbar vom jahrelangen Rangieren in zu engen Parkplätzen völlig deformiert. Der Wagen sah aus wie ein schwer verwundetes Tier, das einfach nicht sterben wollte.

So lange ich Natalie kannte, hatte sie sich nie etwas aus dem Luxus ihrer Eltern gemacht. Sie war mit achtzehn von zu Hause ausgezogen, um in eine heruntergekommene Zwei-zimmerwohnung am Kottbusser Tor zu ziehen und abends in einer Szenekneipe zu jobben. Nachdem sie ein Jahr später mit dem besten Notendurchschnitt ihres Jahrgangs von der Schule abgegangen war, sah ich sie nur noch sporadisch, wenn sie Josie abholte oder wir schwimmen gingen, was im-mer seltener vorkam. Bis zum Tag nach unserem Abitur. Da-nach verloren wir uns ganz aus den Augen. Unter anderen Umständen hätte ich mich gefreut, sie hier zu sehen. Aber nach ihrem Auftritt im Krankenhaus war ich mir sicher, dass ihr Besuch nichts mit mir zu tun hatte. Dass sie nicht gekom-men war, um alte Geschichten aufzuwärmen oder mir zu beichten, dass sie nach unserem Wiedersehen viel an mich gedacht hatte. Ich ahnte, warum sie hier war. Trotzdem ging ich langsam über die Straße auf ihren Wagen zu. Sie ließ das Fenster runter. Mein Blick glitt von vorne bis hinten über den Polo. »Hi.«

»Hallo Daniel. Bist du beschäftigt?«

Ich stutzte. »Nein.«

»Steig ein.«

Ich ging zur Beifahrerseite, um ihrer Aufforderung zu fol-gen. Die Ledersitze waren rissig und an einigen Stellen quoll der Schaumstoff aus den Ritzen. Der Wagen hatte genau 241.000 km runter. Als ich versuchte, mich anzuschnallen, stellte ich fest, dass der Gurt hakte.

»Lass es. Er funktioniert nicht.«

Ich nickte und fragte mich, wie viel Natalie wusste. Wusste sie, was Brandt in seiner Freizeit trieb? Ich sah auf ihre Hände. Die Fingernägel waren bis zum Fleisch runtergekaut, und an ihrem linken Handgelenk erkannte ich innen dünne Narben. Sie bemerkte meinen Blick. Aber es war ihr egal.

»Wo wollen wir hin?«, fragte ich.

Sie sah mich nur kurz an. Dann wandte sie ihren Blick wieder nach vorne. Wir fuhren eine Weile durch leere Straßen in Richtung Steubenplatz. Die Reichsstraße war menschenleer. Alle Geschäfte waren geschlossen. Selbst aus den Restaurants drangen außer gedämpften Lichtern keinerlei Lebenszeichen. Mein Blick fiel auf die Silhouetten der nackten Bäume, die an uns vorbeiflogen und in der Dunkelheit wie unheimliche Skelette aussahen. Als wir auf dem Parkplatz vor dem Olympiastadion hielten, war es menschenleer. Der Wind hatte aufgefrischt. Man konnte den nahenden Herbst schon spüren. Er lag in den sterbenden Blättern, dem abnehmenden Licht, dem schimmligen Geruch, der die Luft durchzog. Das Stadion lag da wie ein gestrandetes UFO.

»Was wollen wir hier?«

Natalie zog den Schlüssel ab, stieg aus und ging in Richtung Stadion. Ich folgte ihr bis zum Seiteneingang, der ins Schwimmbad führte. »Morgen lassen sie das Wasser raus.«

Ich lächelte ungläubig. »Willst du schwimmen gehen?«

Sie reagierte nicht auf meine Frage und lief seitlich am Eingang vorbei den Zaun entlang, der um das Bad gezogen war. Als sie an einem Loch angekommen war, blieb sie stehen und sah mich an. »Sie haben kein Geld für Reparaturarbeiten. Ist eine arme Stadt.« Und dann stieg sie durch den Zaun. Ich blickte noch einmal zum Parkplatz und sah einen dunklen BMW aus der Olympischen Straße in Richtung Stadion fahren.

Als wir im Innenbereich des Schwimmbads angekommen waren, erkannte ich, dass es schlimmer war, als ich vermutet hatte. Das Bad war total runtergekommen. Die Tribünen, die zu beiden Seiten des Beckens aufragten, waren gesperrt. An den Pfeilern bröckelte der Putz, einzelne Fliesen auf der Erde waren rausgebrochen und nicht ersetzt worden. Wir ließen uns am Beckenrand nieder, und der Geruch von Chlor stieg mir in die Nase. Es war wie früher, das Becken, das Wasser, rechts von uns der Zehn-Meter-Sprungturm, dahinter die Kabinen ... es fehlte nur Josie, die ihre Bahnen zog.

»Kannst du mir sagen, was wir hier machen?«

Sie sah sich um, als wollte sie sich jedes Detail einprägen. Dann deutete sie mit einem leichten Nicken auf das Becken. »Ist lange her.«

»Ja.« Ich blickte zur anderen Seite zum Kinderbecken, an dem Josie und ich oft gesessen hatten, um in das helle Geschrei und das Jauchzen der Kids einzutauchen. Josie, die ihren schmächtigen, zerbrechlichen Körper immer unter unförmigen weiten Klamotten versteckt hatte. Josie, die Kinder gemocht hatte. Kinder tuscheln nicht hinter deinem Rücken, hatte sie gesagt. Sie brüllen dir die Wahrheit ins Gesicht. Und plötzlich konnte ich den Lärm wieder hören, die besorgten Rufe der Mütter, das Kreischen der Jungen und Mädchen, ihr blindes Vertrauen.

»Wann hast du sie das letzte Mal gesehen?«, unterbrach Natalie meine Gedanken.

Ich überlegte. »Kurz nach dem Abi. Alles in Ordnung mit ihr?«

Sie richtete ihren Blick auf das Wasser und starrte auf die ruhige Oberfläche. »Das weiß ich nicht.«

»Was ist passiert?«, fragte ich verblüfft. Ich sah mich um.

»Ich meine, was machen wir hier?«

»Sie ist spurlos verschwunden.«

Obwohl mich die Nachricht schockierte, kann ich nicht sagen, dass ich wirklich überrascht war. In gewisser Weise hatte ich schon zum Ende der Schulzeit das Gefühl gehabt, dass Josie irgendwo unterwegs verloren gegangen war. Während der gesamten Oberstufe hatte sie oft gefehlt, weil sie mit ihrer Mutter ausgedehnte Reisen unternahm. Nach ihrer Rückkehr wirkte sie immer irgendwie abwesend und teilnahmslos, als hätten die Eindrücke des Trips ihren Blick für eine andere Welt geschärft. Als könne sie sich in dem grauen Alltag der Oberstufe nicht mehr zurechtfinden. Als wir schließlich unseren Abschluss in der Tasche hatten, war unsere Freundschaft Geschichte. Josies Anrufe blieben ganz aus, die Gespräche wurden immer kürzer und einsilbiger, wenn ich mich meldete. Und irgendwann gab ich es auf. So laufen solche Dinge nun mal, dachte ich zum Schluss.

»Vielleicht ist sie irgendwohin gefahren. Verreist.«

Natalie zog eine Augenbraue hoch. »Josie? Niemals. Sie ist nicht der Typ, der seine Sachen packt und einfach loszieht. Nicht alleine. Sie ist in ihrem ganzen Leben noch nie irgendwo alleine hingefahren.«

Eine Weile lauschte ich dem stärker werdenden Wind, der durch das baufällige Stadion pfiff. Es klang wie ein Wehklagen. »Und du hast keine Idee, wo sie stecken könnte?«

Natalie rieb sich mit einer Hand den Nacken. »Wir hatten nicht viel Kontakt in letzter Zeit.«

Ich sah sie überrascht an. »Weshalb? Ich meine, ihr beiden ...« Die beiden waren unzertrennlich gewesen. Hätte ich wetten müssen, hätte ich alles darauf gesetzt, dass sich daran nie etwas ändern würde. Aber Dinge ändern sich ständig, oder? Jeden Tag. Ohne Vorwarnung. Man sieht es nicht kommen und selbst wenn, ist man nicht vorbereitet. Keine Ahnung, ob Natalie es hatte kommen sehen. Aber vorbereitet war sie auf keinen Fall gewesen.

Sie starrte wieder auf das Wasser im Becken, eine dunkle Masse, in dem sich ihr Blick verlor wie in einem schwarzen Loch. Eine Weile saßen wir einfach nur nebeneinander. Sie hob den Blick an der Tribüne vorbei auf die tief hängende unentschlossene Wolkendecke, die der Nacht ein schwaches Licht verlieh. Dann stand sie auf, zog sich langsam aus und sprang ohne ein Wort ins Wasser, das höchstens 15 oder 16 Grad haben konnte. Nach ein paar Sekunden war die Wasseroberfläche ganz ruhig. Ich fixierte den Punkt, an dem sie eingetaucht war, und begann mit meinen Augen das gesamte Becken abzusuchen. Nichts. Das Wasser sah aus wie schwarze Tinte, die sie verschluckt hatte. Nach ein paar Augenblicken tauchte sie auf und begann, einige Bahnen zu schwimmen.

Ich dachte an die Schulzeit. Daran, wie Josie das Eis zwischen uns gebrochen hatte. Während unserer ersten Physikklausur hatte sie mein hilfloses vor mich hinstarren bemerkt und mir mit einem sanften Stoß gegen den Ellenbogen signalisiert, dass ich einen Blick auf ihre Lösungen riskieren sollte. Ihr Strahlen, als ich mich für die Eins bedankte, die ich später für die Arbeit bekam, habe ich immer noch vor Augen. Es war der Beginn unserer Freundschaft. Von da an tauchte sie regelmäßig bei uns im Laden auf, wo wir stundenlang über Musik und die Geschichten hinter den Platten sprachen. Oft saß sie schweigend in einer Ecke und las in den Biografien von Musikern, die aus schwierigen Verhältnissen kamen. Damals hatte ich mir nichts dabei gedacht.

Als Natalie aus dem Becken stieg, zog sie sich wortlos an. Das erste Mal fielen mir die tiefen Ringe unter den Augen auf, die eingefallenen Wangen und die fahle Haut, die ihrer Schönheit zugesetzt hatten. Das, was es überdeckt hatte, war nicht mehr da. Kein Lippenstift, kein Lidschatten, kein Make-up, keine Geschäftigkeit. Nur die schmerzhafte Ungewissheit, die sich in ihr Gesicht gegraben hatte.

»Und du hast überhaupt keine Idee, was passiert sein könnte?«

Sie schwieg.

»Willst du ...?«

»Sie hat einen Freund, genau genommen Ex-Freund.«

»Und weiß er irgendetwas?«

Mit tropfenden Haaren stand sie am Beckenrand und sah sich um, als würde sie etwas wittern. »Ich kann ihn nirgends finden. Er ist abgetaucht. Wir sollten verschwinden.«

»Alles in Ordnung?«

»Ja, lass uns gehen.«

Ich wollte mich gerade in Bewegung setzen, da hielt sie mich am Arm fest.

»Nicht da lang.« Wir gingen in die entgegengesetzte Richtung, aus der wir gekommen waren. Der Himmel hatte sich aufgeklart, und die Nacht senkte sich über das Schwimmstadion wie ein schwarzes Tuch. Ich drehte mich um, konnte aber immer noch niemanden entdecken. Wir gingen zum Wagen und ich sah, dass der dunkelblaue BMW in einiger Entfernung von uns parkte. Natalie stand mit nassen Haaren vor der Motorhaube ihres Polos und starrte auf die Stelle im Zaun, durch die wir geschlüpft waren.

»Wen suchst du?«

Als wir den breiten Kaiserdamm runterfuhren, sah ich aus dem Fenster auf die vorbeifliegenden Häuser, die Lichtreklame der Läden und dachte an die Nacht in der Villa, die blauen Flecken, das Blut, die Tränen und Leas erloschenen

Blick. Die Ampel vor uns schaltete auf Rot. Natalie machte Anstalten zu bremsen, trat aber im letzten Moment das Gaspedal durch und jagte über die Kreuzung. Ich drehte mich um, aber die Wagen hinter uns hatten an der Ampel gehalten. Ich dachte an den BMW vor dem Schwimmstadion. Vermutlich war es nur irgendein BMW gewesen. Ein Nachtschwärmer, ein verliebtes Pärchen, Zivis.

Nichts weiter.

Ich war mir nicht sicher.

Ein vertrautes Gefühl.

Ich entschloss mich, Natalie von dem, was in der Thielallee gelaufen war, zu erzählen. Ein schwaches Nicken, ein leerer Blick. Sie schien nicht überrascht.

»Du weißt, dass er Frauen vergewaltigt?«, fragte ich verblüfft.

Keine Reaktion.

»Wieso hat sie keine Anzeige erstattet?«

»Keine Ahnung. Weil er Polizist ist, nehme ich an?«

Sie drehte die Musik lauter. Steely Dan sang: »I'm a fool to do your dirty work no more«. Kurz darauf kamen wir vor meiner Haustür an. Ich hielt den Griff in der Hand und drehte mich zu ihr. »Kannst du da was machen?«

»Geh zur Polizei.«

»Du bist die Polizei.«

Ihr Blick fiel auf die Türklinke, die ich in der Hand hatte.

»Verstehe.«

Sie sah mich an. »Du verstehst überhaupt nichts. Das hast du noch nie.«

»Danke«, erwiderte ich beleidigt. »Weshalb bin ich dann hier?«

»Weil du mir einen Gefallen tun sollst« sagte sie, ohne zu zögern.

8

Ein leichter Wind ließ die Plastikjalousien wie eine Schaukel in den Raum schweben und beim Zurückpendeln jedes Mal gegen den Fensterrahmen stoßen. Ich öffnete die Augen und versank für ein paar Momente in dem morgendlichen Konzert, das die Vögel auf dem Baum vor meinem Fenster anstimmten. Mein Körper fühlte sich an, als würde er auf einer ruhigen Wasseroberfläche treiben. Ich folgte dem langsamen Auf und Ab meines Atems und griff aus dem Bett nach meinem Handy, das auf der Erde lag. Auf der Mailbox war eine Nachricht. Sie war von Lea. Ich richtete mich auf und zögerte einen Moment. Ich wusste sofort, dass ich nicht hören wollte, was sie drauf gesprochen hatte. Ich sah auf die Uhrzeit. Der Anruf lag gerade einmal zwei Minuten zurück, und als ich noch überlegte, ob ich die Nachricht abhören sollte, klingelte es.

Es war ihre Nummer.

»Hey Lea.«

»Hallo Daniel.« Sie klang gehetzt.

»Alles in Ordnung?«

»Ja, das mit heute …« Sie hielt die Hand vor die Muschel und tuschelte mit jemandem. Ich hörte hektische Stimmen im Hintergrund und eine Tür, die laut zuschlug. »… in deiner …« Dann folgte ein dumpfer Knall, und es machte klick.

»Lea?«

Stille.

Ich starrte auf mein Handy und wartete, ob es noch einmal klingelte. Nach ein paar Sekunden fragte ich mich, ob ich zurückrufen sollte. Ich überlegte hin und her, entschied mich dafür … dagegen … dafür … dagegen, bis ich am Ende ohne nachzudenken auf die entsprechende Taste drückte und dabei fast das Display zerbrach. Es sprang sofort die Mailbox an. Ich wählte die Nummer noch einmal. Mailbox. Ich wählte sie noch fünf Mal, und beim letzten Mal sagte mir eine weibliche Stimme, dass der Teilnehmer vorübergehend nicht zu erreichen sei. Als ich es kurz darauf wieder probierte, war die Leitung tot.

Um kurz vor sechs Uhr stand ich an der verabredeten Stelle. Der Himmel war leichenblass und tauchte alles in ein diffuses Licht. Es war, als würde man die Welt durch ein beschlagenes Glas sehen. Auf den Straßen herrschte hektisches Gedränge. Leute hetzten mit Tunnelblicken durch die Gegend, um Besorgungen zu machen, ihre Kinder abzuholen, oder einfach nur, um die Anstrengungen des Tages hinter sich zu lassen, um irgendwo hinzugelangen, wo sie abschalten konnten von der Hektik ihrer Arbeit, ihrer Geschäftigkeit, ihrer Gedanken.

Ich wartete.

Nach einer halben Stunde gab ich es auf. Ich hatte nicht wirklich damit gerechnet, dass Lea auftauchen würde. Ich hatte es gehofft, so wie man hofft, dass man sechs Richtige hat, wenn man den Schein abgibt. Tief drinnen weiß man, es wird nicht passieren. Aber man hofft trotzdem. Ich starrte vor mich hin, unschlüssig, was ich jetzt machen sollte. Am Ende entschloss ich mich, noch mal in die Thielallee zu fahren. Wahrscheinlich lief das Ganze ins Leere, denn es war kaum anzunehmen, dass Brandt immer noch da rumhing oder ich irgendeinen Hinweis auf Lea bekommen würde. Aber die Adresse war alles, was ich hatte.

Also fuhr ich hin.

Es war wie ein Déjà-vu. Das Haus und das gedämpfte Licht im unteren Stockwerk. Nur dass der Mann, der nach ein paar Minuten aus der Eingangstür trat, nicht Brandt war. Er war ein langer schlaksiger Kerl mit hektischem Blick, der aussah, als suchte er die Straße nach Dingen ab, die da nicht hingehörten. Ich rutschte tief in meinen Sitz und hoffte, dass er mich nicht sah. Als der Hektische in den Wagen stieg, ließ ich den Motor an und folgte ihm durch die Stadt.

Die Fahrt endete am Spreeboard, einer kleinen Straße, die direkt an der Spree lag und nicht länger als dreihundert Meter war. Alles, was dort stand, war ein altes Elektrizitätswerk, das offenbar nicht mehr in Betrieb war. Die Straße bestand praktisch nur aus dem stillgelegten E-Werk. Es war ein großes vierstöckiges verwittertes Backsteingebäude mit einem Haupthaus und diversen Nebenhäusern. Direkt neben einem Nebenhaus standen ein halbes Dutzend riesige verrottete Wassertanks hinter einer ca. zwei Meter hohen Mauer, die aussahen, als wären sie schon lange nicht mehr benutzt worden. Alles schien ganz normal. Ich meine, es sah völlig verlassen aus, kein Licht, keine Geräusche, die nach draußen drangen. Nichts deutete auf irgendeine Form von Geschäftigkeit hin. Ich hielt mich in einiger Entfernung und wartete.

Der Typ stieg aus, ging mit schnellen ungelenken Schritten zum Eingang, zog einen Schlüssel aus seiner Tasche und schloss ein großes schweres Metalltor auf. Im nächsten Augenblick war er auf dem riesigen Gelände verschwunden und das Tor war wieder verschlossen.

Ich ließ die Scheibe runter und sah zur anderen Seite auf die Promenade, die direkt am Wasser entlangführte. Es war kalt und menschenleer. Auf dem Wasser fuhr ein hell beleuchteter Ausflugsdampfer vorbei, auf dem eine Party stattfand. Obwohl ein frischer Wind ging, standen einige der Gäste draußen auf dem Deck und unterhielten sich. Der Wind trieb ihre Stimmen zu mir rüber. Ich sah die Straße auf und ab. Die Bäume am Rand hatten fast ihr gesamtes Laub verloren, und die gelben Blätter, die der Wind auf die Fahrbahn geweht hatte, dämpften die Geräusche der wenigen Autos, die sich hierhin verirrten. Die Luft war feucht, und der Geruch von Rost stieg mir in die Nase. Der dunkelgraue Himmel sah aus, als würde er jeden Moment seine Schleusen öffnen.

Ich sah auf das Display meines Handys. Keine Anrufe, keine Nachrichten.

Ich entschloss mich, eine Weile zu bleiben und abzuwarten. Ehrlich gesagt hatte ich keine Ahnung, was ich mir davon erhoffte. Es war nur so ein Gefühl. Ein Gefühl, dass ich vielleicht am richtigen Ort war. Oder am falschen. Oder beides zugleich.

Und was hatte ich sonst zu tun?

Im Haupthaus ging nach ein paar Minuten das Licht an. Ansonsten tat sich nichts. Während ich den Eingang beobachtete, begann mein Kopf zu schmerzen. Der Druck begann ganz leicht hinter der Stirn, steigerte sich allmählich und breitete sich im ganzen Gehirn aus, wie eine Insel, die langsam geflutet wurde. Ich schloss die Augen und machte die Atemübungen, die mir Dr. Peters im Krankenhaus gezeigt hatte. Ich atmete tief ins Zwerchfell ein und wieder aus. Der Schmerz war nur ein Symptom. Ich versuchte, nicht gegen ihn anzukämpfen, ließ ihn sich austoben, bis er müde wurde, genug hatte, und allmählich konnte ich spüren, wie der Druck wieder nachließ und die Welle sich zurückzog. Ich entspannte mich und ließ die Augen geschlossen, bis mein Herz wieder in seinem gewohnten Rhythmus schlug.

Als ich aufwachte, sah ich, dass es geregnet hatte. Der Asphalt trocknete langsam ab und die Dämmerung brach herein. Ein diesiges Licht kroch über die Dächer und badete die Stadt in ein unwirkliches Grau. Ein Mann in einem nagelneuen weißen Fiesta fuhr mit verschlafenem und mürrischem Gesicht an mir vorbei, während ich durchgefroren in dem kalten Wagen saß und mich fragte, was ich hier eigentlich tat.

Als ich den Heimweg antreten wollte, kam der Lieferwagen aus einer Einfahrt neben dem Seitengebäude gefahren. So weit ich es erkennen konnte, saß der Hektische alleine in dem Wagen. Als er in die Straße einbog, hatte ich das Gefühl, dass sich der Vorhang auf der Rückbank der Beifahrerseite leicht bewegte. Vielleicht bildete ich mir das auch nur ein, denn ich war alles andere als wach und bei klarem Verstand. Genaugenommen war ich noch so schlaftrunken, dass ich kaum die Augen offenhalten konnte. Als der Fahrer mich bemerkte, warf er mir einen kurzen gleichgültigen Blick zu. Dann fädelte er in den morgendlichen Berufsverkehr ein. Ich startete mein Taxi und fuhr hinterher. Der Lieferwagen bog in die Sömmeringstraße ein, und ich folgte ihm in einem Abstand von etwa dreißig Metern.

Wahrscheinlich ist er nur irgendein Handwerker oder Hausmeister, redete ich mir ein. Ein Typ, der mit der ganzen Sache nichts tun hatte. Und mit welcher Sache überhaupt? Eine Frau, die ich kaum kannte, hatte mich angerufen, eine

Verabredung abgesagt und dann überhastet aufgelegt, während im Hintergrund laute Geräusche zu hören waren. Danach hatte sie ihr Handy ausgestellt, damit ich sie nicht weiter belästigen konnte. Was war daran so ungewöhnlich? Absolut nichts. Vermutlich war das Ganze nur ein Hirngespinst, und ich hatte einfach zu viel Zeit allein mit meinen Gedanken verbracht. Gedanken, die um die ewig gleichen Dinge kreisten. Gedanken, die schon zu lange eingesperrt waren und in meinem Kopf vor sich hin faulten.

Gedanken.

Sonst nichts.

Während ich so vor mich hin grübelte, bewegten wir uns einige Minuten in Richtung Moabit, als der Wagen in eine kleine Seitenstraße fuhr und plötzlich anhielt. Eine Zeit lang stand er einfach nur mit laufendem Motor da und nichts geschah. Dann ging die Fahrertür auf, der Mann stieg aus und kam langsam auf mich zu. Er sah mich an und wirkte völlig entspannt. Als sei er auf dem Weg, sich seine Morgenzeitung zu besorgen. Ich wollte den Rückwärtsgang einlegen, aber als ich in den Rückspiegel sah, erkannte ich, dass ein Wagen der Stadtreinigung mir den Weg versperrte. In Sekundenschnelle schossen mir einige Möglichkeiten durch den Kopf, was gleich passieren würde. Vielleicht würde er mich ja nur fragen, warum ich ihm folgte. Vielleicht würde er mir Schläge androhen. Aber vielleicht würde er mich auch einfach aus dem Wagen zerren und windelweich prügeln. Als er nur noch ein paar Meter von mir entfernt war, zog er sein Handy aus der Hosentasche und blieb stehen. Offenbar rief ihn jemand an. Ein paar Momente hörte er dem Anrufer zu, während er mich fixierte. Dann steckte er das Handy wieder ein und drehte ab, ohne mich weiter zu beachten. Ich sah, wie er seelenruhig zurückging, sich in den Lieferwagen schwang

und losfuhr. Erst jetzt bemerkte ich, dass ich nicht mehr geatmet hatte, seit er aus seinem Wagen gestiegen war. Ich
schloss die Augen und wiederholte in Gedanken immer wieder sein Kennzeichen.

Ihr Blick ruht schon eine ganze Weile auf mir. Offen, provozierend. Es ist ein Spiel. Trotzdem stellen sich meine Nackenhaare immer wieder auf, wenn ich daran denke, was passieren wird. Als sie die Hotelbar mit einem einladenden Lächeln in Richtung Fahrstuhl verlässt, zögere ich keine Sekunde. Die roten Haare, der hagere Körper. Sie ist perfekt. Die Ähnlichkeit ist frappierend. Ich hätte mir niemand Besseres aussuchen können. Der Teppich in der Lobby dämpft jeden Schritt. Es fühlt sich an, als wären meine Bewegungen in Watte gepackt. Als wir uns im Aufzug gegenüberstehen, lächeln wir uns an, und ich überlege, es jetzt zu tun. Aber was, wenn die Tür aufgeht und jemand dazu steigt?

Ich warte.

Die Geräusche von der Straße dringen leise herein, als wir den Raum betreten. Ich gehe ins Badezimmer und stelle fest, dass die Größe der Wanne perfekt ist. Als ich zurückkomme, sitzt sie auf dem Bett und fixiert mich mit einem herausfordernden Blick, ehe sie langsam beginnt, sich auszuziehen. Ein paar Momente stehe ich in der Badezimmertür und suche nach Spuren von Angst in ihrem Blick.

Nichts.

Die erste Ohrfeige tut immer gut. Sie ist wie ein tiefes Durchatmen. Meine Erregung wächst mit jedem Abdruck, den ich auf ihrer Haut hinterlasse. Am Ende lege ich ihr die Hände um den Hals, spüre das warme feuchte Gefühl in meiner Lendengegend und schließe die Augen, während ihr Kopf im Schaum versinkt. Aber es ist nicht dasselbe. Ich weiß, es wird nie dasselbe sein. Auch wenn sie für die fünfhundert Euro wirklich überzeugend ist.

Als sie sich anzieht, denke ich an den dunklen Raum, dessen Tür ein Spalt weit offen ist.

9

Ich hatte nur zwei Stunden geschlafen und fühlte mich gerädert, als ich vormittags vor dem Cantinetta vorfuhr. Mein Kopf summte unaufhörlich wie ein defekter Generator, und meine Glieder fühlten sich steif an, als ob eine Erkältung im Anflug war. Vince saß am Fenster über irgendwelchen Papieren. Er hatte tiefe Augenringe, war unrasiert und der Gestank von altem Rauch, der in seinen Klamotten hing, zog von ihm rüber. Überreste einer langen Nacht. Ich sah an seinen Pupillen, dass er ein paar Lines zu viel genommen hatte. In der Regel hielt er sich von dem Zeug fern, aber wenn er in Feierlaune war, konnte es schon mal passieren, dass er sich ein ganzes Gramm alleine durch die Nase zog. Bei den meisten hätte ein solcher Exzess alle Dämme gebrochen. Vince konnte seine Lust auf Kokain ein- und ausschalten wie das Licht.

In dem Aschenbecher vor ihm lag eine halb gerauchte ausgedrückte Zigarette, daneben stand eine leere Espressotasse; sein übliches Frühstück. Außer dem Barkeeper und einer kleinen zierlichen Kellnerin, die die Tische gewissenhaft eindeckte, war niemand im Restaurant. Vince bedeutete mir mit einem Nicken, mich zu setzen, während er irgendetwas in sein Blackberry tippte. Niemand, den ich kannte, benutzte noch ein Blackberry, aber vermutlich war das genau der Grund, warum Vince den Dingern treu geblieben war. Er tippte regelmäßig auf seinem Blackberry rum, und wenn ich ihn fragte, warum er sich kein vernünftiges Smartphone kaufte, reagierte er nur mit einem Grinsen. Mit dem Grinsen hielt er sich die Welt vom Leib. Und ich glaube, näher ist ihm nie jemand gekommen.

»Früh unterwegs heute. Was macht der Kopf?«, fragte er.

Ich setzte mich und sah auf den Berg von Papieren, die vor ihm lagen. »Alles ok.«

»Brauchst du Geld?«

»Was? Nein. Hast du eine Ahnung, wo Lea ist?«

Er sah ungerührt von seinen Papieren auf. »Wer?«

»Lea. Du weißt schon …«

Er orderte zwei Espressi und sah mich an. »Ich habe sie nach dem Abend, als du plötzlich abgezogen bist, nicht mehr gesehen.«

»Und du hast keine Ahnung, wo sie sein könnte?«

Er blätterte in den Papieren rum, als suchte er etwas. »Nein. Arbeiten, nehme ich an.«

»Ich kann sie nicht erreichen. Sie ist wie vom Erdboden verschluckt.«

Er ließ die Blätter los, sah mich an und schüttelte den Kopf. Die Getränke kamen. Ich nickte dem fülligen Barkeeper, der die Tassen übervorsichtig abstellte, zu und wartete, bis er wieder abgezogen war. Dann begann ich zu erzählen. Der Anruf, das Haus, Leas zerschundener Körper und unser Abgang. Ich ließ nichts aus.

Vince sah mich mit besorgter Miene an. »Daniel, lass die Finger von der Kleinen.«

»Weißt du, was diese OS-Agentur ist?«

Er nickte. »Sie vermitteln Arbeitskräfte.«

»Schöne Arbeit!«, erwiderte ich sarkastisch.

»Halt dich einfach von ihr fern, ok?«

»Kannst du mir erklären, was dieser Polizist da zu suchen hatte?«

Er nahm einen Schluck von seinem Espresso und schaltete sein Blackberry auf stumm. »Nein, kann ich nicht. Aber der Bulle behauptet, dass deine Freundin ihn beklaut hat.«

Ich stockte einen Moment. »Woher ...?«

»Die Überwachungskamera hat euch aufgenommen.«

»Das heißt ...«

»Das heißt, wenn Ernst das nicht geregelt hätte, hättest du jetzt eine Menge Ärger am Hals. Und ich weiß nicht, ob dir klar ist, was das bedeutet.«

»Was hat Blücher damit zu tun?«

»Das ist doch egal.«

»Und was soll sie geklaut haben? Ich hab nicht gesehen, wie sie ...«

»Daniel, was weiß ich? Geld! Drogen! Scheiße, spielt das eine Rolle?« Sein Blick nahm einen melancholischen Ausdruck an. »Vergiss dieses Mädchen. Was auch immer sie für Probleme hat, du wirst sie nicht lösen. Ich meine, du hast genau einmal mit der Kleinen gevögelt, richtig?!«

Mir fiel der Hektische ein, den ich von dem Haus hatte wegfahren sehen. »Das waren seine Leute, gegen die wir gespielt haben, oder?«

Seine Stirn legte sich in Falten. »Wovon redest du?«

»Das Spiel. Der Typ, dem das Haus gehört, oder?«

»Es waren Kunden von ihm.«

Ich dachte daran, wie der drahtige Typ mit dem Tattoo mich niedergestreckt hatte. Und als ich dieses Bild vor meinem inneren Auge abspielte, bekam ich eine ungefähre Vorstellung davon, was Vince mit Ärger meinte. »Wieso hat er das getan?«

Er sah mich fragend an.

»Blücher. Wieso hat er mir geholfen?«

»Weil er dich mag.«

»Weil er mich mag? Er kennt mich doch überhaupt nicht.«

Er sah mich eine Weile an, als versuchte er, irgendetwas hinter meinen Augen zu finden. Vermutlich eine Antwort oder eine Erklärung, irgendetwas, das ihm verständlich machte, was ich an diesem Mädchen fand. Dabei war die Antwort ganz einfach. »Ich sags ungern. Aber bist du schon mal auf die Idee gekommen, dass sie nicht gefunden werden will?«

Ein Gedanke, der mir durch den Kopf gegangen war. Ich nahm einen letzten Schluck von meinem Espresso und stand auf. Als ich schon fast draußen war und er wieder über seinen Papieren brütete, drehte ich mich noch einmal um. »Hast du Josie eigentlich mal wiedergesehen?«

Er schaute auf und schien nicht zu wissen, von wem ich sprach. »Wen?«

»Josie. Natalies Schwester.«

Die Neonreklame des Vietnamesen auf der anderen Straßenseite tauchte uns in ein grünes Licht, und ich konnte die hektischen Flecken an ihrem Hals sehen. Wir standen vor dem Antiquariat und lehnten gegen ihren Wagen. Natalie war unangemeldet aufgetaucht und hatte bis jetzt kaum ein Wort gesprochen. So wie in den Pausen auf dem Hof, wo sie all die Typen, die sich an sie ranmachen wollten, mit ihrem bohrenden Blick auf Abstand gehalten hatte. Ich erinnerte mich, wie sie einem Jungen aus meinem Mathekurs auf dem Hof eine Ohrfeige verpasst hatte, weil ihm eine abfällige Bemerkung über Josies weite unförmige Klamotten rausgerutscht war. Danach machte niemand mehr Scherze über ihre Schwester. Damals war ich ihr oft heimlich in meinen Gedanken gefolgt. Es war der einzige Ort, an dem sie mich nicht abblitzen lassen konnte.

»Ich habe ihren Freund gefunden«, unterbrach sie meine Gedanken.

»Wo war er?«

»Ist bei einer Bekannten untergekrochen. Aber sie hat ihn rausgeschmissen.«

»Und?«

»Josie wollte sich an dem Abend, bevor sie verschwunden ist, mit jemandem treffen.«

»Weißt du, mit wem?«

»Nein. Mit irgendjemandem, den sie von früher kannte.«

»Das ist nicht besonders viel.« Ich sah durch das Fenster auf das Foto, das auf dem Beifahrersitz lag. Es war eine junge Frau Mitte zwanzig mit kurzen roten Haaren, Tattoos am Hals und einem fiebrigen Ausdruck. Sie hatte ein Piercing in der Nase, war stark geschminkt und obwohl sie lächelte, lag etwas Trauriges in ihrem Blick. Als hätte sie eine dünne Folie über ihre wirklichen Gefühle gelegt. Ihre Arme waren übersät mit kleinen Schnittwunden. Ich deutete auf das Bild. »Wer ist das?«

Natalie sah mich ungläubig an. »Josie.«

Ich versuchte, mir meinen Schock nicht anmerken zu lassen. Es war nicht mehr viel von dem Mädchen übrig, mit dem ich einmal befreundet gewesen war. »Ich war noch mal bei diesem Haus.«

Nachdem wir zwei Stunden in ihrem Wagen gesessen hatten, rieb ich mir die brennenden Augen. Das E-Werk lag einsam und verlassen da. Das große Tor, durch das der Lieferwagen zwei Nächte zuvor gefahren war, war verschlossen.

»Glaubst du ihm?«

Ich sah zur Seite. »Was?«

»Ob du Vincent glaubst?«

»Was meinst du?«

»Josie.«

»Weshalb sollte er lügen?«

Sie nickte, nicht überzeugt. »Ja, warum sollte er lügen«, murmelte sie.

»Du denkst, er hat sie gesehen.«

Ihr Blick ließ keinen Zweifel daran.

»Ich kann mich nicht erinnern, dass sie und Vince in der Schule dicke Freunde gewesen wären. Ich habe ihn auch nie über sie reden hören.« Das stimmte. Vince hatte sich während seiner Schulzeit privat mit keinem der anderen Mitschüler abgegeben. Sein Freundeskreis bestand aus Leuten, die die Schulzeit lange hinter sich hatten und sich vor allem in finanzieller Hinsicht in anderen Kreisen bewegten. Kreise, zu denen Abiturienten keinen Zutritt hatten. Natalie legte ihre Stirn in Falten und blickte mich an wie ein krankes Kind, dem sie nicht helfen konnte.

»Darf ich dich was fragen?«

Ihr Blick ließ keinen Schluss zu, ob ich mit einer Antwort rechnen konnte.

»Dein Job. Ich meine, ich hatte nicht erwartet, dich da im Krankenhaus zu sehen. Ich dachte immer ...« Ich wusste eigentlich nicht so genau, was ich gedacht hatte. Ich hätte nur nie erwartet, dass sie einmal bei der Polizei landen würde. Eine Beamtin, eine Staatsdienerin. Eine Frau, die sich Autoritäten unterordnen musste. Für jemanden, der während der

Schulzeit mehrere Verweise bekommen hatte, weil er sich regelmäßig mit Lehrern angelegt hatte, war das eine erstaunliche Entwicklung. Erst später lernte ich, dass Natalie sich niemandem unterordnete. Weder ihren Eltern noch Lehrern oder Vorgesetzten.

Sie sah mich kurz teilnahmslos an. Dann heftete sich ihr Blick an den Eingang. »Du bleibst hier. Ich bin gleich wieder da.«

Ich schüttelte den Kopf. »Vergiss es. Ich bleibe auf keinen Fall hier.«

Einen Moment lang wollte sie etwas entgegnen, aber sie war zu müde, zu erschöpft, zu deprimiert, um sich auf eine Diskussion einzulassen. Sie drehte den Schlüssel um und stieg aus.

Ich folgte ihr und beobachtete, wie sie versuchte, zwischen den zugezogenen weißen Vorhängen an den Fenstern einen Blick ins Innere des Gebäudes zu werfen.

Das hohe Metalltor am Seiteneingang, durch das der Lieferwagen zwei Nächte zuvor gefahren war, war mit einem massiven Schloss verriegelt. Nachdem sie die Vorderfront inspiziert hatte, ging Natalie zur Eingangstür, nahm ein Schweizer Messer aus ihrer Jackentasche, werkelte ein paar Sekunden an dem alten Vorhängeschloss herum, dann standen wir im Flur. Er wirkte wie ein Raum, der frisch renoviert worden war. Aber niemand hatte ihm eine persönliche Note gegeben. Grauer Aluminiumboden, weiße Raufasertapete und eine nackte Birne, die traurig von der Decke hing. Ein trostloser Ort. Die zwei Räume, die links und rechts vom Erdgeschoss abgingen, waren mit dicken Vorhängeschlössern verriegelt.

»Wirkt ziemlich verlassen«, sagte ich.

Natalie ging zu der weißen Holztreppe, die am Fuß des Flurs lag, und lauschte in die Nacht hinein. Es war nichts zu hören, außer den leisen Geräuschen startender Wagen und eines stotternden Motors, der nicht anspringen wollte. Aus der Ferne erklang das Bellen eines Hundes, das sich dazwischendrängte. Im nächsten Moment war es wieder still.

Im ersten Stock sah es identisch aus, nur dass jeweils drei Zimmer zu beiden Seiten des Flurs abgingen. Alle Türen waren geschlossen. Aber etwas war anders und dann wurde mir klar, was es war. Der Geruch, der in der Luft lag. Es war der Geruch von Jasmin und Zigaretten. Irgendjemand war hier gewesen, auch wenn es auf den ersten Blick nicht so aussah. Irgendjemand benutzte diesen Ort zum Schlafen oder was auch immer. Ich lauschte, aber es drangen keine Geräusche aus den Räumen. Natalie stand in der Mitte des Flurs.

»Was ist?«, fragte ich.

Nach ein paar Momenten ging sie zur ersten Tür, die links lag. Sie öffnete sie, warf einen kurzen Blick rein und schloss sie wieder. Die nächsten vier Räume waren leer und aufgeräumt. Am Ende des langen Flurs lag eine massive verwitterte Eisentür, die offenbar zu einem anderen Bereich des Gebäudes führte. Sie war als einzige verschlossen und mit einem massiven Stangenschloss ausgestattet. Es sah aus, als sei sie seit Jahren nicht mehr geöffnet worden.

Vor dem letzten Zimmer, das ganz hinten rechts im Flur lag, zögerte Natalie einen Moment. Dann öffnete sie die Tür und ging rein. Ich folgte ihr und überflog die Einrichtung und Gegenstände. Es lag lediglich eine Matratze mit dreckiger, ehemals weißer Bettwäsche auf der einen Seite des Zimmers. Ihr gegenüber stand eine kleine Holzkommode, auf der ein kleines Stück zerknitterter Alufolie und eine Spritze lag. Ich dachte an Leas Auftritt im Krankenhaus, die Bemerkung von Verbeck, was ihren Drogenkonsum anging. Speed, Ecstasy, Kokain, was auch immer, hatte sie gesagt. Während ich das Zimmer betrachtete, fragte ich mich, wo Lea jetzt war. Ob sie diesen Raum schon einmal von innen gesehen hatte, ob der Hektische etwas mit ihrem Verschwinden zu tun hatte.

Ob ich sie wiedersehen würde.

Zurück im Flur fiel mir eine kleine silberne Schraube auf, die auf dem Steinboden lag. Ein unscheinbares Ding, mit dem man Metallhalterungen jeder Art an Wänden und Decken montieren konnte. Ich hob sie auf und steckte sie in meine Hosentasche.

»Komm«, forderte Natalie mich auf.

»Wenn hier etwas war, ist es jetzt weg. Wir werden nichts mehr finden«, sagte Natalie müde, als wir wieder im Auto saßen. Der Klang ihrer Stimme war ohne Farbe, trostlos wie ein grauer Novembermorgen.

»Was ist passiert?«

Sie sah mich fragend an.

»Warum hattet ihr keinen Kontakt mehr?«

Sie zögerte. »Wir haben uns gestritten.«

Ich wartete. Aber es kam nichts mehr. »Worüber?«

»Wir sollten herausbekommen, wem das Gebäude gehört.«

»Worüber habt ihr euch gestritten?«, beharrte ich.

Ihr Blick lag auf dem Schlüssel, der im Schloss steckte. »Darüber, dass sie ihr verdammtes Leben wegschmeißt.« Nach ein paar Sekunden startete sie den Wagen und fuhr los.

Ich ließ das Fenster runter. Es war eiskalt und finster. Der Mond, der hinter einem dünnen Schleier aus Wolken hing, hatte keine Kraft. Er war nur eine matte Kugel, die fahles

Licht spendete für eine Nacht, die keine Chance mehr hatte, eine gute Nacht zu werden. Ich brauchte Luft. Ich brauchte irgendetwas, das die Bilder aus meinem Kopf vertrieb. Leas nervöser Blick, die Angst, das Zucken ihrer Lippen, als ich vorgeschlagen hatte, zur Polizei zu gehen. Während wir schweigend wie auf Schienen durch die Straßen kurvten, versuchte ich die einzelnen Teile zusammenzusetzen. Das Haus in der Thielallee, Brandt, Lea, die Drogen und das nächtliche Schwimmen. Ich zögerte und schließlich tropften die Worte aus meinem Mund, als kämen sie aus einer undichten Leitung. »Glaubst du, die Geschichte hat irgendetwas mit Josies Verschwinden zu tun?«

Für eine Sekunde huschte Unsicherheit über Natalies Gesicht. Aber sie hatte sich sofort wieder im Griff. »Bis jetzt gibt es überhaupt keine Geschichte.« Sie setzte den Blinker, bog rechts in die Otto-Suhr-Allee ein und nahm den Blick nicht von der Straße.

»Weshalb bist du dann hier?«

Sie schwieg.

»Erinnerst du dich noch daran, wie wir im Schwimmbad nebeneinandergesessen haben, während sie ihre Bahnen geschwommen ist? Sie war so leicht ... so schnell«, sagte ich.

Wir hielten an einer roten Ampel. Ein alter gebückt gehender Mann schob sich langsam mit einem humpelnden Hund an der Leine über den schlecht beleuchteten Damm. Es war ein Weimaraner, und der Mann hatte ihm eine schwarze Socke über die verletzte rechte Vorderpfote gezogen. Ich dachte daran, dass einer der beiden den anderen irgendwann im Stich lassen musste. Nichts ist unerbittlicher als dein eigener Körper. Eine Lektion, die ich in den letzten Jahren gelernt hatte.

Die Straße war längst wieder frei, als sie mich ansah. »Hast du wirklich nie etwas gemerkt?«

»Wovon?«

Sie sah mich ungläubig an. »Davon, dass sie in dich verliebt war.«

Ich dachte an die Nachmittage, als Josie zwischen den Regalen im Laden hin und her gewandert war, ihren Kopf in Bücher versenkt. Zwischendurch hatten wir kurze Blicke getauscht, Kommentare zu bestimmten Passagen abgegeben und die Gemeinsamkeit des Andersseins gefühlt. Ein Gefühl, das uns durch die letzten Jahre der Schulzeit getragen hatte. Hatte ich etwas gemerkt?

»Du wolltest es nicht sehen, oder?«, unterbrach sie meine Gedanken. »Du warst zu sehr mit anderen Sachen beschäftigt.«

»Mit anderen Sachen?«, fragte ich arglos.

»Du weißt, was ich meine.«

Das Rauschen in meinem Kopf hörte plötzlich auf, als seien alle Maschinen da drin mit einem Mal zum Stehen gekommen. Es war ein einsamer Ort, traurig und verlassen, wie der Ausdruck in Natalies blassgrauen Augen. Ich wollte etwas sagen. Aber ich wusste nicht, was.

10

Mit hundertvierzig Euro in der Tasche stellte ich das Taxi am nächsten Abend direkt vor meiner Haustür ab und flüchtete vor dem plötzlich einsetzenden Regen zum Eingang. Die zwanzig Meter reichten aus, um mich komplett zu durchnässen. Als ich kurz darauf die Wohnungstür aufschloss, war es dunkel im Flur. Ich stand da, hielt die Luft an und lauschte in die Finsternis hinein. Von draußen drang das Rauschen des Wassers herein, das im Hof in den Abfluss lief. Nach ein paar Momenten hörte ich leise Musik. Und dann erkannte ich, was es war. 'Night Train' von Oscar Peterson. Ich ging langsam zu meinem Zimmer und öffnete so sachte wie möglich die Tür. Auf dem Sessel, der gegenüber von meinem Bett stand, sah ich die Umrisse eines Mannes. Die rote Glut der Zigarette, an der er zog, leuchtete in dem dunklen Raum. Der Geruch von Alkohol und Resignation hing in der Luft. Ich wusste, dass es Brandt war, bevor er einen Ton von sich gab.

»Für dein Alter hast du einen erstaunlichen Musikgeschmack.« Die Stimme klang genauso müde und enttäuscht wie bei seinem Besuch im Krankenhaus.

»Was machen Sie hier?«

»Ich warte auf dich.«

»Das ist ... Einbruch.« Meine Stimme war dünn und unsicher, wie die eines ängstlichen Kindes, und obwohl ich nur undeutlich die Umrisse seines Gesichts erkennen konnte, wusste ich, dass er lächelte.

Er reichte etwas in meine Richtung, das vermutlich sein Handy war. »Willst du die Polizei rufen?«, fragte er amüsiert. Ich wollte gerade das Licht anschalten, da hob er einen Arm. »Lass das Licht aus.«

Ich nahm die Hand vom Schalter. »Was wollen Sie?«

»Hör dir das an. Der Mann hatte eine unglaubliche Technik. Wusstest du, dass er eigentlich Trompeter werden wollte? Dann ist er an Tuberkulose erkrankt und musste den Traum begraben. Was für ein Glück für uns.«

»Wie geht es Lea?«

»Wem?«

»Dem Mädchen, das ...«

»Psst ... ich liebe diese Stelle.«

Ich wartete, bis das Stück zu Ende war. »Ich meine ...«

»Ich habe den Mann immer bewundert. Begräbt einen Traum und träumt einfach einen neuen. Ich habe keinen blassen Schimmer, wie er das gemacht hat.«

»Ich ...«

»Du meinst die kleine Schlampe, die mich beklaut hat. Gut geht es ihr ... nehme ich an.«

»Nehmen Sie an?«

Eine Weile übernahm wieder Oscar Peterson das Gespräch. Ich stand immer noch an der Tür und wartete. – »Komm rein und setz dich da auf das Bett«, forderte er mich auf.

Ich ging rüber und setzte mich.

»Ich glaube, du hast etwas, das mir gehört. Ich hoffe für dich, dass die Kleine nicht gelogen hat. Ich habe ihr gesagt, was ich mit dir mache, wenn sie lügt ... oder versucht, sich das Ding zu holen.«

»Ich ... wovon reden Sie?«

»Die Jacke, die du anhast ... hast du die auch in der Nacht in der Thielallee getragen?«

Ich überlegte. »Keine Ahnung.«

»In der Innenseite müsste eine kleine Tasche mit einem Reißverschluss sein. Greif rein und sieh nach.«

Ich griff in die Tasche und fand etwas, das sich wie ein USB-Stick anfühlte. Ich zog ihn raus.

»Hast du den Stick?«

»Ja.«

»Das Mädchen scheint dich wirklich zu mögen. Wirf ihn rüber.«

Meine Augen hatten sich langsam an die Dunkelheit gewöhnt. Ich warf den Stick in seine Richtung und konnte sehen, wie er ihn sicher mit einer Hand fing, während er in der anderen immer noch die runtergebrannte Zigarette hielt.

»Wie kommt ein Junge wie du dazu, solche Musik zu hören?« Er schüttelte den Kopf und stand auf. »Sie sagt, dass du in der Schule in sie verknallt warst. Mach dir nichts draus. Da haben sich schon ganz andere die Zähne dran ausgebissen. Aber was du sichst, sind nur noch die Umrisse.«

Ich hatte keine Ahnung, wovon er sprach. Im nächsten Moment ließ er die Kippe auf die Dielen fallen, drückte sie mit einem Schuh aus und stand auf. Einen Moment später war er verschwunden. Wie ein Geist.

Ich ging in die Küche, holte mir eine Flasche Wasser aus dem Kühlschrank und setzte mich an den Holztisch. Ich dachte an den Stick in meiner Jacke. Daran, warum Lea sich mit mir hatte treffen wollen. Und obwohl die Antwort auf der Hand lag, flüsterte mir eine leise Stimme zu: »Du hast ihn doch gehört. Sie mag dich.« Mein Blick fiel auf die Stelle an der Wand, an der das Lieblingsbild meiner Mutter gehangen hatte. Es war ein Schwarz-weiß-Porträt von Billy Holiday. Meine Mutter hatte das Foto geliebt. Jetzt hing es im Laden hinter dem Tresen. Während ich zur Tür starrte, geisterte ein anderer Satz von Brandt durch meinen Kopf. »Was du siehst, sind nur noch die Umrisse.« Ich nahm mein neues Handy und rief Natalie an.

Der Krankenhausflur war wie ausgestorben. Keine Patienten, keine Schwestern, keine Ärzte. Nichts. Die Stille füllte den Raum bis in die letzte Ecke. Es fühlte sich an wie nach einer Epidemie, die alles dahingerafft hatte.

»Ist das hier immer so?«, fragte Natalie, während sie den endlosen Gang entlangsah. Das kalte Neonlicht der Deckenbeleuchtung ließ ihr Gesicht noch blasser erscheinen, als es ohnehin schon war. »Daniel?!«

»Was?«

»Ob das hier immer so aussieht?«

»Keine Ahnung.« Ich hatte ihr von Brandts Auftritt bei mir erzählt. Sie fragte mich, ob ich wüsste, was auf dem Stick war. Ich wusste es nicht. Ohne eine Regung erklärte sie mir daraufhin, dass man den Lieferwagen abgefackelt auf einer Waldlichtung gefunden hatte. Der nächtliche Regen hatte verhindert, dass er total ausgebrannt war. Deshalb konnte die Spurensicherung Reste von Blut im Wagen finden. Die Analyse hatte ergeben, dass das Blut nicht von Josie stammte. Mir war das Pflaster in Leas Armbeuge eingefallen, als sie in jener Nacht aus Verbecks Zimmer gekommen war. Verbeck konnte uns sagen, welche Blutgruppe Lea hatte. Insgeheim wünschte ich mir, dass wir sie nicht trafen. Obwohl es mein Vorschlag gewesen war, ins Krankenhaus zu fahren, wollte ich nicht hören, was sie zu sagen hatte.

Ich ahnte es schon.

»Hast du was über das E-Werk rausbekommen?«, fragte ich, während wir den Flur entlanggingen.

»Eine Investorengruppe hatte eine zeitlich befristete Genehmigung vom Senat, dort zu bauen. Sie wollten Eigentumswohnungen aus dem gesamten Komplex machen, mussten die Pläne aber einstampfen, weil sich der Baubeginn aufgrund von finanziellen Problemen immer wieder verzögert hat und mittlerweile die Frist für die Baugenehmigung abgelaufen war. Der neue Senat hat sie dann nicht verlängert.«

»Und jetzt?«

»… prüft der Senat, ob es noch mal eine Ausschreibung für private Investoren gibt oder ob sie landeseigene Wohnungen bauen. Die Koalition ist zerstritten. Die Entscheidung zieht sich, und so lange liegt das ganze Areal praktisch brach.«

»Das heißt, im Prinzip kann da im Moment jeder rein.«

Sie nickte. »Beim üblichen Tempo unserer Politik glaube ich nicht, dass sich da in nächster Zeit etwas tut.«

Am anderen Ende des Ganges ging eine Tür auf. Im selben Augenblick wusste ich, dass dort die Antwort auf unsere Frage kam. Verbeck hatte die Hände wie immer hinter dem Rücken verschränkt. Als sie uns sah und mich erkannte, rang sie sich ein bemühtes Lächeln ab. Wahrscheinlich hatte sie meinen letzten Auftritt noch lebhaft im Gedächtnis. Zwei Meter vor uns blieb sie stehen. Ihr üblicher Sicherheitsabstand. Auf der Beerdigung meiner Mutter hatte sie die ganze Bestattung über mit versteinerter Miene abseits von den anderen Trauernden gestanden. Verbecks Schwester hatte sich ein paar Jahre zuvor im Krankenhaus mit multiresistenten Keimen infiziert und war später daran gestorben, weil es kein wirksames Antibiotikum mehr gab. Seitdem setzte sie sich vehement für konsequentere Hygienebestimmungen ein. Ich verstand ihre Wut und Verzweiflung, fand es aber befremdlich, dass sie keinem Menschen die Hand gab. Ich habe nie herausgefunden, ob noch mehr hinter ihrem Tick steckte. Ich vermute es. Denn einige Jahre später erfuhr ich, dass sie sich das Leben genommen hatte.

»Hallo Dr. Verbeck. Haben Sie einen Moment Zeit? Das ist Natalie ... ich meine Frau ...«

Sie warf Natalie einen skeptischen Blick zu. Die nickte nur kurz und unbeteiligt. »Hallo Daniel, worum gehts? Ich bin in Eile.«

Natalie zog eine Augenbraue hoch, sah sich um und dachte vermutlich dasselbe wie ich. Auf diesem Stockwerk sah nichts nach Eile aus. Es sah aus, als wäre die Zeit hier stehen geblieben. »Dauert auch nicht lange.«

»Gut. Also ...«

»Erinnern Sie sich an die Frau, mit der ich vor Kurzem hier war?«

»Ja, sicher.«

»Sie haben ihr doch Blut abgenommen, oder?«

Sie zögerte einen Moment. »Ja, wieso?«

»Können Sie uns sagen, welche Blutgruppe sie hat?«

Sie sah mich mit krauser Stirn an und schüttelte den Kopf. »Daniel, das sind vertrauliche Informationen. Die kann ich nicht einfach so ...«

»Es ist wirklich wichtig«, drängte ich.

»Es tut mir leid, aber ...«

Natalie unterbrach sie. » Wir wollen nur herausfinden, ob es ihr gut geht.«

Verbecks Miene zeigte keine Risse. Natalie holte ihren Dienstausweis raus und hielt ihn ihr vor die Nase.

»Ist das hier ein offizieller Besuch?«, fragte die Ärztin unbeeindruckt.

»Nein.«

»Dann ...«

»Wie wäre es, wenn ich Ihnen eine Blutgruppe nenne, und wenn Sie nichts sagen, wissen wir, dass es die richtige ist«, ging ich dazwischen.

Eine Frage, die der Ärztin meiner Mutter nur ein missmutiges Stirnrunzeln entlockte. »Entschuldigen Sie mich jetzt.« Sie wollte gehen, aber Natalie hielt sie am Arm fest.

»Es könnte schnell ein offizieller Besuch werden.«

»Dann laden Sie mich doch einfach vor.« Sie warf einen Blick auf Natalies Hand. Die ließ den Arm los.

»Ist es A Rhesus-positiv?«, fragte Natalie.

Verbeck sah sie an. Es waren nur ein paar Sekunden. Aber mir kam es vor, als würden wir Stunden in diesem tristen Flur stehen und schweigen. »Kann ich jetzt gehen?«

Natalie reagierte nicht auf die Frage. Ihr Blick wanderte zu mir. Es war nicht direkt Bedauern, das sich auf ihrem Gesicht widerspiegelte. Aber etwas, das dem entfernt ähnlichsah. »Das muss nichts heißen. A Rhesus-positiv ist eine häufige Blutgruppe. Wir haben keinen Beweis, dass das Blut von ihr stammt«, erklärte sie.

Verbeck nickte schwach. »Ich muss jetzt wirklich weiter.«

Als wir uns am Fahrstuhl trennten, fragte Natalie: »Warum hat sie ihr Blut eigentlich untersuchen lassen?«

Verbeck blieb stehen und drehte sich noch einmal um. Ihr Ausdruck war jetzt nicht mehr so ablehnend. »Sie wollte einen Aidstest machen lassen.«

Ich sah sie an und stellte fest, dass mich die Nachricht nicht überraschte.

»Er war negativ.« Sie hielt einen Moment inne, unschlüssig. »Aber sie ist schwanger.«

Keiner von uns beiden sagte ein Wort, bis wir unten auf dem Parkplatz angekommen waren. In der Luft hing der Gestank von verwelkten, fauligen Blättern, die die Bäume abgeworfen hatten. Ein rostbrauner Teppich, der die Erde bedeckte und jeden Schritt dämpfte. In unserem Rücken lag das neunstöckige Krankenhausgebäude, das mir jetzt im langsam abnehmenden Licht wie ein unheilvoller düsterer Turm erschien.

»Wusstest du, dass sie schwanger war … ist?«, fragte Natalie teilnahmslos.

»Nein.«

Sie drehte sich um und blieb stehen. »Könnte das Kind von dir sein?«

Ohne zu antworten, stieg ich in den Wagen.

Fünfzehn Minuten später hielt ich in zweiter Reihe vor ihrem Revier. Es herrschte wenig Betrieb. Ein paar Polizisten in Uniform kamen aus dem Gebäude, und auf der Bank direkt daneben fütterte eine knochige alte Frau mit lichtem grauem Haar ihren übergewichtigen Pudel. Der Hund schnappte ungeduldig nach jedem Stück, das die Frau ihm hinhielt. Wir hatten während der Fahrt kein einziges Wort gesprochen.

Natalie hielt den Türgriff in der Hand und sah mich an. »Josie hatte eine Menge Probleme in den letzten Monaten. Eigentlich schon länger … aber … egal. Wir hatten keinen Kontakt mehr, weil sie mit den falschen Leuten rumhing.«

»Was für Leute?«

»Leute, die nicht gut für sie waren.«

Ich nickte schwach, und noch ehe ich etwas sagen konnte,

öffnete sie die Tür und stieg aus. Kurz darauf war sie im Revier verschwunden. Als ich gerade losfahren wollte, trat Brandt aus dem Präsidium. Ich fragte mich, ob er jemals anders ausgesehen hatte als müde und zerschlagen. Vermutlich. Nur dass man ihm das nicht mehr ansah. In manchen Gesichtern kann man noch erahnen, wer sie einmal waren oder hätten sein können. Und manche lassen ihre Vergangenheit für immer hinter sich und werden jemand anderes. Ich beobachtete, wie er zu einem grauen VW-Touareg ging und einstieg. Erst wollte ich mich auf den Heimweg machen, aber dann überlegte ich es mir anders und wartete, bis er ausgeparkt hatte und sich in den Berufsverkehr einfädelte. Ich folgte ihm ohne genaue Vorstellung, was ich eigentlich wollte. Es war nur so ein Gefühl. Ein Kribbeln im Kopf. Ich fragte mich, ob er gerade Oscar Peterson hörte.

Night Train.

Wir fuhren die Bismarckstraße runter in Richtung Siegessäule. Es war immer noch Berufsverkehr, und der Tacho ging kaum einmal über vierzig km/h. Brandt blieb auf der rechten Spur. Wenn er mich bemerkt hatte, dann ließ er es sich jedenfalls nicht anmerken. Ich sah keine auffälligen Blicke in den Rückspiegel. Er drückte nicht aufs Tempo oder wechselte unorthodox die Spur. Nichts. Vielleicht war er in Gedanken versunken. Gedanken an eine andere Zeit, eine bessere Zeit. Eine Zeit ohne Alkohol, ohne Gewalt, ohne Prostituierte.

Wir ließen die Siegessäule hinter uns und fuhren weiter die Straße des 17. Juni Richtung Brandenburger Tor. Die Stadt wirkte unter dem milchigen Himmel wie ein verblichenes Bild, das zu lange in der Sonne gelegen hatte. Ein paar Minuten später parkte Brandt direkt vor einem riesigen grauen

Gebäudekomplex, der in Sichtweite von Kanzleramt und Spree lag. Das Haus war ein gigantischer, zwölfstöckiger Bau mit überdimensional großen Fenstern. Es war einer von diesen Wohnblöcken, deren Miete man sich nur leisten konnte, wenn Geld keine Rolle spielte. Ich hielt an der Ecke und wartete, bis Brandt in die Tiefgarage des Hauses gefahren war. Ich dachte an Josie. Daran, was Natalie mir erzählt hatte. Daran, dass ich ihre Signale ignoriert hatte. Aber nichts verschwindet, nur weil man seinen Blick davon abwendet, oder? Wie ein langsam wirkendes Gift breitete sich das schlechte Gewissen in mir aus. Ich schloss die Augen und nahm ein paar tiefe Atemzüge. Als ich die Augen wieder öffnete, sah ich an der Fassade hoch. Ein paar Momente später ging im sechsten Stock das Licht an. Brandt trat ans Fenster und schaute hinaus. Er wirkte nachdenklich, bis etwas seine Aufmerksamkeit erregte, er sich umdrehte und aus meinem Blickfeld verschwand.

Kurz darauf erlosch das Licht.

Ich lauschte nach etwas in meinem Kopf, einer Stimme, einem Blitz ... einem langsam anrollenden Schmerz hinter der Stirn. Bilder. Irgendetwas. Aber es war alles ruhig.

Eine halbe Stunde später parkte ein Taxi direkt gegenüber von Brandts Haus. Ich wartete am Eingang und sah, wie Natalie bezahlte, ausstieg und auf mich zukam.

»Ist das Licht immer noch aus?«, fragte sie zur Begrüßung.

»Ja.«

»Und du hast niemanden rauskommen sehen?«

»Nein. Hast du probiert, ihn zu erreichen?«

Sie nickte unmerklich und ging an mir vorbei. Ich folgte ihr zur Tür. Sie drückte auf eine Klingel. Im nächsten Moment meldete sich eine weibliche Stimme. »Ja.«

»Hier ist eine Sendung für Brandt. Könnten Sie bitte öffnen?« Ein paar Sekunden später ging der Summer, und wir betraten das Haus. Der Vorraum war riesig, mindestens fünf Meter hoch, Boden und Wände waren mit großen beigefarbenen Marmorsteinen gefliest, und an der Decke hing ein silberner Kronleuchter. Alles an diesem Haus roch nach Geld.

Wir gingen zum Fahrstuhl. Natalie drückte den Knopf. Als wir im Aufzug standen, starrte sie auf den Metallboden. »Wie gut kennst du dieses Mädchen eigentlich?«

Ich sah sie fragend an.

»Die Kleine, die schwanger ist.«

Ich zögerte. »Nicht gut.«

Ihr Kopf schwenkte langsam hoch, und unsere Blicke trafen sich. »Warum hast du dann kein Kondom benutzt?«

Für einen Moment machte mich die Frage sprachlos. »Ich weiß nicht ... es ging alles so verdammt ...« Ich zuckte mit den Achseln und dachte an das Gespräch in der Kneipe. Leas eindeutige Blicke. Die Tür der Toilette, die hinter mir aufgegangen war, meine Überraschung, der Kuss, ihre Hände auf meinem Körper, und dann war alles so schnell gegangen, dass ich mich hinterher gefragt hatte, ob es vielleicht nur Einbildung gewesen war.

»Verstehe«, murmelte Natalie, den Blick auf die Stockwerkanzeige gerichtet.

Als wir auf Brandts Etage ankamen, drang der Gestank von frischer Farbe in meine Nase. Natalie ging zielstrebig bis zum Ende des breiten Ganges. Der tiefe rote Teppich, der dem Flur etwas seltsam Altmodisches verlieh, saugte jeden unserer Schritte auf. Vor der letzten Tür blieben wir stehen. Auf dem Schild stand Brandts Name. Natalie zögerte einen

Moment. Sie klingelte. Nichts.

»Kennst du die Typen, mit denen Josie rumhängt?«, fragte ich nach einer Weile.

Die Frage erwischte sie auf dem falschen Fuß. »Das habe ich dir gesagt.«

»Du hast mir nur gesagt, dass du nach ihrem Freund gesucht hast.«

»Ist das wichtig, ob ich sie kenne?«

»Ich weiß nicht. Ist es das?«

Sie sah mich an. Ich konnte nichts in ihrem Blick lesen. Dann holte sie ihr Schweizer Messer aus ihrer Tasche und fummelte kurz an dem Schloss rum. Im nächsten Moment standen wir in der Wohnung. Ich lauschte nach irgendwelchen Geräuschen, einem Lebenszeichen. Irgendetwas, das uns einen Hinweis darauf gab, ob jemand in der Wohnung war. Aber das Einzige, was die Stille unterbrach, war das leise Klingeln eines Telefons in der Nachbarwohnung. Natalie schaltete das Licht im Flur an.

Wir gingen ins Wohnzimmer. Es herrschte totales Chaos. Leere Champagnerflaschen und umgekippte Gläser besiedelten einen flachen Glastisch, der vor einer riesigen weißen Ledercouch stand. Der Aschenbecher, der zwischen all dem Durcheinander ankerte, quoll über mit Zigaretten. Und inmitten davon lag eine mit Flüssigkeit verklebte Nikon-Kamera. Offenbar war Brandt ein sentimentaler Typ, denn auf einer weißen Holzkommode stand ein Plattenspieler von Thorens, auf dem eine Oscar-Peterson-Scheibe ihre Kreise drehte. Es war »Fly me to the Moon«. Auf der Erde tummelten sich wild verstreut unzählige Platten und ein Blick genügte, um zu sehen, für welche Musik sein Herz schlug. Miles Davis, Charlie Parker und John Coltrane. Sie waren alle da. Und wie ich dort am späten Nachmittag in dem Raum stand, dachte ich, dass Brandt in unserem Antiquariat mit Sicherheit fündig werden würde. Ich sah mich staunend um. Es war unmöglich, auszumachen, ob das Zimmer durchsucht worden war oder ob das hier nur Brandts natürliche Ordnung der Dinge darstellte. Natalies stumpfem Blick nach zu urteilen, war der Anblick für sie keine Überraschung. »Ich verstehe das nicht. Ich habe ihn nicht aus dem Haus kommen sehen.« Ihr Blick scannte den Raum ab. »Die Parkgarage hat zwei Ausgänge.« Sie ging zum Fenster und sah raus. Zu unseren Füßen lagen die Spree, das Kanzleramt und der Reichstag. Wenn man den Blick weiter hob, konnte man so weit schauen, wie das Auge reichte. Endlos. Am Horizont färbte sich der Himmel rosarot.

»Wie kann er sich so eine Wohnung leisten?«

Sie drehte sich um. Ihr Blick überflog noch einmal das Zimmer und blieb bei dem Laptop, der auf dem Schreibtisch stand, hängen. Sie ging rüber, schaltete ihn an und wartete. Als er hochgefahren war, loggte sie sich ein.

»Du kennst das Passwort?«, fragte ich überrascht.

Sie antwortete nicht, sondern öffnete zunächst den E-Mail-Account. Ihr ausdrucksloser Blick wanderte über den Bildschirm und ließ nicht erkennen, ob es irgendetwas Interessantes unter den Mails gab. Sie scrollte hoch und runter, und nach ein paar Minuten schloss sie das Programm wieder. Dann öffnete sie eine Fotodatei. Es gab keine privaten Aufnahmen. Keine Urlaubs - oder Familienfotos. Nichts. Nur ein paar Schwarz-Weiß-Aufnahmen von Brandt in seiner Wohnung. Brandt auf seiner weißen Ledercouch mit einem Glas Champagner in der Hand. Brandt am Fenster, wie er nach draußen sieht. Brandt, wie er mit der Fernbedienung in der

Hand einen riesigen Flatscreen bedient, usw. Das Einzige, was auffiel, war, dass er noch nicht so müde und desillusioniert wirkte. Sein Teint war gesund, sein Körper wirkte unter dem engen weißen T-Shirt sportlich und durchtrainiert, und in seinem wachen Blick lag keine Spur von Resignation. Er sah aus wie ein Mann, der den besten Teil seines Lebens noch vor sich hatte.

Ich sah Natalie an, aber ich konnte nicht erkennen, dass das Ganze sie hier irgendwie berührte. Sie wirkte völlig unbeteiligt. So, als durchsuchte sie die Wohnung eines Fremden.

Als sie aus dem Zimmer ging, öffnete ich die Schubladen von Brandts Schreibtisch. Zunächst fand ich nur das übliche Zeug, das man in solchen Schubladen eben findet. Briefumschläge, Kugelschreiber, Heftklammern, Tesafilm etc. Aber in der untersten Schublade lagen verstreut ein paar Fotos, und als ich sie rausholte und einen Blick darauf warf, machte Natalies Verhalten für mich noch weniger Sinn. Genau genommen machte es überhaupt keinen Sinn.

Oder vielleicht doch.

Ich ging ins Badezimmer. Natalie lehnte über das Waschbecken, hielt ihren Mund unter den Hahn und spülte ihn aus. Daneben, auf dem Rand der Badewanne, lag ein iPad. Ich sah, dass in der Verkleidung der Wanne ein Loch klaffte. Natalie hatte ein paar der weißen Fliesen, die zum Abfluss führten, entfernt und war fündig geworden.

»Alles okay?«, fragte ich unsicher.

Sie reagierte nicht, sondern drehte den Hahn ab, griff sich das iPad und ging an mir vorbei in den Flur. Ich hastete hinter ihr her, und kurz darauf waren wir aus der Wohnung.

Vom Tageslicht war nicht mehr viel übrig, als wir auf die

Straße des 17. Juni einbogen und das Brandenburger Tor hinter uns ließen. »Vielleicht ist er zu Fuß durch den anderen Ausgang«, sagte ich. Als wir nach unten gekommen waren, hatte Brandts Wagen noch in der Garage gestanden.

Sie warf mir einen kurzen Blick zu. Sie glaubte nicht an diese Theorie.

»Was wollen wir jetzt machen?« Ich ließ das Fenster auf meiner Seite runter. Ein frischer Wind fegte durch den Wagen. »Ich meine, es gab keine Einbruchspuren und offenbar wurde nichts mitgenommen.«

»Woher zum Teufel weißt du das?«, erwiderte sie kopfschüttelnd.

»Was?«

»Dass nichts fehlt.«

»Hätten sie nicht den Laptop mitgenommen?«

»Wenn nichts Interessantes drauf ist, gibt es keinen Grund, ihn mitzunehmen.«

»Was ist mit dem Passwort?«

»Es soll Leute geben, die Passwörter knacken können.«

Eine Weile fuhren wir schweigend die Straße des 17. Juni in Richtung Siegessäule, und die Stille war nur schwer zu ertragen. »Ihr wart mal zusammen, oder?«

Sie sah mich überrascht an.

»Ich habe Fotos in seinem Schreibtisch gefunden.«

»Das ist lange vorbei.«

»Was ist passiert?«

Als ich ihr verschlossenes Gesicht sah, hielt ich meinen Mund. In unserem Rücken schwand das Licht des Tages, und wir bewegten uns direkt in die Dunkelheit hinein.

»Schalte das iPad ein.«

Ich tat es. »Man braucht ein Passwort.«

Ohne zu zögern, sagte sie: »MILES1926.«

Überrascht tippte ich die Buchstaben und Zahlen ein und war drin. »Und jetzt?«

»Sieh nach, ob du irgendetwas findest.«

»Wonach soll ich suchen?«

»Mails, Fotos, Filme. Irgendwas.«

Als Erstes öffnete ich den Fotoordner, entdeckte aber nichts Interessantes. Urlaubsfotos, Schnappschüsse von Partys etc. Bilder, wie man sie in jedem Fotoalbum findet. »Hältst du es für möglich, dass er korrupt war?«

Sie reagierte nicht auf meine Frage, und als ich gerade nachhaken wollte, fand ich noch eine unbeschriftete Filmdatei. Ich öffnete sie und ließ das Video abspielen. Für einen kurzen Augenblick sah man durch ein Fenster von oben in so etwas wie eine umfunktionierte Lagerhalle, in deren Mitte eine Badewanne stand. Die Kamera zog auf und man konnte den Hinterkopf eines Mannes erkennen, der eine Visitenkarte zusammenrollte, um eine Nase Koks von einem Tisch wegzuziehen. Aber das Gesicht war nicht zu erkennen. Dann ein lautes Geräusch ... es klang wie das Knallen einer Tür, und die Kamera schwenkte überhastet zur Seite über Dächer auf einen Kiesboden. Ich hielt das iPad an mein Ohr und hörte undeutlich Stimmen. Stimmen, die sich gegenseitig anfeuerten und johlten. Ein Mann knurrte immer wieder das Wort »Chakka«. Ganz leise hörte ich ein Wimmern ... ein Winseln. Aber es war schwer zu sagen, ob es von einem Kind, einer Frau oder von einem Tier stammte. Und völlig abrupt stoppte der Film.

»Was ist es?«, fragte Natalie, die den Blick nicht von der gespenstisch leeren Fahrbahn nahm.

»Ein Video. Aber es ist nichts zu erkennen. Man hört nur

den Ton. Ich glaube, er ist dabei gestört worden, wie er etwas filmen wollte, und musste abhauen.«

Sie fuhr rechts ran. Der Tiergarten, der sich zu beiden Seiten der riesigen Straße erstreckte, schluckte das spärliche Licht der Laternen und es fühlte sich an, als wären wir direkt im Herzen der Finsternis gelandet. Natalie signalisierte mir mit einer Handbewegung, dass ich ihr das iPad geben sollte. Ich reichte es rüber. Sie ließ das Video erneut von Anfang an laufen. Ihr Gesicht zeigte keine Regung. Sie ließ es noch mal laufen. Als der Mann zu Beginn des Films die Visitenkarte zusammenrollte, um das Koks wegzuziehen, drückte sie auf Pause, zoomte das Bild ran und starrte regungslos auf den Bildschirm.

»Hast du was gefunden?«, fragte ich.

»Die Visitenkarte.«

Jetzt sah ich es auch.

Er hat mich die ganze Zeit beobachtet. Als ich ihm in seinem Büro gegenübersitze, wird mir klar, dass er die Frau hätte retten können. Und ich frage mich, welchen Grund er hatte, es nicht zu tun.

Er sieht nicht aus wie jemand, der eine perverse Lust daran hat, anderen dabei zuzusehen. Schwarze kurze Haare, Dreitagebart, Jeans, blau-grau kariertes Baumwollhemd, Brille. Nicht unattraktiv. Er sieht aus wie jemand, der für Google arbeitet und 25 Stunden am Tag vor seinem Laptop sitzt. Ein Nerd. Andererseits, wie sieht jemand aus, der einen Menschen aus purer Lust umbringt? Mich würde niemals jemand verdächtigen. Je mehr Menschen um einen herum sind, desto weniger erkennen sie, was direkt vor ihrer Nase liegt. Ich bin kein gestörter Einzelgänger, der eine verkorkste Kindheit hatte. Keiner von diesen Sadisten, die in ihren frühen Jahren Tiere gequält haben. Es gibt Dinge, die entziehen sich einer Erklärung.

Ich muss lächeln und sehe, dass der Mann auf der anderen Seite des Schreibtisches der Meinung ist, dass ich keinen Grund zum Lächeln habe. Ich habe eines seiner Mädchen umgebracht. Es war nicht geplant. Aber als sie vor mir in der Wanne lag, hatte ich dem Drang plötzlich nichts mehr entgegenzusetzen. Zum ersten Mal. Weshalb hat er nicht längst die Polizei gerufen? Und bei dieser Frage fängt mein Herz plötzlich heftig zu schlagen an und ich spüre, wie ein paar Schweißperlen meinen Nacken hinunterlaufen. Ich nehme all meinen Mut zusammen und frage ihn direkt: »Warum haben Sie nicht die Polizei gerufen?«

Er dreht den aufgeklappten Laptop, der vor ihm steht, zu mir. Ich sehe auf den Bildschirm, auf dem ein Video von mir und der Frau läuft. Der Anblick erregt mich. Der Mann sagt, dass er ein Auge auf mich hatte. Woche für Woche, stellt sich jetzt heraus, hat er in seinem Büro gesessen, mich auf dem Bildschirm beobachtet und sich gefragt, was in meinem Kopf vorgeht. Irgendetwas hat ihm gesagt, dass der Abgrund, in den ich blicke, tiefer ist als bei den meisten. Als ich ihn anstarre und mich frage, warum ich die Kameras in dem Zimmer nicht gesehen habe, erklärt er mir, dass wir eine kleine Fahrt machen werden.

11

Vince hatte gesagt, dass er gegen 19.00 Uhr im Cantinetta sein würde. Ich war ein paar Minuten zu früh dran und setzte mich an einen Tisch am Fenster, von wo aus ich zusehen konnte, wie sich die mit Gasstrahlern beheizte Terrasse langsam mit Menschen füllte. In einer Stunde würde der Laden voll sein und das übliche Programm aus Glamour, Drogen und Protzerei würde seinen gewohnten Gang gehen. Ich dachte an die Geschichten, die Vince mir erzählt hatte; an sinnfreie Meetings zur Mittagszeit mit Koks und Champagner; an Ehen, die durch Häuser, Luxusreisen und gelangweilte Kids zusammengehalten wurden; an Affären, die man mit Appartements und Sportwagen bei Laune hielt. An all das Zeug, das unter der glänzenden Fassade vor sich hin faulte.

»Hallo Daniel«, hörte ich eine tiefe ruhige Stimme direkt neben mir. Ich sah auf und da stand Blücher in einem perfekt sitzenden schwarzen Anzug und einem dunkelgrauen Hemd, bei dem nur der oberste Knopf offen war. Er trug einen Dreitagebart und sah aus wie eins von diesen Models aus einem Katalog für Herrenausstatter. Er legte mir eine Hand auf die linke Schulter und lächelte jovial. »Wartest du auf Vince?«

Ich zuckte kurz zusammen und nickte. Er setzte sich auf die braune Lederbank, die am Fenster neben mir stand. Auf seinem Gesicht spiegelte sich ein Ausdruck von Bedauern wider. »Ich weiß, ist schon eine Weile her, aber das mit deiner

Mutter tut mir leid.« Er schien zu warten, dass ich irgendetwas erwiderte. Aber ich war so überrascht, dass ich nicht wusste, was ich sagen sollte.

»Ein Unfall, oder?«

Ich nickte.

»Wie alt war sie?«

»52.«

Er schüttelte traurig den Kopf. »Wie kommst du damit zurecht?« Er war nur drei Jahre älter als ich, aber es fühlte sich an, als würde ich mit meinem Vater reden. Nicht, dass er alt wirkte. Aber etwas in seiner Haltung und dem Ton seiner Stimme verlangte nach Respekt. Mein Mund war trocken und ich spürte, wie meine Lippen zusammenklebten, als ich ansetzte. Schließlich sah ich ihm in die braunen Augen und brachte ein leises klebriges »Einigermaßen« heraus. Ich hatte keine Ahnung, warum er jetzt von dem Tod meiner Mutter anfing. Wir waren in den letzten Monaten einige Male aneinander vorbeigelaufen, und dabei hatte es meistens nur zu einem Nicken gereicht. In der Regel begleitet von der Andeutung einer melancholischen Miene seinerseits.

Er klopfte mir auf die Schulter. »Vince sagt, dass du ein Eigenbrötler bist. Wenn ich dir einen Rat geben darf. Du solltest rausgehen und Leute treffen. Suche dir eine Freundin. Das bringt dich auf andere Gedanken.« Er atmete tief durch und es klang, als sei er fertig mit seinem kleinen Vortrag.

Ich hatte mich getäuscht.

»Weißt du, gleich um die Ecke bei mir zu Hause gab es früher so einen kleinen Plattenladen. Ich bin da jeden Tag nach der Schule hingerannt. Der Besitzer hatte ein Faible für Chet Baker. Seine Musik lief den ganzen Tag. Leider nahm Baker Drogen und ließ sich mit den falschen Leuten ein, die ihm die Zähne ausschlugen. Danach klang er nie wieder wie vorher. Es gibt diesen Song von ihm, 'I fall in love too easily'. Es geht einem an die Nieren, wie er da singt. Man hat das Gefühl, dass ihm schon tausend Frauen das Herz gebrochen haben. Man möchte ihm zurufen: Mein Freund, halte Abstand. Aber es hat keinen Zweck. Er ist ihnen einfach nicht gewachsen. Wenn man einer Sache nicht gewachsen ist, sollte man die Hände davon lassen. Meinst du nicht auch?«

Ich hatte keine Ahnung, wovon er da redete. »Ja.«

Er nickte zustimmend.

Mein Blick wanderte unsicher an ihm vorbei auf die Straße. Scheiße. Wo blieb Vince? »Was da in der Thie...«, setzte ich an.

Er winkte ab. »Vergiss die Sache. Ich habe mich auch schon in das falsche Mädchen verguckt.«

Ich überlegte, ob ich ihn trotzdem nach Lea fragen sollte. Aber irgendetwas hielt mich davon ab. Irgendetwas sagte mir, dass er bei allem Verständnis wahrscheinlich keine Hilfe bei der Suche sein würde. Dass er versuchen würde, mir das Ganze auszureden. Er fing den Blick des Barkeepers auf und legte mir wieder eine Hand auf die linke Schulter. »Wenn ich dir irgendwie helfen kann, sag einfach Bescheid.«

»Ja, mache ich.« Ich sah an ihm vorbei zum Eingang, wo Vince gerade den Laden betrat. Schon an der Tür warf er mit seinem Lächeln um sich. Ein paar Momente später stand er in seiner üblichen Arbeitskleidung vor mir. Schwarze Jeans, enges schwarzes T-Shirt, weiße Sneaker, nach hinten gegelte Haare und eingehüllt in seinen typischen Zitrusduft. »Was treibt dich denn her?«, fragte er lächelnd, während er weiter den langsam voller werdenden Laden checkte. Aus den Boxen erklang leise Fahrstuhlmusik. Ich forderte ihn mit einer Handbewegung auf, sich zu setzen. Er warf der Kellnerin einen Blick zu und orderte zwei Espressi. Ich wollte nicht gleich mit der Tür ins Haus fallen. Deshalb brachte ich das Gespräch auf etwas, das mich schon seit Tagen beschäftigte. »Was ist eigentlich aus dem Typen geworden, der mich niedergestreckt hat? Natalie sagt, er liegt im Koma.«

Er brauchte ein paar Momente, ehe er wusste, wovon ich sprach. Seine Miene hellte sich auf. »Der Typ mit dem Drachentattoo? Er ist wieder aufgewacht.«

»Ist er noch im Krankenhaus?«

»Nein. Bleibt wohl nur eine lange Narbe am Kinn zurück. Aber das Ganze hat mich sechs Monatsgehälter plus Prozente gekostet.«

Ich sah ihn fragend an.

»Nicht so wichtig. Wichtig ist, dass du dich von diesem Mädchen fernhältst. Glaub mir, mit diesen Leuten willst du nichts zu tun haben.«

Ich nickte und überlegte, ob es Sinn machte, Vince von Brandt zu erzählen. Aber was hatte ich zu verlieren? »Natalies Partner ist verschwunden.«

»Der Typ, der mit dem Mädchen in Ostritz' Haus war?«

»Ja. Wie vom Erdboden verschluckt.«

»Na ja, er war dumm genug, die Kleine zu verprügeln.«

»Was meinst du?«

»Die sehen es nicht gerne, wenn man ihre Angestellten arbeitsunfähig schlägt.«

»Du denkst …?«

»Erinnere dich an das Spiel …« Er deutete auf meine Wunde am Kopf. »Und dabei ging es nur um eine lächerliche

Summe.«

Die Kellnerin kam mit unseren Espressi. Vince bedeutete ihr, die Tassen abzustellen. »Bring uns noch zwei Wasser, Sandra. Ach, und eine Flasche … Hausmarke.«

Sandra nickte, und ich fragte mich, ob sie schon durch Vince’ »Schule« gegangen war. Ob er sie schon mit einer Seite von ihr bekannt gemacht hatte, von der sie vorher nichts wusste. Ob sie wusste, wie es sich anfühlte, Vince’ Wohnung mitten in der Nacht zu verlassen. Sie war attraktiv, vielleicht Mitte vierzig, groß, schlank, dunkelhaarig und mit einer griechischen Nase. Mit ihrem Aussehen und ihrem Gang hätte man sie eigentlich eher als Gast statt als Kellnerin im Cantinetta vermutet. »Ist sie neu?«, fragte ich.

»Ja, sie ist seit zwei Wochen im Team. Hatte bis vor drei Monaten ihren eigenen Laden. Leider, oder sollte ich sagen zu unserem Glück, kann Sandra nicht mit Geld umgehen.« Er grinste. »Hat ihre Umsätze immer direkt in die teuersten Boutiquen getragen. So was geht nur eine Zeit lang gut.«

»Verstehe.«

»Soll ich sie dir vorstellen? Sie ist Single.«

Ich winkte ab. »Hast du …?«

Er lachte laut. »Fuck! Nein. Sie ist eine Angestellte. Wenn ich sie nachts vor die Tür setze, sehe ich sie hier am nächsten Abend wieder. Kein angenehmer Gedanke.« Als er seinen Espresso in einem Schluck ausgetrunken hatte, schaltete ich das iPad an und spielte ihm das Video vor.

»Bist du jetzt unter die Filmemacher gegangen?«, fragte er amüsiert.

»Das haben wir bei ihm gefunden.«

»Wir?« Er sah sich um.

»Natalie und ich.«

Er schüttelte den Kopf, als wollte er sagen, dass ich ein hoffnungsloser Fall war. Dann deutete er auf den Bildschirm. »Und das da?«

»Das wollte ich von dir wissen.« Ich ließ den Film wieder laufen. »Siehst du den Mann, der das Koks wegzieht?«

»Jepp.«

Ich hielt an und ging zu der Stelle, bevor er die Karte zusammenrollte. Ich zoomte das Bild ran. »Siehst du die Visitenkarte, die er zusammenrollt?«

Jetzt wurde ihm klar, was ich meinte. Er zuckte nur mit den Achseln. »Ok, der Typ war offenbar mal hier. Aber ich erkenne genauso viel wie du. Nämlich nichts.«

»Ich frage mich, was sie da machen. Irgendeine Idee?«

»Er zieht eine Line weg, und im Hintergrund laufen seltsame Geräusche. Was soll mir das sagen? «

Ich ließ den Film noch mal laufen.

»Mach mal den Ton lauter«, forderte Vince mich auf. Ich stellte ihn auf volle Lautstärke. Er nahm das iPad und hielt es an sein Ohr. Nach etwa der Hälfte hörte er es. Er hielt mir das iPad hin. »Spiel die Stelle noch mal.« Ich spielte die Stelle erneut. »Noch mal. Hör hin. Einer der Typen sagt einen Namen.«

Nach dem vierten Mal hörte ich es auch. Es war nur sehr leise und undeutlich zu vernehmen. »Ja. Ich glaube, er sagt Elena.«

Vince nickte. »Da klingelt bei mir nichts.«

Es dauerte ein paar Sekunden, aber dann war alles wieder da. Die Fahrt vom Krankenhaus, der plötzlich einsetzende Regen und Leas ängstlicher Blick, als sie die Nachricht bekam.

12

Es war ein klarer Herbsttag. Die Sonne strahlte so grell vom Himmel, dass ich die Blende auf der Fahrerseite meines Wagens runtergeklappt hatte. Es fühlte sich an, als läge der Sommer nur ein paar Atemzüge zurück. Ich beobachtete die letzten Mauersegler am Horizont und dachte an das hinter mir liegende Jahr. Ich fragte mich, was passieren musste, damit dieses Gefühl endlich verschwand. Dieses Gefühl, das direkt nach dem Aufwachen unter meine Haut kroch und nachts durch meine Träume schlich. Dieses elende Gefühl der Schuld. Und ich war mir nicht mehr sicher, ob die Antwort so einfach war, wie sie an jenem Abend in der Kneipe schien, als ich Lea über den Weg gelaufen war.

Als ich zum Eingang blickte, sah ich Natalie aus dem Haus kommen. Sie hielt die Tür für einen jungen hip gekleideten Typen mit Hornbrille auf. Er nickte beiläufig und drängte sich mit einem Lächeln an ihr vorbei. Kurz darauf saß sie neben mir und starrte auf die Straße.

»Und?«, fragte ich erwartungsvoll.

Es dauerte, bis sie endlich den Mund aufmachte. »Er hat sie vermittelt. Aber sie sind beide kurz nacheinander abgetaucht.«

»Hat er eine Ahnung, wo sie sein könnten?«

Sie schüttelte den Kopf. »Er hat irgendetwas davon gefaselt, dass sie es auf eigene Faust versuchen könnten … als Model, Influencerin oder Yoga-Lehrerin auf Youtube.«

»Könnte das sein?«, fragte ich ohne Argwohn.

Ihr ungläubiger Blick gab mir die Antwort. »Daniel, die beiden haben nicht mal eine eigene Wohnung. Sie leben bei den Familien, für die sie arbeiten. Was er über die Mädchen erzählt hat, ist Unsinn.«

»Was meinst du?«

»Sie stammen überwiegend aus den Balkanstaaten; vor allem aus Rumänien und Bulgarien. Und sie kommen meistens aus sozial schwachen Verhältnissen. Geringe Bildung und in der Regel wenig Sprachkenntnisse. Keine von denen wird Influencerin oder Model.«

Ich sah sie überrascht an. »Woher weißt du so viel über sie?«

Sie hob eine Augenbraue. »Schon vergessen, wo ich arbeite?«

Ich nickte. »Was ist mit dem Haus in der Thielallee?«

»Ostritz sagt, es wird als Gästehaus genutzt ... für Kunden, die nicht in Hotels absteigen wollen, sondern ein privates Ambiente bevorzugen. Außerdem nutzen sie es offenbar für Events, Partys, Empfänge.«

»Und was hat Brandt da gemacht?«

»Wusste er nicht. Er sagt, er kennt niemanden mit diesem Namen. Er hat vorgeschlagen, dass ich Brandt selbst frage.«

»Sonst nichts?«

Sie holte einen Zettel raus und reichte ihn mir. »Er hat mir die Adresse von Leas letztem Arbeitgeber gegeben. Ein Botschaftsmitarbeiter.«

Ich steckte ihn ein. »Ich hab Hunger. Wie siehts mit dir aus? Bei mir um die Ecke gibt es einen guten Vietnamesen.«

Sie zuckte unmerklich mit den Achseln. Ich deutete das als ein Einverständnis. Einige Minuten später hielten wir direkt vor dem Asiaten Wilmersdorfer Ecke Zillestraße in zweiter Reihe. Die Straße war wie immer zu dieser Tageszeit sehr belebt. Der Supermarkt, die Bäckerei, McPaper, Bauhaus, die Apotheke und die Pizzeria, sie alle profitierten davon, dass der Kiez mittlerweile nicht nur eine begehrte Wohngegend mit sanierten Altbauten und kostspieligen Dachterrassen war, sondern auch regelmäßig große Gruppen an Touristen in die Gegend spülte, die die drei Hotels in der Gegend als Startrampe für eine Erkundungstour durch die Stadt nutzten. Wegen des schönen Wetters hatte der Vietnamese noch einmal die Bänke rausgestellt. Mit einem kurzen Seitenblick sah ich, dass es noch einen freien Tisch gab. Als wir kurz darauf Platz genommen hatten und eine junge ganz in schwarz gekleidete Asiatin uns zwei Karten in die Hand gedrückt hatte, bemerkte ich, dass Natalie die Augen schloss und ihr Gesicht in Richtung Sonne hielt. Für ein paar Momente entspannten sich ihre Züge, und es sah aus, als würde alles in ihr tief durchatmen. Im nächsten Augenblick schwenkte ihr Gesicht zu mir und sie öffnete die Augen. Eine Weile sah sie mich einfach nur an. Ich konnte nichts in diesem Blick lesen.

»Wie gehts dir?«, fragte sie schließlich.

»Wegen meines Kopfes? Gut, langsam gewöhne ich mich daran.« Ich strich mir über den Kopf und versuchte mich an einem Grinsen.

»Das meine ich nicht.«

Wir sahen uns an. Aber da war keine Spannung in der Luft. Es hatte eher etwas von abtasten.

»Josie hat mir das mit deiner Mutter erzählt«, sagte sie nach einer Weile und nickte schwach.

Meine Überraschung hätte nicht größer sein können.

»Wann hat sie dir das erzählt? Und …«

»Bei unserem letzten Treffen.«

Ich ließ die Information, dass sie vom Tod meiner Mutter wusste, sacken.

»Sie hat deine Mutter gemocht«, fuhr sie fort. »Ich glaube, die beiden haben sich gut verstanden. Sie hat immer von ihren Besuchen in eurem Laden geschwärmt.«

Meine Mutter war tief in das Leben der Menschen hinter der Musik, die in unseren Regalen stand, eingetaucht. Sie konnte ganze Nächte damit verbringen, in Biografien von Musikern zu versinken, von denen die meisten noch nie etwas gehört hatten. Ich glaube, Josie hatte nicht wirklich etwas übrig für Jazz. Aber sie hörte gerne die Geschichten dazu. Und während ich dabei war, die Regale neu zu ordnen, klebte sie oft stundenlang an den Lippen meiner Mutter.

»Woher wusste Josie, dass meine Mutter gestorben ist?«

Für Natalie lag die Antwort offenbar auf der Hand. »Sag du es mir.«

Ich nickte.

Die junge Asiatin kam mit Stift und Zettel an unsren Tisch. Wir bestellten die große Sushiplatte. Als die Kellnerin wieder gegangen war, klingelte Natalies Handy. Sie holte es aus ihrer Lederjacke, warf einen kurzen Blick drauf und ignorierte den Anruf. Als es zum zweiten Mal klingelte, drückte sie den Anrufer weg. Kurz darauf kam eine Whatsapp. Ich konnte den Text lesen. »Ich habe einen Umschlag von Frank für dich – Ruth.«

Natalie hatte die Nachricht auch gelesen. »Wir müssen los«, sagte sie bestimmt und stand auf.

»Wohin?«

»Das sage ich dir dann. Komm!«

»Was wird aus unserem Essen?«

»Komm einfach.«

Wir gingen zum Auto und stiegen ein. Ich drehte mich noch mal um und sah die junge Asiatin mit unserem Essen aus dem Restaurant kommen. Ich zuckte nur entschuldigend mit den Achseln und stieg in den Wagen.

»Erst mal geradeaus. Und beeil dich«, trieb Natalie mich an.

Ich startete den Wagen und fuhr aus der Parklücke, ohne auf den Verkehr zu achten. Autos hupten, Reifen quietschten. Ich sah wütende Gesichter und wild gestikulierende Arme. Natalie verzog keine Miene.

»Wer ist Ruth?«, fragte ich inmitten des Hupgewitters.

»Brandts Schwester.«

Ein paar Minuten später hielten wir in der Lötzener Allee vor einem Einfamilienhaus, das nur wenige Minuten entfernt von meiner alten Schule lag. Es war ein altes Backsteingebäude mit einem kleinen verwitterten Vorgarten. Als ich den Motor abstellte, kam eine weißhaarige ausgemergelte Frau in mittleren Jahren aus der Tür getreten. Eine Frau, die vor ihrer Zeit gealtert war. Eine Frau, die in der Menge unterging, ohne einen Eindruck zu hinterlassen; trostlos und hinfällig, wie die Fassade eines maroden Hauses. Sie trug einen abgewetzten schwarzen Bademantel, Flip-Flops und hatte die Haare hochgesteckt. In der rechten Hand hielt sie einen Umschlag, und in ihrem Blick lag eine Mischung aus Trauer und Müdigkeit. Die Frau hatte eine beunruhigende Ähnlichkeit mit ihrem Bruder.

»Bin gleich zurück«, sagte Natalie und stieg aus.

Kurz darauf standen sich die beiden Frauen gegenüber und begrüßten sich unbeholfen. Ein kurzes Nicken, gesenkte

Köpfe. Schweigen.

Brandts Schwester sagte etwas zu Natalie, das ich nicht hören konnte. Ich ließ das Fenster runter, und jetzt verstand ich undeutlich den Wortlaut des Gespräches.

»Ich kann ihn seit drei Tagen nicht ... er hat gesagt, dass ich dir das geben ... wenn ...«

Natalie nickte. Aber sie erwiderte nichts. Die Frau machte einen Schritt auf sie zu und legte ihr einen Arm auf die Schulter. Natalie erstarrte. »Was ist denn los?«

»Ich weiß es nicht.«

»Ist irgendetwas passiert ...?«

»Ruth, ich weiß genauso wenig wie du.«

Die Schwester schüttelte den Kopf und gab Natalie den Umschlag. Die nahm ihn und wich dem unsicheren Blick der verhärmten Frau aus. Sie drehte ab und wollte zum Auto kommen.

»Das hättest du ihm niemals ...«, sagte Brandts Schwester lauter. »Es war schließlich auch sein Kind.«

Natalie drehte sich noch mal um. »Verflucht, er ist ein Junkie, der Nutten ...«, zischte sie. Sie legte einen Schritt zu, riss hektisch die Autotür auf und schwang sich in den Wagen.

Ruth giftete ihr wie eine Furie hinterher. »Du bist so eine miese Lügnerin!«

Die Worte Junkie und Nutten hallten in mir nach. »Alles in Ordnung?«, fragte ich.

»Alles bestens. Fahr los«, erwiderte Natalie sarkastisch.

Ich startete den Wagen. Während wir die Waldschulallee entlangfuhren, öffnete sie den Umschlag. Ich warf einen Blick zur Seite und sah, dass ein USB-Stick drin war. Ich erkannte ihn sofort wieder.

»Das ist der Stick«, sagte ich.

»Fahr zu mir. Leonhardtstraße 15.«

Als wir bei ihr angekommen waren, kurvten wir ein Dutzend Mal um den Block, aber es gab keinen einzigen Parkplatz. Schließlich stellte ich den Wagen direkt vor der Tür in einer Einfahrt ab. Später habe ich mich oft gefragt, ob es einen Unterschied gemacht hätte, wenn wir weitergesucht hätten. Ob die Dinge anders gelaufen wären. Ob wir zu zweit eine Chance gehabt hätten.

Vermutlich nicht.

Ich weiß nicht genau, was ich erwartet hatte, als wir kurz darauf ihre Wohnung betraten. Aber jedenfalls nicht das, was ich dann vorfand. Die karge Einzimmerwohnung im Souterrain des Hinterhofes war dunkel und sah aus, als wäre Natalie gerade erst eingezogen. Überall standen noch Umzugskartons in der Gegend rum. Auf dem Dielenboden lag eine Matratze, daneben ein MacBook und auf dem Boden verstreut leere Pizzaschachteln und Red-Bull-Dosen. An der Tür hing eine Plastiktüte, die überquoll vor Müll. Es gab keinen Stuhl, keinen Tisch, keine Bilder, kein Fernseher. Nichts, was den Raum irgendwie wohnlich gemacht hätte. Es sah aus, als hätten Stadtstreicher sich die Bleibe unter den Nagel gerissen und darin eingenistet. Sie zog ihre Jacke aus und warf sie auf die Erde.

»Bist du gerade eingezogen?«

Sie setzte sich auf die Matratze, nahm das MacBook auf ihren Schoß und fuhr den Laptop hoch. »Vor einem Jahr. Gib mir mal den Stick.« Ich warf ihr den Stick zu. Ohne hochzusehen, fing sie ihn und steckte ihn in den USB-Anschluss des MacBooks. Sie starrte auf das dunkle Display. »Mist.«

»Was ist los?«

»Der verfluchte Akku ist leer.« Sie nahm das Netzteil, das in der Steckdose neben der Matratze steckte, und stöpselte es an den Laptop an. »Setz dich. Du machst mich nervös.«

Ich sah mich um, um ihr zu signalisieren, dass es keine Sitzgelegenheiten gab. Sie schüttelte genervt den Kopf. »Du bist wie meine Mutter. Setz dich auf die Erde.«

Ich setzte mich im Schneidersitz auf die Erde und sah sie an.

»Was?«, fragte sie.

Ich zuckte mit den Achseln. »Nichts.«

Sie stöhnte genervt. »Das war schon in der Schule dein Problem. Anstatt mit anderen redest du die meiste Zeit mit dir selbst.«

»Du bist auch nicht gerade eine Plaudertasche«, erwiderte ich beleidigt.

»Ja, aber im Gegensatz zu dir interessiert mich der Kram von anderen nicht.«

»Du musst es ja wissen.«

Ihr Blick wanderte zu mir. Sie zog eine Augenbraue hoch.

»Glaub mir, du bist kein so großes Geheimnis.«

Ich zögerte. »Warum hast du das Kind abgetrieben?«

Schweigen. »Es war eine Eileiterschwangerschaft.«

»Aber ...«

»Weil es vorbei war«, sagte sie leise.

Eine Weile hing jeder seinen Gedanken nach. Irgendwann landeten meine wieder bei Josie. »Du kennst die Typen, mit denen Josie rumhängt, oder?«

Sie zögerte.

»Was sind das für Leute?«

»Das spielt keine Rolle.«

»Was meinst du mit, das spielt keine Rolle?«

»So, wie ich es gesagt habe. Es spielt keine Rolle. Es ist nicht von Bedeutung.«

Ich sah sie an … und wartete.

»Ich will nicht weiter darüber reden, ok?!«

»Es geht um Drogen, oder?«

Sie schüttelte den Kopf, als erübrige sich die Antwort. »Du hast das Foto gesehen. Was glaubst du?!« Ihr Blick wanderte wieder zum MacBook.

Ich sparte mir eine Antwort. »Hast du was zu trinken? Wasser oder Saft?«

»In der Küche. Wenn du in den Flur kommst, gleich links.«

In der Küche sah es ähnlich trostlos aus wie im Rest der Wohnung. Ein weiß gestrichener Holztisch, zwei rote Plastikstühle, eine Spüle und ein Kühlschrank. Über dem Tisch hing eine verloren wirkende Glühbirne als einzige Lichtquelle. Auf dem Kühlschrank klebte ein kleines Foto. Als ich näher ranging, sah ich, dass es Natalie mit einem Lehrer unserer alten Schule war. Es musste kurz vor ihrem Abitur aufgenommen worden sein. Beide standen nebeneinander und strahlten in die Kamera. Ich erinnerte mich nicht mehr an seinen Namen, wusste aber noch, dass er während meiner Schulzeit einen schweren Motorradunfall gehabt hatte, monatelang krankgeschrieben war und danach humpelte. Ich hatte nie Unterricht bei ihm gehabt. Aber an den Trauben von Schülern und Schülerinnen, die ihn auf dem Hof regelmäßig umgaben, konnte ich sehen, dass er offenbar ziemlich beliebt war. Ein junger Typ um die dreißig in Jeans, T-Shirt und Sneakers, dessen Studienzeit vermutlich noch nicht lange zurücklag. Eher der Typ Rockstar als ein Lehrer. Dass er und Natalie befreundet waren, hatte ich nicht mitbekommen.

Während ich über die Beziehung der beiden nachdachte,

begann es zu hupen. Zuerst nahm ich es nur im Unterbewusstsein wahr. Wie der leise Ton des Fernsehers nachts, wenn man vor dem Bildschirm eingeschlafen ist. Aber der Fahrer war hartnäckig. Mit einem Glas Wasser ging ich zurück ins Wohnzimmer.

»Ich glaube, das ist meinetwegen.«

Natalie starrte auf den Bildschirm und nickte, ohne mich zu beachten.

»Hast du mich verstanden?«

Ihr Blick schwenkte hoch. »Was?«

»Mein Wagen. Da hupt jemand.«

»Dann schlage ich vor, du parkst deinen Wagen um.«

Als ich aus der Haustür trat, sah ich eine junge, genervte Frau in einem silbernen Daimler, die aus der Einfahrt wollte. Ohne mich weiter zu beachten, giftete sie mit angespannter Miene in ihr goldenes Handy. Ich stieg in den Wagen und drehte wieder einige Runden um den Block, bis ich nach zehn Minuten endlich einen Parkplatz fand. Beim Zurückgehen fielen mir die Graffitis im Hausflur auf. Jemand hatte »fuck yourself« an eine Wand geschmiert. Jetzt sah ich, dass der Lichtschalter im Flur zerstört worden war. An den Fußleisten bröckelte der Putz. Ich blieb einen Moment stehen und spürte plötzlich den Schmerz hinter meiner Stirn. Diesen vertrauten Schmerz, an den ich mich einfach nicht gewöhnen konnte. Mein Kopf zerfiel in Millionen Einzelteile. Benommen setzte ich wieder einen Fuß vor den anderen. Als ich durch den Eingang taumelte, kam mir ein großer kräftiger Typ mit Kapuzensweater entgegen, der mich fast umrannte. Im letzten Moment wich ich zur Seite aus. Ich drehte mich um, aber er lief einfach weiter, ohne mich zu beachten. Schwer atmend ging ich über den Hof, trat in den dunklen

Hausflur und sah schon von Weitem, dass Natalies Tür offen war. An der Schwelle zu ihrer Wohnung blieb ich stehen. Ich schloss die Augen. Nichts.

Ich rief ihren Namen. Stille.

Es sind dieselben beiden Männer, die den Raum gereinigt haben, nachdem ich mit der Frau fertig war. Sie haben dafür gesorgt, dass niemand etwas von der Geschichte mitbekommt; sie haben das Chaos beseitigt, das ich hinterlassen habe. Jetzt sitzen sie neben mir im Auto, verströmen den Geruch von billigem Rasierwasser und schlechtem Atem und ich frage mich, wohin die Fahrt geht. Muss ich erwähnen, dass ich kein gutes Gefühl habe? Der Nerd sitzt vorne auf der Beifahrerseite und hat bis jetzt kein Wort gesprochen. Als ich nach links blicke, sehe ich das Wasser, und vor meinem inneren Auge läuft ein Film ab, in dem ich mit Steinen beschwert langsam auf den Grund der Spree sinke. Der Fahrer biegt in eine kleine Seitenstraße, die parallel zum Fluss verläuft. Die Gegend ist wie ausgestorben, keine Autos, keine nächtlichen Spaziergänger, die mit ihrem Hund noch einmal die letzte Runde machen. Nichts, was Anlass zur Hoffnung geben könnte. Nur ein Auto, das mit fünf Männern durch eine sternenklare Nacht fährt. Auf der anderen Seite befindet sich ein riesiges Backsteingebäude, vor dem wir halten. Der Fahrer steigt aus, schließt das große Metalltor direkt vor uns auf, und kurz darauf fahren wir auf das Gelände, auf dem verwitterte Wassertanks stehen. Der Nerd dreht sich zu mir und lächelt. »Wir sind da.«

Fast gleichzeitig steigen die beiden schwergewichtigen Männer neben mir aus und ich frage mich, was diese drei Worte bedeuten. Als ich merke, dass man erwartet, dass ich auch aussteige, hieve ich mich aus dem Wagen und suche in den Gesichtern der Männer nach einer Antwort auf die Frage, was wir hier machen. »Was wollen wir hier?«

Die Antwort besteht aus drei versteinerten Mienen und einem süffisanten Lächeln. Ich folge den Männern zu einem

Seiteneingang des Fabrikgebäudes, und wenige Momente später stehen wir in einer riesigen Halle.

»Können Sie es sich vorstellen?«, fragt der Nerd, während sein Blick den Raum mit einer Geschichte füllt, die ich nicht sehen kann. Er legt einen Arm um meine Schulter, und ich zucke kurz zusammen. »Entspannen Sie sich. Ich bin Geschäftsmann und kein Moralist.« Er holt ein kleines Tablet aus seiner Jackentasche und schaltet es an. Ein paar Momente später hält er mir den Bildschirm vor die Nase, und noch einmal sehe ich mich mit der kleinen Rothaarigen in dem Zimmer. Er fragt mich, ob ich die Zahl sehe, die über dem Video aufblinkt. Ja, sage ich. Diese Menschen, fügt er hinzu, hätten eine Menge Geld bezahlt, um mir bei dem, was ich getan habe, zuzusehen. Es sind 38.910. Weltweit. Wieder flutet sein Blick den Raum.

»Können Sie es jetzt sehen?«

13

Ich stand im kalten Neonlicht des Krankenhausflurs an die
Wand gelehnt und wartete darauf, dass der Arzt aus dem OP
kam und mir sagte, wie es Natalie ging. Ob sie wieder auf
die Beine kommen würde. Ob sie wieder die Alte werden
würde. Falls das nach dieser Geschichte noch möglich war.
Sie lag mit einem Bauchschuss auf dem Operationstisch, und
ich harrte jetzt seit drei Stunden vor der Station aus. Drei
Stunden, in denen ich den Gedanken, die Suche nach Josie
und Lea alleine fortsetzen zu müssen, so gut ich konnte, verdrängt hatte. Bis zum Eintreffen des Rettungswagens hatte
Natalie eine Menge Blut verloren, und als die Ärzte sie endlich in den OP schoben, wollte keiner von ihnen eine Prognose abgeben.

Ich sah den Gang entlang, wo ein großer hagerer Arzt auf
mich zukam. An seiner stoischen Miene konnte ich nicht ablesen, ob er gute oder schlechte Nachrichten hatte. Als er vor
mir stand, hielt ich die Luft an.

Der Tag ging in den Abend über. Aber es war die Jahreszeit,
in der es keine Dämmerung zu geben schien, in der das Licht
mit einem Mal von der Dunkelheit geschluckt wurde und
man sich fragte, wo der Tag geblieben war. Ich schaltete die
Uhr in meinem Taxi an und fuhr meine übliche Runde. Es
war noch trocken, aber der Geruch der Luft, die durchs offene Seitenfenster hereinwehte, kündigte den Regen bereits

an. Während John Coltranes »Blue Train« aus den Boxen erklang, nahm ich das Geschehen auf den Straßen kaum wahr. Ziellos trieben unzusammenhängende Gedanken durch meinen Kopf, bis sie bei einem Namen strandeten.

Ich sah auf die Adresse, die mir Natalie gegeben hatte.

Die Adresse, wo Lea gearbeitet hatte.

Bis sie verschwunden war.

Als ich gegenüber dem Grundstück hielt und rübersah, erinnerte mich der Anblick an einen von diesen amerikanischen Filmen mit Vorstadtidylle inkl. Haus, Garten und Mercedes in der Garage. Ein Leben, das sich Werbeleute ausgedacht hatten. Ein Leben, von dem alle träumten, bis es real wurde. Manche träumten trotzdem weiter. Ich überlegte, wie hoch das Gehalt eines Botschaftsangestellten sein musste, um sich ein solches Leben leisten zu können.

An der grauen Metalltür vor der Garage hatten sie einen Korb angebracht. Eine eigens installierte Laterne bestrahlte die Auffahrt. Der Hausherr spielte mit einem Teenager, der vermutlich sein Sohn war, eins gegen eins. Die beiden schenkten sich nichts. Und obwohl der Junge seinem Vater körperlich weit unterlegen war, lieferte er ihm mit seinem unbändigen Ehrgeiz einen harten Kampf. Ich beobachtete sie eine Weile, bis mir der Gedanke kam, dass ich den Mann von irgendwoher kannte. Die schwerfälligen, aber kraftvollen Bewegungen, der kurze erste Schritt, der ihm jedes Mal einen kleinen Vorteil verschaffte, wenn er zum Korb zog. Das hatte ich irgendwo schon einmal gesehen. Und dann fiel es mir wieder ein. Er war einer unserer Gegner bei meinem letzten Spiel gewesen. Einer von den Männern, die uns das Leben schwer gemacht hatten, einer von denen, die uns mit ihren linken Tricks aus der Fassung bringen wollten, bis ich kurz vor Ende des Spiels K.O. gegangen war. Als er mir einen Blick zuwarf und mit dem Ball unter einem Arm innehielt, stieg ich aus und ging zu den beiden. Ich hatte ein mulmiges Gefühl. Aber deshalb war ich schließlich hier. Um mit ihm zu reden.

Ich hielt ihm die Hand hin. »Hi, ich bin Daniel, ein Freund von Lea.«

Er ergriff sie zögerlich und schien mich nicht zu erkennen. Sein Sohn stand ungeduldig daneben und wartete darauf, dass es weiterging. Er sah aus wie ein Junge, der es nicht gewohnt war, zu warten. Ein Junge, der ein Leben mit allen Annehmlichkeiten lebte, die es für Geld zu kaufen gibt. Teure Privatschule, teure Klamotten und teure Freunde. Ich versuchte, mir vorzustellen, wie sich Elena und Lea in dieser Welt gefühlt hatten.

Das gelobte Land.

Sein Vater sah ihn mit einem Anflug von Bedauern an.

»Wir machen mal eine kurze Pause«, sagte er mit einem leichten Akzent. Sein Sohn verzog genervt das Gesicht und trottete in Richtung Garten. »Juri.« Juri drehte sich um, und sein Vater warf ihm den Ball zu. Er wandte sich wieder mir zu. »Was kann ich für Sie tun?«

»Ich suche Lea und dachte, Sie können mir vielleicht helfen. Sie arbeitet doch für Sie, oder?«

Seine Miene verfinsterte sich. »Das hat sie, ja. Bis sie verschwunden ist.« Dann machte er eine Geste, als wollte er sagen: So ist das Leben.

»Wissen Sie vielleicht, wo sie sein könnte?«

»Nein.«

»Hat sie sich noch mal bei ihnen gemeldet, seitdem sie weggegangen ist?«

Er schüttelte den Kopf. »Sie hat ihre Sachen gepackt und ist einfach fort.«

»Ist sie alleine weg? Ich meine, hat sie jemand abgeholt?«

Er musterte mich, als würde er überlegen, ob er mich von irgendwoher kannte. »Wie haben Sie gesagt, heißen Sie?«

»Daniel.«

»Woher kennen Sie Lea?«

»Ich bin ein Freund. Na ja, niemand hat etwas von ihr gehört, und ich mache mir Sorgen. Haben Sie eine Ahnung, warum sie weggegangen sein könnte?«

Er zuckte mit den Achseln. »Nein. Sie war immer korrekt und hat ihre Arbeit erledigt. Wir hatten nie Probleme.«

»Keinen Streit?« Das war mir einfach so rausgerutscht. Und als ich es gesagt hatte, wurde mir klar, dass ich mit der Frage eine Grenze überschritten hatte.

Er sah mich ungläubig an, und seine Augenbrauen zogen sich zusammen. »Was meinen Sie mit Streit?«

»Ich weiß nicht ...«

»Hören Sie, alle hier haben sie gemocht.« Er nickte in Richtung Haus. »Sie war wie eine Schwester für meinen Sohn. Es gab keinen Streit. Weshalb hätte es Streit geben sollen? Wir waren froh, dass wir sie hatten, und waren völlig überrascht, dass sie einfach so über Nacht verschwunden ist.«

»Sie meinen, ohne sich zu verabschieden.«

»Ja.«

»Wie lange hat sie eigentlich hier gearbeitet?«

»Ein paar Monate.«

Ich nickte, unschlüssig. Ich wusste nicht, was ich noch fragen sollte. Mir ging die Geschichte mit den Drogen durch den Kopf. Doch nach der Sache mit dem Streit schien es mir keine gute Idee, danach zu fragen. Also hielt ich meinen

Mund. Aber die Vorstellung, dass Lea auf Koks und wer weiß noch was war, ohne dass ihr Chef etwas davon mitbekommen hatte, schien mir abwegig. Leas Boss machte nicht den Eindruck eines weltfremden Mannes. Im Gegenteil. Er schien jemand zu sein, der genau wusste, was gespielt wird. Und wenn jemand unter seinem Dach Drogen konsumierte, würde er das mitbekommen. Da war ich mir sicher.

Juri kam aus dem Garten zurück und sah seinen Vater erwartungsvoll an. Der wandte sich an mich. »Ich kann Ihnen da leider nicht helfen.«

Juri warf seinem Vater den Ball zu. Der fing ihn auf, ohne den Blick von mir abzuwenden, und zuckte bedauernd mit den Achseln. Dann setzte er das Spiel mit seinem Sohn fort. Ich sah den beiden noch ein paar Augenblicke zu, bevor ich abdrehte. Als ich am Ende der Auffahrt angekommen war, hörte ich das Wort.

»Chakka.«

Ich wandte mich um, und da sagte er es noch einmal, während er mit dem Ball vor seinem Sohn dribbelte.

»Chakka«.

Die Bilder des Videos liefen wie auf Autopilot vor meinem inneren Auge ab. Es war unmöglich, sie abzustellen.

Wir sitzen im Separee eines Clubs, in dem sich überwiegend Banker, Werbeleute und andere Erfolgsgeschichten tummeln. Der Nerd erklärt mir, dass ich bestimmte Mädchen nicht anrühren darf. Zumindest eine Zeit lang. Offenbar gibt es Freier, die um die halbe Welt fliegen, um es mit einem unberührten blonden Mädchen zu treiben... und es manchmal auch mitzunehmen. Aber die Drogen, mit denen der Nerd sie gefügig macht, begrenzen ihre Halbwertzeit. Zuerst war mir nicht wohl bei der Vorstellung, es vor laufender Kamera zu tun. Aber jetzt erregt mich das Wissen um die Zuschauer.

Er deutet mit einer Hand auf eine attraktive Frau, die den Club betritt und offenbar nach jemandem sucht. »Für wie alt hältst du sie?«, fragt er mich. Ich erwidere, dass ich sie auf zweiunddreißig schätze. Er schmunzelt. »Sie ist einundzwanzig.« Ich verstehe, was er meint. Das eng geschnittene schwarze Kleid, das ihr bis knapp über den Po reicht, ist mit Pailletten besetzt, und die dünnen blonden Haare hat sie vorne zu einem Pony gekämmt. Als sie in unsere Richtung sieht, hellt sich ihr Blick kurz auf und versinkt dann wieder in etwas, das ich als Teilnahmslosigkeit deute. Sie kommt zu unserem Tisch, und der Nerd stellt sie mir als Paula vor. Paula nickt mit leerem Blick und setzt sich zu uns. Kurz darauf verabschiedet sich mein neuer Partner und wünscht mir augenzwinkernd einen schönen Abend. Ich brauche ein paar Momente, um zu begreifen, was er damit meint.

Es dauert zwei Drinks, bis sie so weit ist, meiner Einladung auf die Toilette zu folgen, um sich die Gedanken an ihre zweijährige Tochter wegzukoksen. Ich weiß nicht, wie sich Mitleid anfühlt, aber ich vermute so ähnlich wie dieses Aufflackern, als sie mir von ihrem Kind erzählt. Ich sehe auf die

Uhr. Es ist ein Uhr nachts, und ich frage mich, ob ihre Tochter jetzt alleine zu Hause ist. Sie spielt nicht die Mitleidskarte aus. Die Dinge sind, wie sie sind, und sie scheint das akzeptiert zu haben. Aber sie ist nicht mein Typ, zu viele Rundungen, zu verbraucht, zu wenig vom ersten Mal, und deshalb beschließe ich, sie vom Haken zu lassen. Ich schlage vor, zu zahlen.

»Wo gehen wir hin?«, fragt sie, als bestünde kein Zweifel daran, dass wir die Bar gemeinsam verlassen werden.

»Willst du noch mal auf die Toilette, solange ich zahle?«

Ohne einen Kommentar steht sie auf und geht in Richtung Toilette. Ich lege hundert Euro unter mein leeres Glas, stehe auf und gehe zum Ausgang.

Vor der Tür hole ich tief Luft und sehe meinen Atem, der sich vor meinen Augen auflöst. Und dabei denke ich an Paula, deren Träume sich irgendwann in nichts aufgelöst haben. Deren Begegnung mit meinem neuen Partner sie bis hierher geführt hat. An einen Ort ohne Rückfahrtschein. Aber heute ist ihr Glückstag. Ich gehe zu meinem Auto, steige ein und überlege einen Moment, ob ich nach Hause fahren soll. Im nächsten Augenblick geht die Beifahrertür auf und Paula springt wutentbrannt in den Wagen. »Was soll das? Wieso bist du einfach abgehauen?« Ich weiß nicht, was ich darauf antworten soll. »Ich bekomme richtig Ärger, wenn ein Kunde mich einfach stehen lässt!«

Ich sehe sie unentschlossen an, und dabei befällt mich ein seltsamer Gedanke. Ich frage mich, wer ihre Tochter morgen früh wecken wird.

Und an all den Morgen, die danach kommen.

14

Natalies Zustand war ernst. Sie hatte einen glatten Durchschuss und war nach der OP zunächst auf die Intensivstation verlegt worden. Es waren keine inneren Organe verletzt worden. Angesichts der Tatsache, dass die Kugel eine Arterie nur um Millimeter verfehlt hatte, hätte sie riesiges Glück gehabt, meinte der behandelnde Arzt. Ich weiß nicht, ob Natalie diese Einschätzung teilte. Zumal der Arzt keine Prognose abgeben wollte, was ihre Heilungschancen betraf.

Sie lag im Halbdunkel des Zimmers – das Gesicht zum Fenster gewandt. Ich trat an ihr Bett und wartete, bis sie ihren Kopf langsam in meine Richtung drehte und die Augen öffnete. Ihr Blick kam von weit her. »Hey, wie gehts dir?«, fragte ich. Sie versuchte, sich im Bett aufzurichten, und verzog dabei vor Schmerzen ihr Gesicht. Im nächsten Moment erschien die Andeutung eines Lächelns. »Ganz ok, wenn man bedenkt, dass ich ein Loch im Bauch habe.«

»War schon jemand hier? Ich meine, deine Eltern?«

Sie schüttelte den Kopf.

»Soll ich ihnen Bescheid geben?«

»Nein.«

Ich sah sie überrascht an.

»Wir haben schon seit Jahren keinen Kontakt mehr.«

Ich nickte, zog mir einen Stuhl ran und setzte mich. Natalies Vater hatte ich nie kennengelernt. Aber ihre Mutter war mir aus der Schulzeit in Erinnerung geblieben. Dabei hatte sich mir das Bild einer Frau eingeprägt, deren Leben vorwiegend aus Shoppingtouren, Kosmetikbehandlungen und Charity Events bestanden hatte. Eine Frau, die sich gerne in kostspieligen Luxuskleidern mit Waisenkindern für Hochglanzmagazine fotografieren ließ. Einer Frau, die viel Geld und wenig Zeit in ihre Kinder investierte. Ich verstand, warum Natalie früh das Weite gesucht hatte. Das einzige, was die beiden gemein hatten, war ihre auffällige Erscheinung. Aber das Aussehen ihrer Mutter geerbt zu haben, war für Natalie vermutlich mehr Fluch als Segen gewesen. Im Gegensatz zu ihrer Mutter hasste sie die Art von Aufmerksamkeit, die sie auf ihr Aussehen reduzierte.

Vom Flur tönte das leise Klappern des Essenwagens herein, und von Zeit zu Zeit drängte sich die gedämpfte Stimme einer Schwester dazwischen.

»Konntest du sehen, wer dich angeschossen hat?«, fragte ich.

Sie starrte vor sich hin. Nach einer Weile blickte sie auf. »Was?«

»Ob du sehen konntest, wer dich angeschossen hat?«

»Nein. Er trug ein Kapuzenshirt tief ins Gesicht gezogen.« Ihre Worte kamen müde und schleppend aus ihrem Mund.

Ich dachte an den Mann, der mir im Flur entgegengekommen war. »Der Stick ist weg, oder?«

Sie sah mich nur an.

»Hast du gesehen, was drauf ist?«

Sie hustete. »Den Anfang.«

»Und?«

»Josie.«

Ich sah sie ungläubig an, als hätte ich mich verhört. »Josie?«

Sie nickte. »Sie saß allein im Cantinetta und hat offenbar auf irgendjemanden gewartet.«

»Im Cantinetta?! Bist du sicher?«

Wieder ein behäbiges Nicken.

»Was hat sie im Cantinetta gemacht?«

»Woher soll ich das wissen, Daniel? Du bist dort Stammgast.«

Es klang wie ein Vorwurf. Aber ich wollte mich nicht auf einen Streit einlassen. »Sonst nichts?«

»Sie hat das gleiche Tattoo.«

»Tattoo?«

»Das deine Freundin hat.« Sie rieb sich die Augen.

»Das heißt, die Geschichten hängen zusammen. Wieso hat Brandt dir das mit Josie nicht gesagt?«

Sie sah mich an. Ihr Gesicht schien sich aufzulösen, und ihr Blick leerte sich wie ein Abfluss, in den alle Gefühle abgelaufen waren. »Tut mir leid.«

»Alles gut.«

»Was ist passiert? Josie … ich meine, sie hatte doch nie was mit Drogen am Hut. Ich weiß, es ist lange her. Aber …«

Auf ihrem Gesicht erschien ein mitleidiges Lächeln. »Daniel, fast alle haben es damals getan. Wieso hätte Josie eine Ausnahme sein sollen?« Sie sah mich eine Weile an. Unentschlossen. Dann begann sie zu erzählen. Und ich weiß nicht, ob ihre Verletzung der Grund war, die Medikamente, die sie nehmen musste, oder ob sie einfach genug davon hatte, die Geschichte alleine mit sich rumschleppen zu müssen. »Sie wollte mit uns in so einen Club … einfach mal was anderes erleben als nur lernen und schwimmen. Und sie hatte ja auch keine Freundinnen. Aber der Laden, den sie sich ausgesucht hat, war nichts für sie.«

»Was für ein Laden?«

»Ist egal.«

»Du kennst ihn.«

Sie nickte. »Ich war ein paar Mal mit Brandt da.«

»Und ihr seid dann zusammen hingegangen? Ich meine, zu dritt?«

Sie schüttelte den Kopf. »Ich hab ihr vorgeschlagen, gemeinsam ins Kino oder essen zu gehen.«

»Und?«

»Sie hat mich ausgelacht.«

»Das heißt, sie ist alleine losgezogen?«

»Brandt hat sie mitgenommen.«

»Und dann …«

Ihr Blick fiel aus dem Fenster. »… war sie eine leichte Beute. Brandt hat vom ersten Moment an die richtigen Knöpfe bei ihr gedrückt. Er weiß, wie das geht«, sagte sie mit belegter Stimme.

Ich dachte an die alten Fotos, die ich in seiner Wohnung gefunden hatte. Fotos, auf denen er wie einer von diesen Filmstars wirkte, für die das Leben offenbar eine einzige Party war. Ich bekam eine Vorstellung davon, was Natalie meinte. »Hast du mit ihm gesprochen?«

Ihr Blick signalisierte mir, dass das eine dumme Frage war. Ich begann, mir die Geschichte zusammenzureimen. »Das heißt, er weiß, wo sie ist?«

»Als ich gedroht habe, ihn bei der Internen wegen seiner Drogengeschichten anzuzeigen, hat er versucht, sie zur Vernunft zu bringen. Aber da war sie schon drauf und ist abgetaucht.«

Eine Weile überließen wir der Stille das Feld. Es klang, als hätte die Welt da draußen den Betrieb eingestellt. Nur das leise Summen der kalten Deckenbeleuchtung war zu hören. Ich deutete auf ihre Wunde im Bauch. »Wer immer dahintersteckt, sie müssen annehmen, dass du das Video gesehen hast. Ich meine…«, wechselte ich das Thema.

Sie nickte.

»Das heißt ... wissen deine Kollegen ...?«

»Nein.«

Die Tatsache, dass sie immer noch in Gefahr war, schien sie nicht zu interessieren. Ich betrachtete das Auf und Ab ihrer Brust, die sich so langsam bewegte, als würde eine unsichtbare Last auf ihr liegen.

»Ich war bei Leas Chef«, sagte ich schließlich. Ich wartete auf eine Reaktion. Überraschung, Wut, Neugierde. Irgendetwas. Aber es kam nichts. »Er war einer von den Typen, gegen die wir gespielt haben.« Sie hatte keine Ahnung, wovon ich redete. »Das Basketballspiel, bei dem ich mich verletzt habe. Er war einer unserer Gegner.« Jetzt dämmerte ihr offenbar, dass sie mich wegen dieser Geschichte im Krankenhaus besucht hatte. »Einer der Männer in dem Video hat doch das Wort Chakka gesagt. Erinnerst du dich?« Sie wartete. »Als ich bei Leas Chef war, hat der es auch gesagt.«

»Und?«

»Sie arbeitet für ihn und verschwindet. Und beide Männer sagen Chakka. Glaubst du, das ist Zufall?«

Sie verdrehte die Augen. »Daniel, auf dem Video ist überhaupt nichts zu sehen. Und irgendjemand sagt Chakka. Wie soll uns das helfen?«

»Keine Ahnung. Ich hab einfach kein gutes Gefühl bei dem Typen. Ich meine, er wohnt in einer Riesenvilla. Wie kann er sich das leisten?«

»Ich weiß es nicht. Vielleicht zahlt ihm die Botschaft das

Haus, oder er hat eine reiche Familie. Es gibt haufenweise Erklärungen.«

»Und glaubst du auch nur eine von ihnen?« Nein, tat sie nicht. Das konnte ich sehen.

»Fang jetzt nicht an, Detektiv zu spielen.«

Ich stand auf, und machte Anstalten zu gehen.

Sie richtete sich mit schmerzverzerrtem Gesicht im Bett auf. »Hast du verstanden?!«

»Was glaubst du, auf wen Josie gewartet hat?«

Sie sagte nichts.

Aber ich wusste, an wen sie dachte.

Vince hatte seine festen Rituale und eins davon war, Mittwoch vormittags ein paar Körbe auf dem Basketballplatz in der Seesenerstraße zu werfen. Es war eine alte Tradition aus Schulzeiten. Damals hatten wir uns hinter dem Oberstufengebäude immer wieder eine Auszeit vom Unterricht genommen, um auf dem schuleigenen Basketballplatz eins gegen eins zu spielen. Und obwohl Vince der bessere Spieler war, hielt ich die Partien in der Regel bis zum Schluss offen. Was daran lag, dass ich mit unablässiger Übung die Fähigkeit entwickelt hatte, mein Handgelenk meistens im richtigen Moment abzuknicken, sodass der Ball auch aus der Distanz fast immer sein Ziel fand. Ein Umstand, der Vince auf seine Geschäftsidee brachte. Zu meiner Überraschung gab es genügend Spieler, die ein Match gerne mit einem ordentlichen Einsatz aufwerteten. Erst spielten wir gegen Mitschüler, dann gegen Kunden und Geschäftspartner von Vince und schließlich gegen Leute, bei denen ich nicht sicher war, ob ich wirklich gegen sie gewinnen wollte. Dafür schnellten die Einsätze in die Höhe. Es brachte Vince zwar nicht so viel ein wie die Drogen, steigerte aber seinen Nervenkitzel, und mir erlaubte es, das Antiquariat zu behalten. Unser kleines Unternehmen hatte sich über die Jahre zu einem florierenden Geschäft entwickelt. Wenn möglich, hielt ich mich aus dem Rest seines Lebens raus. Anekdoten aus dem Cantinetta oder Einblicke in die sexuellen Fantasien seiner Affären waren nichts, was mich interessierte. Es führte mir nur vor Augen, wie trostlos mein Sexleben bis zu jenem Abend mit Lea gewesen war. Ich spürte, dass ihr Verschwinden einen Schatten auf unsere Freundschaft werfen würde. Ich wusste nur noch nicht, wie weit dieser Schatten fallen würde.

Bevor er loslegte, schaute er in der Regel im Cantinetta nach dem Rechten. Getränke und Essenslieferungen, Reservierungen etc. Auf dem Weg dorthin hatte ich das Gefühl, dass mich ein silberner Golf verfolgte. Vielleicht hatten wir auch bloß dasselbe Ziel. Unzählige Autos steuern am Tag dasselbe Ziel an, ohne es zu wissen. Immer wieder die gleichen Abläufe, wie im Schlaf, nur unterbrochen von Entlassungen, Trennungen, Krankheiten und Todesfällen. Autopilot ... bis etwas die Aufmerksamkeit schärft. Und nichts schärft die Aufmerksamkeit mehr als Angst. Also schaute ich immer wieder nervös in den Rückspiegel, um mich zu vergewissern, ob der Golf noch hinter mir war. Als ich vor dem Restaurant parkte und erneut nach ihm Ausschau hielt, war er verschwunden.

Vince verließ das Cantinetta, als ich ankam. Ich stieg aus und erwischte ihn gerade noch, als er losfahren wollte. Er lächelte schwach. »Morning.«

»Hi. Alles klar?«, fragte ich.

Er nickte müde. »Jepp.«

»Du siehst ziemlich mitgenommen aus.«

»Zu wenig Schlaf. Alles in Ordnung?«

Ich zögerte, unsicher, wie ich anfangen sollte. »Willst du mir was über Josie erzählen?«

Er sah mich fragend an. »Gehts etwas präziser?«

Es war nur ein Schuss ins Blaue. »Du hast mit ihr gesprochen, oder?«

Er grinste. »Wird das ein Verhör?«

»Hast du?«

Er hörte nicht auf zu grinsen.

»Hat sie das Zeug bei dir gekauft?«

Sein fragender Blick war wenig überzeugend.

»Du weißt, was ich meine.«

»Sie hat es bei Ernst gekauft.«

»Verstehe.«

»Ist das ein Problem?«

»Wieso hast du es mir nicht gesagt?«

Er schüttelte den Kopf und ließ den Motor an. »Sie ist fertig mit ihrer Familie.«

»Und was hat das mit mir zu tun?«

»Du hättest es doch als Erstes Natalie auf die Nase gebunden.«

»Was ist daran falsch? Sie ist ihre Schwester.«

Er schaltete den Motor wieder aus und sah mich genervt an. »Josie wollte es nicht, und ich habe das respektiert.«

»Hat sie dir erzählt, warum?«

Sein Blick glitt an mir vorbei, und ich drehte mich um. Aber da waren nur zwei junge hip gekleidete Typen, die vor dem Cantinetta standen, uns kurz musterten und Vince zunickten. Er nickte zurück. »Nein. Und es hat mich auch nicht interessiert.«

»Woher hatte sie das Geld für das Kokain?«

»Keine Ahnung, Sherlock. Ich bin nicht ihr Finanzberater.«
Und dann nahm sein Gesicht wieder diesen melancholischen
Ausdruck an. »Alles in Ordnung? Vielleicht sollten wir mal
ein paar Tage wegfahren. Einfach alles hinter uns lassen.
Was meinst du?«

Ich starrte ihn ungläubig an, schüttelte den Kopf und drehte
ab. Aber dann wandte ich mich noch mal um. »Hast du ihr
das Zeug eigentlich schon damals in der Schule verkauft? Ich
meine vorher?« Er hatte das Gras und das Koks auf der
Schule immer nur an ältere Semester vertickt. Nie an Leute
aus der Mittelstufe oder jünger.

»Ich weiß, du hast sie immer für eine Heilige gehalten. Die
kleine unschuldige Josie.« Dann schenkte er mir einen mit-
leidigen Blick. »Ich muss los.«

»Wieso ziehst du sie in diesen Mist mit rein?«

Seine Augen blitzten auf. Er zögerte einen Moment, unschlüssig. »Du willst wissen, wie sie sich das Geld für den
Stoff besorgt hat? Na, so wie sich die jungen Dinger das Geld
eben heute manchmal besorgen.«

»Was soll das heißen?«

»Ich glaube, du weißt genau, was das heißen soll.«

Ich schob den Gedanken weg. Aber er konnte es in meinem
Gesicht lesen und nickte. »Dein Problem ist, dass du nur
siehst, was du sehen willst. Scheiße, Daniel. Keins von den
Mädchen, in die du dich in den letzten Jahren verguckt hast,
war die Unschuld vom Lande. Die wachsen heute mit Alco-
pops, Koks und Pornos im Internet auf. Was meinst du, wie
deine kleine Freundin – wie heißt sie? – Lea – sich ihr Geld
verdient?«

Ich wusste es.
Aber ich hielt meinen Mund.

15

Der Mann war klein, füllig und hatte schütteres Haar. Er hatte eine besorgte Miene aufgesetzt, wie er da an Natalies Bett stand und sie mit den Augen eines traurigen alten Hundes ansah. Natalie nahm mich nur kurz wahr, als ich das Zimmer betrat, und wandte sich dann wieder ihrem Besuch zu. Sie wirkte etwas erholter und kräftiger. Ihr Blick war klarer, und auf ihren Wangen konnte man wieder etwas Farbe erahnen. Das Leben kehrte langsam in ihren Körper zurück. Ich überlegte, ob ich ihr das von Josie erzählen sollte, verwarf den Gedanken aber. Vermutlich wusste sie es eh schon. Und wenn nicht, wollte ich nicht derjenige sein, der die Nachricht überbrachte.

»Habt ihr irgendetwas gefunden?«, fragte sie, den Blick auf den Mann gerichtet.

Er schüttelte den Kopf. »Es haben sich keine Hinweise auf ein Verbrechen ergeben. Keine Einbruchsspuren. Wie du gesagt hast. Keine registrierten Fingerabdrücke. Nichts. Es wurde offenbar auch nichts gestohlen. Er ist wie vom Erdboden verschluckt. Ich habe kein gutes Gefühl.«

»Und warum sollte er das tun?«

»Du weißt doch, in welchem Zustand er war. Das Disziplinarverfahren stand kurz vor dem Abschluss.« Er wich ihrem Blick aus und plötzlich breitete sich eine unangenehme Stille in dem Zimmer aus.

»Was ist?«, fragte sie den Mann.

Der machte ein unschuldiges Gesicht. »Was meinst du?«

Sie zog müde eine Augenbraue hoch.

»Nichts. Es ist nur. Sieh dich an.«

»Ja, sicher.«

»Komm erst mal wieder auf die Beine.«

»Bergmann, jetzt rück endlich mit der Sprache raus. Habt ihr irgendwas gefunden?«

Er atmete schwer und rieb sich den Nacken. »Vorhin ist die Nachricht von einer Frauenleiche über Funk gekommen.«

Natalie sah kurz zu mir rüber. Wir hatten denselben Gedanken. »Habt ihr sie identifiziert?«, fragte sie.

Sein leicht nach vorne hängender Kopf pendelte müde hin und her, als hinge er an einem dünnen Seil. »Nein. Wir haben sie erst vor ein paar Stunden gefunden. Sie hatte keine Papiere bei sich.« Bevor Natalie dazwischengehen konnte, hob er eine Hand. »Aber ich glaube nicht, dass es Josephine ist.«

»Woher weißt du das?!«

Er zögerte. »Wir werden sehen.«

Sie schloss für einen Moment die Augen. Dann sah sie Bergmann an. »Wo?«

»Im Grunewald. In der Nähe einer Lichtung.«

»Wer hat sie entdeckt?«

»Ein Förster.«

»Todesursache?«

»Es deutet bis jetzt offenbar nichts auf Fremdeinwirkung hin.«

»Wurde sie vergewaltigt?«

»Das wissen wir noch nicht.«

»Gibt es einen Anfangsverdacht?«

»Nein!«

Sie ratterte die Fragen runter wie eine Einkaufsliste.

»Sprecht mit den Leuten bei der OS-Serviceagentur. Es kann sein, dass sie das Mädchen vermittelt haben.«

Bergmann sah sie überrascht an. »Woher …?«

»Frag sie einfach!«, blaffte sie ihn genervt an.

Er legte eine Hand auf ihr rechtes Bein. »Gut. Mache ich. Der Arzt sagt, das Schlimmste ist überstanden. Wie fühlst du dich?«

»Mir gehts gut.«

»Nimm das nicht auf die leichte Schulter.«

»Wer leitet die Ermittlungen?«

»Die aus der inneren Abteilung werden dich sprechen wollen wegen der Waffe und deinem Dienstausweis.« Er sah sie lange an. »Weshalb hat dieser Mann auf dich geschossen?«

»Verflucht, wer leitet die Ermittlungen, Bergmann?«

»Wück. Weshalb...«

»Ich weiß es nicht.«

Ich sah, dass er ihr nicht glaubte. Er nickte müde ... enttäuscht. »Na gut. Aber sie werden dich nach deiner Waffe fragen.«

Jetzt wandte sich Natalie das erste Mal zu mir. »Lass uns mal einen Moment alleine.«

Zwanzig Minuten später kam Bergmann aus Natalies Krankenzimmer. Er sah zehn Jahre älter aus. Als er mich auf der Bank neben dem Getränkeautomaten sitzen sah, kam er auf mich zu. »Sind Sie ein Freund von ihr?«

Ich überlegte. »Wir sind alte Schulfreunde.«

»Ich wusste nicht, dass sie Freunde hat. Kümmern Sie sich um sie und überzeugen Sie sie, die Finger von der Geschichte zu lassen.«

Ich nickte, obwohl wir beide wussten, dass es zwecklos

war. »Haben Sie irgendetwas wegen Josie rausbekommen?«

Er sah mich fragend an.

»Ihre Schwester.«

Jetzt ging ihm ein Licht auf. »Sie meinen Josephine. Was sollte ich da rausbekommen?«

»Na, sie ist doch verschwunden. Natalie ermittelt in dem Fall.«

In seinem Blick lag die Überraschung eines Mannes, der keine Ahnung hatte, wovon ich redete. »Was für ein Fall? Es gibt keinen Fall.« Er schüttelte resigniert den Kopf. »Natalie ist suspendiert, und es gibt keinen Fall Josephine. Es haben sich keine Hinweise auf ein Verbrechen ergeben. Josephine hat den Kontakt zu ihrer Familie abgebrochen. Das ist nicht verboten. Ich kann verstehen, dass Natalie sich Sorgen macht. Aber das ist keine Angelegenheit der Polizei.«

Einen kurzen Augenblick überlegte ich, ihn nach Lea zu fragen. Aber ich ließ es. Er sah mich traurig an. »Irgendwann hat man keinen Einfluss mehr darauf, was für ein Leben das eigene Kind oder die Schwester führt.« Er machte Anstalten abzudrehen.

»Weshalb ist Natalie suspendiert worden?«

Er zögerte einen Moment. Dann wandte er sich ab und ging mit schweren Schritten in Richtung Ausgang.

Als ich am nächsten Nachmittag zum Krankenhaus kam, entdeckte ich auf dem Parkplatz einen silbernen Golf. Ich war mir nicht sicher, ob es derselbe war, den ich zwei Tage zuvor auf dem Weg zum Cantinetta gesehen hatte. Es fuhren haufenweise solche Modelle durch die Stadt, und ich fragte mich, ob ich langsam unter Paranoia litt. Von einer diffusen Unruhe getrieben, ging ich schneller und beobachtete dabei, wie sich am Hintereingang ein halbes Dutzend Patienten in Bademänteln und Hausschuhen rumdrückten und gierig an ihren Zigaretten saugten. Es war höchstens ein paar Grad über null. Aber das hielt die Männer nicht davon ab, zitternd und gebückt in der Kälte zu kauern. Sie hatten teigige graue Gesichter und ausgemergelte Körper. Ausrangierte Züge, die wieder instandgesetzt wurden, obwohl es keine Verwendung mehr für sie gab. Ich fragte mich, was noch auf sie wartete auf dem Rest der Strecke. Ob es etwas Besseres war als das hier?

Als ich auf Natalies Flur angekommen war, hielt ich nach irgendetwas Verdächtigem Ausschau. Aber da war nur das übliche Krankenhaustreiben aus hin und her laufenden Schwestern, Ärzten und Patienten, die sich alleine oder mit Angehörigen den Flur entlangschoben. Ein fortwährender Fluss aus Schmerz, Hoffnung und Resignation. Vor Natalies Zimmer angekommen, klopfte ich, aber es kam keine Reaktion. Als ich die Tür öffnete, saß sie in ihrem Krankenhausnachthemd an diverse Schläuche angeschlossen aufrecht und ließ die Beine aus dem Bett hängen. Ich musterte sie überrascht. »Alles in Ordnung?«

Sie nickte müde aus glasigen Augen. »Ich bin bis oben hin voll mit Schmerzmitteln.«

»Verstehe. Es klang dringend.«

»Sie haben sie identifiziert.«

»Wer ist es?«

»Elena.«

»Wie ...?«

»Ostritz' Assistentin.«

Sie zog die Schläuche ab, ließ sich mühsam aus dem Bett gleiten und schleppte sich zum Schrank, wo sie eine Jeans, ein schwarzes Top und ihren Trenchcoat rausnahm. Ich sah ihr ungläubig dabei zu, wie sie sich langsam anzog. »Was hast du vor?«

»Wonach sieht es aus?«

»Hältst du das für eine gute Idee?« Sie schenkte mir nur einen müden Augenaufschlag.

Als wir aus dem Zimmer traten, schaute ich mich im Flur um. Aber es war immer noch nichts Verdächtiges zu sehen. Sie schlurfte in Richtung Fahrstühle, und bei jedem Schritt schleiften ihre schwarzen Lederstiefel über den grauen Linoleumboden. Keine der Schwestern oder der Ärzte schenkte ihr Beachtung. Alle waren mit ihrer Routine beschäftigt. Ich schaute ihr hinterher und wusste, dass es keinen Sinn haben würde, sie davon abhalten zu wollen.

Als wir an meinem Wagen auf dem Parkplatz ankamen, warf ich einen kurzen Blick zur anderen Seite. Der Golf stand immer noch da. Natalie signalisierte mir, die Schlüssel haben zu wollen. Ich deutete kopfschüttelnd auf sie. »Wie willst du in dem Zustand fahren?«

»Lass das meine Sorge sein.« Sie wollte noch etwas sagen, aber ihre Worte wurden von einem Husten erstickt. Ich zögerte einen Moment. Dann warf ich ihr den Schlüssel zu.

»Weshalb bist du eigentlich suspendiert worden?«, fragte ich, während wir vom Parkplatz rollten. Ich sah in den Rückspiegel. Kein silberner Golf. Wir bogen auf die Straße ein. Ihr Blick blieb auf den flüssigen Verkehr vor ihr gerichtet.

»Konnte der alte Mann seine Klappe wieder nicht halten.«

»Und was hat er mit der Waffe gemeint?«

Sie schwieg.

»Ich meine, es gibt keine Ermittlungen, und du bist suspendiert. Was läuft hier eigentlich?«

Sie fuhr rechts ran. »Du kannst gerne aussteigen.«

»Das ist mein Auto.«

»Willst du deine Freundin finden?«, fragte sie.

Ich zögerte, als wäre das eine Fangfrage.

»Glaubst du, sie ist verreist? Glaubst du, Josie ist verreist? Glaubst du, Elena war verreist, bevor sie diese Schweine im Wald abgelegt haben?« Sie sah mich lange an. »Glaubst du das?!«

Ich dachte an Lea und Josie und versuchte, mir ihre Gesichter vorzustellen. Aber es gelang mir nicht. Natalie fuhr weiter, und eine Weile hingen wir unseren Gedanken nach.

»Also warum?«

»Ich habe mich mit einem Staatsanwalt angelegt.«

»Und?«

»Wir hatten unterschiedliche Auffassungen, was eine Ermittlung anging.«

»Das war alles?«

Keine Reaktion.

»Und deshalb können sie dich einfach suspendieren?«

Schweigen.

Wir fuhren den Spandauer Damm hoch und bogen in die Bolivarallee ein. Der Berufsverkehr war abgeebbt, das ferne Rauschen füllte den leeren Raum. In den Häusern gingen die ersten Lichter an.

Als wir an der Stelle ankamen, an der man Elenas Körper gefunden hatte, hatte sich die Dunkelheit wie ein Leichentuch über die Stadt gesenkt. Natalie ließ die Scheinwerfer des Wagens angeschaltet, als sie sich mühsam aus dem Auto schälte. Es war ein breiter Waldweg, auf dem riesige Reifenspuren von Forstfahrzeugen zu sehen waren. Die Rillen hatten sich tief in den aufgeweichten Boden gegraben. Daneben war ein schmaler Reiterweg mit feinem Sand. Auf der anderen Seite lag eine große Lichtung, auf der ein paar dünne Bäume standen. In dem auffrischenden Wind erschienen sie wie taumelnde Knochengerüste.

Natalie sah sich die Stelle an und blickte sich um. »Das ergibt keinen Sinn.«

»Was meinst du?«

»Wieso macht sich jemand die Mühe, hier rauszufahren, und legt die Leiche dann für jedermann sichtbar auf dem Weg ab?«

»Ich habe keine Ahnung. Vielleicht ist er gestört worden.«

Sie sah an mir vorbei. Ich drehte mich um und erblickte in der Ferne zwei Scheinwerfer. Wenn man Tag für Tag, Stunde um Stunde an Taxiständen steht und die Welt um sich herum beobachtet, prägt man sich eine Menge Dinge ein. Man sieht die Mütter, die vormittags mit ihren Kinderwagen gemächlich durch die Stadt rollen, alte Männer und Frauen, die ziellos durch die Gegend wandern oder von Supermärkten verschluckt werden; Berufstätige, die mit Tunnelblicken von einem Ort zum anderen hetzen. Und man sieht die unzähligen Autos, die die Straßen verstopfen. Man sieht ihre Farbe, Form, die Geschwindigkeit, mit der sie sich fortbewegen, und jedes Detail, das charakteristisch ist für sie und die Menschen, die sie fahren. Deshalb wusste ich mit absoluter Sicherheit, dass die Scheinwerfer, die sich uns näherten, einem VW-Golf gehörten. Und ich hatte keinen Zweifel, dass es ein silberner Golf war.

»Steig in den Wagen«, forderte Natalie mich auf.

Ich stand wie angewurzelt da und sah die Scheinwerfer näherkommen.

»Verflucht, Daniel, steig in den Wagen ein!«, fuhr sie mich

hustend an, während sie die Fahrertür öffnete und sich mit schmerzverzerrtem Gesichtsausdruck in das Auto schob. Als wir die Türen geschlossen hatten, startete Natalie den Wagen und jagte den unebenen Weg entlang. Die Scheinwerfer unseres Verfolgers waren so dicht aufgefahren, dass sie uns blendeten. Er hatte das Fernlicht angeschaltet, und ich hatte Mühe, in dem grellen Licht den Weg vor uns zu sehen.

»Schnall dich an!«, brüllte Natalie, ohne den Blick vom Weg zu nehmen.

Ich tat, was sie sagte. Sie nahm den Fuß kurz vom Gas und lenkte den Wagen scharf rechts in einen kleineren Weg. Dann stieg sie wieder in die Pedale. Lose herumliegende Steine polterten unter dem Auto, tief hängende Äste kratzten über die Karosserie. Ich sah nach hinten und erkannte, dass unser Verfolger immer noch an uns dranklebte. Natalie riss das Steuer rum, um links in einen kleinen Pfad einzubiegen. Als sie aufs Gas drückte, schoss plötzlich ein Fuchs aus dem Unterholz direkt vor uns auf den Weg. Ich riss das Lenkrad rum, der Wagen kam vom Weg ab und knallte mit voller Wucht gegen einen Baum. Eine Sekunde herrschte totale Stille. Natalie sah geradeaus in die Dunkelheit, von wo uns zwei erschrockene Augen anblickten, bevor sie in der Sicherheit der Dunkelheit verschwanden. Aus der verzogenen Motorhaube des Wagens drang Qualm.

»Alles in Ordnung?«, fragte ich.

Natalie starrte benommen ins Dunkel, als läge dort die Antwort auf irgendeine wichtige Frage. Ich machte meinen Gurt los, stieg aus, rannte um das Auto rum und riss ihre Tür auf.

»Wir müssen hier weg. Komm!« Ich zerrte sie aus dem Wagen, legte ihren linken Arm um meine Schulter und schleifte sie vom Auto weg ins Dickicht des Waldes. Ich sah den Weg

entlang, wo unser Verfolger um die Ecke gebogen kam und
ein paar Meter hinter meinem Taxi anhielt. Eine Weile stand
der Wagen mit laufendem Motor und eingeschaltetem Fernlicht da und nichts passierte. Schließlich stieg ein Mann aus
und ging im Scheinwerferlicht auf meinen Wagen zu. Ich sah
nur seine Silhouette. Er warf einen Blick ins Taxi und
schaute sich um. Ich zerrte Natalie neben mich auf den Boden. Auf der Erde kauernd starrten wir zu dem Mann rüber,
der höchstens dreißig Meter von uns entfernt war. Ich hörte
Natalies flachen Atem neben mir, blickte zur Seite und sah
in ihrem Blick die Wut und Ohnmacht darüber, der Situation
hilflos ausgeliefert zu sein. Der Mann schaute in unsere
Richtung, als wollte er die Witterung aufnehmen. Ein paar
Momente starrte er ins Dunkel, dann drehte er ab und ging
zu seinem Wagen zurück. Als ich die Rücklichter seines Autos sah, merkte ich, dass Natalie neben mir schon aufgestanden war und ihm hinterherstarrte.

Nach einer Dreiviertelstunde Fußweg durch den Wald waren wir am Parkplatz in der Nähe des Teufelssees angekommen. Zwischendurch hatten wir immer wieder Pausen einlegen müssen, weil Natalie völlig entkräftet war. In der Nacht
war der Wald ein einziges Labyrinth. Mehrmals bogen wir
in Wege ein, die uns in die falsche Richtung führten, um nach
ein paar Minuten festzustellen, dass wir wieder am selben
Ort waren, von dem aus wir gestartet waren. Nach unzähligen Irrungen fanden wir schließlich zum Parkplatz am See.
Wir setzten uns auf einen Baumstamm, und während Natalie
verschnaufte, sah ich auf meinem Handy, dass ich endlich
ein Netz hatte. Der Taxifunk sagte mir, dass in etwa 20 Minuten ein Wagen kommen würde. Eine Weile starrten wir
schweigend vor uns hin. Der Wind frischte auf und zog leise

rauschend durch die Baumwipfel. Aus der Dunkelheit erhob sich die Silhouette eines Vogels. Im nächsten Moment war er wieder im Dickicht des Waldes verschwunden.

Schließlich brach ich das Schweigen. »Was ist eigentlich aus dem Lehrer geworden?«

Sie sah mich fragend an.

»Das Foto bei dir am Kühlschrank. Wie hieß er noch mal?«

In ihren Blick mischte sich etwas, das ich nicht genau deuten konnte. Argwohn, Skepsis, Vorsicht. Es war schwer zu sagen. »Benoit«, antwortete sie schließlich.

Ich nickte, als würde ich mich erinnern. »Habt ihr noch Kontakt?«

Ihre Miene verfinsterte sich. »Nein.«

»Kanntest du ihn gut?«

»Was spielt das für eine Rolle? Willst du seine Biografie schreiben?«, fragte sie sarkastisch.

»Ich weiß nicht … ich dachte nur, weil du ... vergiss es.« Die nächsten Minuten übernahm das leise Rauschen des Windes wieder das Gespräch.

»Wir werden Josie finden«, sagte ich irgendwann aus reiner Hilflosigkeit.

Natalie sah mich mit leerem Blick an. »Was macht dich da so sicher?«

Ich zuckte mit den Achseln. »Ist nur ein Gefühl.«

»Nur ein Gefühl?«, erwiderte sie spöttisch und schüttelte den Kopf. »Selbst wenn du recht hast, was ich nicht glaube …« Sie brach ab.

»Was?«

»Nichts. Vergiss es.«

»Komm schon. Was meinst du?«

Nach einer Weile sagte sie schließlich: »Sie will gar nicht

gefunden werden.«

»Weshalb denkst du das?«

»Weil sie es satthat«, erwiderte sie müde und deprimiert.

»Du meinst eure Eltern?«

»Unsere Eltern. Mich. Einfach alles.«

Ich sah sie überrascht an. »Dich?«

Sie betastete ihre Verletzung und verzog schmerzverzerrt das Gesicht. Dann sah sie mich an. »Jeder Mensch braucht Raum … für sich.«

Jetzt begriff ich langsam. »Ich glaube nicht …«

»Wenn du ausbrechen willst, machst du immer das Gegenteil von dem, was von dir erwartet wird. Ich hab's genauso gemacht«, sagte sie. Ihr Blick schwenkte auf die in der Finsternis liegende Straße, die zum Parkplatz führte. Selbst hier hörte man die leisen Motorengeräusche der Autos. Das fortwährende Rauschen, das durch die Venen der Stadt floss.

Ich zögerte und blickte auf die dunkle Wand von Bäumen, die uns umgab. Dann sah ich sie an. »Aber es war Brandt, der sie mit in den Club genommen hat … er hat ihr die Drogen besorgt.«

Natalies Blick wandte sich langsam zu mir. »Durch mich hat sie ihn kennengelernt.«

»Natalie, sie ist erwachsen.«

»Hört das auf, wenn wir erwachsen sind?«

»Was?«

»Das, was deine Mutter für dich empfunden hat.«

Ich dachte an meine Mutter. Ich dachte daran, wie sie mir zugeredet hatte, die Uni nicht abzubrechen. Dass ich im Begriff war, einen Riesenfehler zu machen, den ich später einmal bereuen würde. Ich dachte an meine wütende Reaktion, weil mir diese Gespräche zum Hals raushingen. Und ich

dachte daran, wie sie mich an jenem Morgen darum gebeten
hatte, für sie im Antiquariat einzuspringen, weil sie sich nicht
gut fühlte. Ich war aus der Wohnung gestürmt, und sie hatte
sich in den Laden gestellt. Wenige Stunden später war sie
direkt vor dem Antiquariat überfahren worden. Wäre ich für
sie eingesprungen, würde sie noch leben, war der Gedanke,
der mich seit fünfzehn Monaten quälte.

Natalie sah mich an. Ich schüttelte langsam den Kopf. Eine
Weile saßen wir stumm da. Dann sahen wir die Lichter des
Taxis.

»Du solltest ins Krankenhaus zurück«, riet ich ihr, als wir
auf der Rückbank des Wagens saßen.

»Leonhardtstraße 15«, sagte sie dem Taxifahrer müde.

Der Mann nickte, ohne eine Miene zu verziehen, und fuhr
los. Ich dachte an das Krankenzimmer und sparte mir einen
zweiten Versuch. Zwanzig Minuten später kamen wir vor ihrem Haus an. Sie kramte in ihren Manteltaschen. »Kannst du
zahlen?«

Ich nickte. »Kommst du klar?« Sie reagierte nicht, öffnete
nur die Tür und stieg aus. Ich sah sie mühsam einen Fuß vor
den anderen setzen, bis sie in ihrem Haus verschwand.

Zuerst habe ich sie nicht erkannt. Die Tattoos, die abgerissenen Klamotten und das Piercing. Auch die Haare sind anders ... kurz und rot gefärbt. Sie sieht aus, als würde sie auf der Straße leben, was angesichts des Vermögens ihrer Eltern schwer denkbar ist. Andererseits gibt es eine Menge Jugendliche, die irgendwann genug von ihrem Zuhause haben und rebellieren.

In der Schule ist sie nie jemandem sonderlich aufgefallen. Im Gegensatz zu ihrer Schwester, die allen den Kopf verdreht hat mit ihrer unnahbaren Art. Die Ähnlichkeit zu dem Mädchen am See ist frappierend. Hager, rothaarig und mit diesen stechend grünen Augen. Für einen Moment hole ich das Bild zurück. Das Bild von jenem Nachmittag vor zwölf Jahren. Ich spüre meine Hände wieder auf ihren Schultern, sehe den Kopf, der unter Wasser sinkt. Die Erregung und die Gier rauschen wie damals durch meine Venen. Als ich kurz auf die Toilette gehe und wiederkomme, sehe ich, dass sie immer noch am Tresen steht. Zeit, sie an unsere gemeinsame Vergangenheit zu erinnern und zu fragen, was sie hierherführt. Aber jetzt stellt sich der Nerd zu ihr. Und es dauert nur wenige Minuten, bis er sie am Wickel hat. Er ist gut darin, verlorene Seelen einzufangen. Man wird sie nicht wiedererkennen, wenn er mit ihr fertig ist.

16

Nach einer Flasche Bollinger kannte Vince die ganze Geschichte. Wir saßen im vollen Cantinetta auf seinem Stammplatz neben dem Tresen. Es war das übliche Schaulaufen, aber wir schenkten dem Ganzen keine Beachtung, saßen einfach nur schweigend da, dankbar für das Rauschen der Stimmen um uns herum, das unsere Gedanken übertönte. Der Abend begann langsam vor meinen Augen zu verschwimmen wie hinter einer beschlagenen Fensterscheibe.

»Kannst du dich an diesen Lehrer erinnern? Benoit. Auf dem Hof hat er immer einen ganzen Schweif von Schülern hinter sich hergezogen«, unterbrach ich das Schweigen.

Er überlegte einen Moment. Dann hellte sich seine Miene auf. »Ja, klar, ich hatte einen Kurs bei ihm. Benoit Balthasar, guter Typ. War eine üble Geschichte mit seinem Motorradunfall damals. Hat ihn ziemlich aus der Bahn geworfen.«

»Weißt du, was er jetzt macht? Ist er noch an der Schule?«

»Keine Ahnung. Eine Zeit lang habe ich ihn nach dem Abi regelmäßig gesehen. Irgendwann ist er dann nicht mehr aufgetaucht.«

Ich sah ihn irritiert an.

»Wegen der Medikamente, die er wollte.«

»Medikamente?«, fragte ich überrascht.

Vince nahm einen Schluck von seinem Champagner. »Ja, er hat diese starken Schmerzmittel geschluckt. Oxycodon. Das hat ihm sein Arzt irgendwann nicht mehr verschrieben, weil es abhängig macht. Ohne die Pillen ist er die Wände hochgegangen. Sein Rücken war total im Arsch. Das Problem ist, dass du die Dosis immer mehr steigern musst, weil das Zeug nach und nach seine Wirkung verliert.«

»Weißt du, ob Natalie etwas mit ihm hatte?«

Er zog eine Augenbraue hoch. »Eifersüchtig, Romeo?«

Ich zeigte ihm den Mittelfinger.

»Ich habe keine Ahnung. Wenn da etwas lief, haben sie es mit Sicherheit nicht an die große Glocke gehängt.«

»Irgendeine Idee, weshalb er nicht mehr gekommen ist? Wegen der Medikamente, meine ich.«

»Nein. Vielleicht hat er einen Entzug gemacht. Oder er hat den Arzt gewechselt.« Er sah sich um ... auf der Suche nach einem Gesicht, einem Lächeln oder einem Körper, der ihn ablenkte. Sein Blick schwenkte zu mir. »Gehen wir eine rauchen.«

Vor dem Restaurant setzten wir uns auf die braunen Lederschwinger unter der Markise und deckten uns mit den schwarzen Wolldecken zu. Es war frisch und windig, sodass Vince Probleme hatte, seine Zigarette anzuzünden. »Ihr hättet die Sache der Polizei überlassen sollen«, sagte er und blies den Rauch in die kalte Abendluft.

»Natalie ist die Polizei.«

»Offenbar ja nicht mehr.« Er zuckte nur mit den Achseln und nahm einen tiefen Zug.

»Sie ist suspendiert. Nicht gefeuert.«

»Na gut. Eine suspendierte Polizistin mit einem Loch im Bauch und zu viel Fantasie«, erwiderte er sarkastisch.

»Wenn du es sagst.«

Sein Ausdruck wurde ernst. »Das Einzige, was ich sage, ist, dass du deine Augen aufmachen sollst.«

»Okay, dann erkläre mir doch einfach, wo Lea und Josie sind.«

»Ich bin kein Hellseher. Aber, wie es aussieht, bist du und deine Freundin als Einzige davon überzeugt, dass ihnen was passiert sein könnte. Oder ermittelt die Polizei in diese Richtung?« Als er meinen Blick sah, war ihm klar, dass er richtig lag. Auf seinem Gesicht erschien ein Anflug von Bedauern.

»Einer ihrer Kunden hat sie mal mitgebracht. Ein älterer Anwalt, der sich gerne mit so jungen Dingern umgibt. Vielleicht ist sie ja bei ihm. Er ist harmlos.« Er nahm die Flasche Bollinger aus dem Kühler und goss die letzten Tropfen in unsere Gläser.

Ich dachte über seine Worte nach. »Ich verstehe es immer noch nicht. Escort?! Mit irgendwelchen Typen rummachen. Wegen ein paar Gramm Koks?«

»Wenn du erst mal am Haken hängst, gehts nur noch darum, das Geld aufzutreiben. Und ihr alter Herr war sicher auch nicht hilfreich«, fügte er beiläufig hinzu.

Ich schaute ihn verblüfft an. »Ihr alter Herr?«

Der Barkeeper brachte eine neue Flasche und zwei Gläser nach draußen und goss uns ein. Vince nickte ihm zu.

»Marcello, mach mal einen der Heizstrahler an.«

»Komm schon. Was soll das heißen 'Ihr alter Herr war auch nicht hilfreich'?«

»Ich schätze, sie hatte einfach kein Glück mit ihren Eltern. Ich meine, der ganze Mist mit der Schwimmerei. Josie hat das Schwimmen gehasst, hat sie mir gesagt.« Er streifte kurz meinen Blick und signalisierte mir mit einer Geste: 'So ist das eben'. Aber ich konnte sehen, dass das nicht die ganze Geschichte war. Dass die Nummer mit der Schwimmerei nur eine Leuchtrakete war, um mich abzulenken.

»Ok. Erzählst du's mir?«

»Was?«

»Was du wirklich meinst.«

Er runzelte die Stirn und goss unsere Gläser noch mal voll. »Das habe ich gerade getan.«

»Schwachsinn.« Er sah mich lange an, und irgendwann machte es klick in meinem Kopf. »Woher weißt du das?«

»Lass es. Es ändert nichts mehr.«

»Ich wills einfach nur verstehen.«

Er seufzte tief und erzählte mir, wie Josie sich eines Abends, nachdem sie zum ersten Mal Koks bei Blücher gekauft hatte, zu ihm setzte. »Sie war offenbar schon ziemlich drüber vom Alkohol, Koks oder was auch immer. Jedenfalls haben wir über alte Schulzeiten geredet. Ich hab nur gesagt, dass das Ganze wohl kein Zuckerschlecken für sie gewesen sei. Ich meine, sie machte nicht gerade einen glücklichen Eindruck, wenn man ihr über den Weg gelaufen ist. Und dann platzte sie mit dem Satz raus, sie habe Schlimmeres erlebt. Als ich nachhakte, meinte sie nur, dass sie Daddys kleines Mädchen war. Vor allem in der Nacht, wenn die Mutter schlief.«

Ich überlegte. »Ihr Vater?! Das kann ich mir nicht vorstellen«, sagte ich einem automatischen Impuls nachgebend. Ich kannte Josies und Natalies Vater nicht persönlich. Das Bild, das die Medien von ihm zeichneten, war das eines vor Kraft und Optimismus strotzenden Mannes. Wolf Wagner war das, was man einen Macher nennt. Ein Mann in den Fünfzigern, der nach einer Reihe von unternehmerischen Flops in den letzten zehn Jahren aus einer anfangs eher überschaubaren Firma für Outdoor-Lounge-Möbel ein kleines Imperium mit über tausend Angestellten geschaffen hatte, das inzwischen europaweit Marktführer war. Da er selten zu Hause war, hatten ihn seine Töchter nur das Phantom genannt.

»Glaub mir, es gibt vieles, was du dir nicht vorstellen kannst«, unterbrach Vince meine Gedanken.

Ich fragte mich, ob ihr Vater möglicherweise etwas mit ihrem Verschwinden zu tun hatte. Wenn die Sache an die Öffentlichkeit kam, war er erledigt.

»Wieso klammerst du dich eigentlich so an die Idee, dass Josie irgendwas zugestoßen ist? Das hat nicht zufällig was mit ihrer Schwester zu tun?«

In diesem Moment kamen Blücher und der junge Typ, den ich vor Ostritz' Bürogebäude gesehen hatte, aus dem Restaurant. Der Typ, dem Natalie die Tür aufgehalten hatte. Ich deutete zur Seite. »Kennst du ihn?«

»Clem? Ja, er hat unsere Homepage designt. Er entwirft Logos und so ein Zeug.«

»Sind die beiden befreundet?«

Er nickte. »Ernst ist ein alter Freund von Clems Vater.«

»Hat er was mit Ostritz zu tun?«

»Wem?«

»Ostritz, der Typ, dem die Agentur gehört, die Lea vermittelt hat.«

Jetzt fiel der Groschen. »Er arbeitet für ihn. Erledigt den Computerkram…und den Internetauftritt.« Er goss noch mal nach. »Was willst du jetzt machen?«

Mein Handy klingelte. Ich sah auf das Display. Es war Natalie. Ich hörte ein paar Augenblicke zu. Dann sah ich meinen Freund an und überlegte.

Wir saßen in Vince' schwarzem Mercedes vor ihrer Haustür. Natalie sah sich ungläubig in dem Wagen um, dessen rot leuchtende Instrumente wie das Cockpit eines Flugzeugs wirkten. Der Geruch von neuem Leder hing in der Luft. Sie wirkte müde und mitgenommen. Ihre Augen waren glasig, und die Worte kamen nur schleppend aus ihrem Mund. Sie hatte offenbar wieder einen Haufen Schmerzmittel geschluckt. Ich sah sie unentschlossen an und überlegte, ob ich erwähnen sollte, was Vince mir von ihr und den Drogen erzählt hatte.

Ich ließ es.

Stattdessen zog ich in Erwägung, ihr von Josies Kunden zu erzählen. Aber dafür musste ich auch erklären, womit Josie ihr Geld verdiente.

»Worüber zerbrichst du dir den Kopf?«, fragte Natalie.

Ich zögerte. »Josie …«

»Ja …?«

»Weißt du …?«

»Daniel, lass dir nicht jedes Wort aus der Nase ziehen. Spuck es einfach aus.«

»Das Geld für die Drogen. Weißt du, woher Josie es hat?«

»Du meinst, ob ich weiß, dass sie als Escort arbeitet?«

Die Nüchternheit, mit der sie die Worte aussprach, schockte mich. Ich überlegte kurz, ob ich auch die Geschichte mit ihrem Vater ansprechen sollte, entschied mich aber dagegen. Vielleicht hatte Natalie dieselbe Erfahrung mit ihm gemacht, dachte ich. Aber aus irgendeinem Grund konnte ich mir das nicht vorstellen. Aus irgendeinem Grund konnte ich sie mir nicht hilflos und ausgeliefert vorstellen. Sie war einfach nicht der Typ. Aber was wusste ich schon. Ich schob den Gedanken beiseite und erzählte von Josies Kunden. »Was denkst du?«, fragte ich.

»Was soll ich denken?«

»Na ja, vielleicht zieht sie ja wirklich mit diesem Anwalt durch die Gegend.«

»Sicher.«

»Aber Vince ...«

»Ich hab's verstanden.« Sie sah mich mit einem frostigen Blick an.

»Und in den Lungen war Wasser, sagst du?«, wechselte ich das Thema.

Sie nickte. Bergmann hatte ihr unter der Hand den Bericht von Elenas Obduktion zukommen lassen. Vermutlich hatte sie damit gedroht, weiter auf eigene Faust zu ermitteln, wenn er es nicht tat.

»Aber wenn die Todesursache Ertrinken war und es keine Anzeichen von Gewalt gibt, was machen wir dann hier? Ich meine, vielleicht hat sie sich umgebracht. Oder es war ein Unfall.«

»Kannst du mir erklären, warum sich jemand die Mühe macht, sie im Wald abzuladen?«

»Wenn es wirklich ein Unfall war, will man ihn vielleicht vertuschen.«

»Lass uns noch mal zu der Stelle fahren, an der man Elena gefunden hat.«

Ich sah sie überrascht an. »Was soll das bringen?«

Sie lächelte müde und sah sich im Innern des Wagens um. »Hast du Angst um das Auto deines Freundes?«

»Nein.«

»Wenn es heute Nacht regnet ... und das soll es, dann sind alle Spuren, die jetzt noch da sind, morgen früh weg.«

»Okay. Aber weshalb willst du da noch mal hin? Ich meine, was glaubst du, was du da findest?«

Sie zögerte einen Moment, und dann wurde mir klar, was

sie im Wald zu finden glaubte. Ihr Blick ging in den Seitenspiegel.

»Alles in Ordnung?«, fragte ich.

Sie antwortete nicht, sondern starrte weiter in den Spiegel.

»Fahr rückwärts in die Einfahrt.«

Ich drehte mich um, konnte aber nichts Ungewöhnliches entdecken. »Wozu?«

»Fahr einfach. Bis man den Wagen nicht mehr sehen kann.«

Ich fuhr den Daimler in die unbeleuchtete Einfahrt. »Und jetzt?« Wir warteten eine Weile. Aber nichts tat sich.

»Wenn ich ausgestiegen bin, fährst du wieder auf die Straße und rollst langsam bis zur Ecke. Da hältst du.«

»Und dann?«

»Wartest du.«

Sie stieg aus, ich rollte mit dem Wagen auf die Straße und bog links in Richtung Stuttgarter Platz ab. Nach ein paar Momenten sah ich etwa dreißig Meter hinter mir einen Wagen aus einer Parklücke biegen. Er fuhr ohne Licht. Aber ich wusste, wer es war. An der Ecke hielt ich an und parkte den Wagen in zweiter Spur im Leerlauf. Der Golf blieb in zwanzig Meter Entfernung von mir stehen. Ich drehte mich um und sah Natalie aus der Einfahrt auf die Straße treten und sich von hinten dem Golf nähern. Sie lief gebückt durch die geparkten Autos. Im nächsten Moment war sie an der Rückseite des Golfs verschwunden. Ich rutschte unruhig auf meinem Sitz hin und her und fragte mich, was sie da machte. Ein paar Augenblicke später ging sie zurück auf den Bürgersteig und kam ruhig in meine Richtung gelaufen. Als sie in den Wagen stieg, sah ich sie an. »Alles ok?«

»Ja.«

Ich deutete nach hinten. »Was ist mit ihm?«

»Fahr los.«

Ich fuhr los und sah in den Rückspiegel. Der Golf setzte sich langsam in Bewegung und kam nach ein paar Metern zum Stehen. Der Fahrer stieg fluchend aus, ging nach hinten und besah sich kopfschüttelnd seine Reifen.

Als wir auf den breiten Waldweg einbogen, der zu der Stelle führte, an der man Elena gefunden hatte, sah ich wieder in den Rückspiegel, um mich zu vergewissern, dass wir nicht verfolgt wurden. Aber hinter uns lag lediglich die finstere Nacht, und was mich erschreckte, waren nur meine Gedanken, die von der Dunkelheit, den kahlen Gerippen der Bäume und der unheimlich Stille befeuert wurden. Es hatte leicht zu nieseln begonnen, und als wir aus dem Wagen stiegen, legte sich der feine Regen wie ein engmaschiges Netz auf unsere Köpfe. Ich hatte das Licht des Wagens angelassen. Doch der einsame Strahl der Scheinwerfer nahm der Dunkelheit nichts von seiner Bedrohlichkeit. Natalie ging mit einer Taschenlampe in der Hand zu der Lichtung. Was immer sie geschluckt hatte, es hatte ihre Schmerzen offenbar so weit betäubt, dass sie fast wieder normal ging. Nur ihre leicht gebückte und verkrampfte Haltung ließ erahnen, dass sie ein Loch in ihrem Bauch hatte und eigentlich in ein Krankenhaus gehörte. Am Rand der Lichtung blieb sie stehen.

»Wo würdest du eine Leiche verstecken?«, fragte sie mich.

Ich sah mich um. Rings um die kleine Lichtung war alles voller Bäume. Eine dunkle undurchdringliche Wand. Hier und da gingen schmale Sandwege ab, die direkt in den Wald führten. »Ich weiß nicht. Jedenfalls nicht direkt auf der Lichtung.«

Sie ging weiter und leuchtete mit der Taschenlampe den Weg vor sich aus. Einen Moment hielt sie inne und drehte sich um. »Kommst du?«

Ich folgte ihr zögerlich. In der Mitte der Schneise blieb sie stehen. »Vielleicht liegen sie ja gerade deshalb hier. Niemand rechnet damit, dass sie es an so einem offensichtlichen Platz machen.«

»Niemand glaubt, dass hier überhaupt irgendwo jemand liegt. Außer dir.«

Sie überhörte die Bemerkung und leuchtete die gesamte Lichtung ab. Aber es sah nicht so aus, als wenn irgendwo da draußen weitere Leichen begraben lagen. Es waren keine Schleifspuren zu sehen. Niemand hatte den Boden umgegraben, um die Mädchen verschwinden zu lassen. Nichts deutete daraufhin, dass das hier etwas anderes war als ein Stück Erde, über das ab und zu Hundebesitzer mit ihren Tieren spazieren gingen. »Ich glaube, wir vergeuden unsere Zeit.«

Natalie achtete nicht auf mich, sondern ging weiter in Richtung Wald. Ihre Schritte wurden mühsamer, weil sich ihre Schuhe jetzt in den mehr und mehr aufgeweichten Sandboden eingruben. Der Regen wurde stärker. »Ich gehe zurück zum Auto«, sagte ich.

Sie leuchtete direkt in den Wald hinein. »Komm mal her.«

»Was ist?«

»Komm her!«

Ich ging zu ihr und stellte mich neben sie.

»Siehst du das?«

Ich sah nichts.

Sie ging weiter und leuchtete die ganze Zeit auf dieselbe Stelle im Wald.

Ich folgte ihr.

»Ich glaube, da hinter der vordersten Reihe der Bäume ist noch eine kleine Lichtung.«

Jetzt waren wir fast am Ende des freien Feldes angelangt und ich sah, was sie meinte. Tatsächlich befand sich hinter der ersten Reihe der Bäume ein kleiner freier Platz. Als wir näherkamen, sah ich, dass die Erde umgewühlt war.

»Schweine«, sagte Natalie müde.

»Was?« Wir standen direkt vor den Bäumen, und die kleine Schneise lag nur drei Meter von uns entfernt.

»Die umgegrabene Erde.« Sie ging zwischen den Bäumen durch direkt zu dem Feld, das total umgepflügt war. Aber außer zerfurchtem matschigen Sand war nichts zu sehen. Sie ging in die Hocke und rieb sich die Augen mit zwei Fingern. Ihre Enttäuschung und Erschöpfung waren greifbar. »Verflucht!«

»Lass uns zurückgehen.«

Als sie sich aufrichtete, leuchtete sie unbeabsichtigt noch ein Stück tiefer in den Wald und ich sah, dass sich ein paar Meter weiter hinter einer dichten Reihe von Bäumen noch eine kleine Schneise anschloss, auf der haufenweise vermoderte Äste lagen. »Gib mir mal die Lampe.« Sie reichte sie mir, und ich leuchtete direkt auf das kreuz und quer liegende Unterholz. »Siehst du das?«

Wir gingen an den Bäumen vorbei zu den aufgestapelten Ästen und blieben unmittelbar davor stehen. Einen unentschlossenen Moment lang sahen wir uns an ... dann drückte ich Natalie die Taschenlampe in die Hand und begann, das schwere Gestrüpp wegzuräumen. Mittlerweile regnete es in Strömen und ich spürte, wie die schweren Tropfen auf meine Narben am Kopf fielen. Es war wie der Klang einer Glocke im Inneren meines Kopfes. Wie lange war das her, dass ich Lea mit meinem Anblick erschreckt hatte?

Kaum länger als ein Gedanke.

Nach ein paar Minuten hatte ich alle Äste beiseitegeräumt. Vor uns lag aufgewühlter Sand. Aber es war eindeutig nicht die Arbeit von Schweinen gewesen. Man konnte das Muster der Schippe, mit der versucht worden war, den Boden festzuklopfen, noch sehen.

»Hast du dein Handy dabei?«

Ich griff in meine Tasche und nickte.

17

Wir saßen im Auto und starrten ins Dunkel des Waldes, als Natalies Freund und Kollege Bergmann ankam. Im Seitenspiegel sah ich, wie er behäbig aus seinem Wagen kletterte und müde auf uns zutrottete. Wir stiegen aus und gingen ihm entgegen. Er sah mich wütend an. Ich zuckte unschuldig mit den Achseln und blickte zu Natalie rüber, die keine Ahnung hatte, was da zwischen Bergmann und mir lief.

»Wo ist die Stelle?«, fragte er atemlos.

Natalie deutete in Richtung des freien Feldes. »Hinter der Lichtung.«

»Habt ihr etwas angerührt?«

Sie fixierte ihn ungläubig und es sah aus, als wollte sie ihm ins Gesicht springen. Er rieb sich den Nacken. Durch sein schütteres Haar liefen Regentropfen wie aus einem lichten Wald seine Stirn entlang. »In Ordnung. Am besten, ihr fahrt los. Die Spurensicherung kommt gleich. In ein paar Minuten wimmelt es hier von Leuten, und dann solltest du verschwunden sein. Wück kommt auch. Und ich bin mir sicher, dass er die Meute von der Presse dabeihat. Du kennst ihn ja.«

Der Vorschlag zu verschwinden, gefiel Natalie nicht. »Ich will sehen, wer da liegt«, protestierte sie.

»Ich glaube nicht, dass du im Moment noch mehr Ärger brauchst. Ich muss dir ja wohl nicht aufzählen, gegen wie viele Regeln du bereits verstoßen hast, oder? Du bist lange genug dabei. Ich rufe dich sofort an, wenn ich etwas weiß.«

183

Die beiden sahen sich an. »Versprochen.«

In der Ferne hörte ich eine Sirene, und ein paar Momente später sah ich den ersten Streifenwagen auf den breiten Waldweg einbiegen.

Natalie zögerte.

»Er wird dich ins Präsidium bringen lassen und dir Fragen nach deiner Waffe und dem Ausweis stellen. Er weiß nicht, dass du das Krankenhaus verlassen hast. Ich habe ihm gesagt, dass du noch nicht vernehmungsfähig bist. Was glaubst du, wie das aussieht, wenn er dich jetzt hier sieht? Tu uns beiden einen Gefallen und fahr nach Hause. Oder noch besser, leg dich wieder ins Krankenhaus. Und lass von jetzt an die Finger von der Geschichte! Ich werde sagen, dass ein anonymer Anrufer mir den Tipp gegeben hat.«

Er zog eine Karte aus seiner Manteltasche und gab sie Natalie. »Meine private Handynummer. Falls etwas ist.«

Ich war mir sicher, dass Natalie darauf bestehen würde, zu bleiben. Aber zu meiner Überraschung griff sie die Visitenkarte. »Du hast seine Nummer.« Sie deutete auf mich.

Bergmann nickte. »Habt ihr etwas über Frank ...?«

»Nein, keine Spur.«

Er sah sie traurig an. »Du solltest dir nicht allzu viele Hoffnungen machen.«

Kurz darauf fuhren wir an den entgegenkommenden Streifenwagen vorbei. »Wer ist dieser Wück?«

»Mein Chef.«

Ich blickte zur Seite und sah, dass sie die verletzte Stelle links in der Nierengegend betastete. Sie schob eine Hand unter den Pullover, und als sie sie wieder hervorzog, war sie rot. »Scheiße, du musst ins Krankenhaus.«

»Beruhige dich. Ich brauche nur einen neuen Verband.«

Eine Sekunde lang hatte ich den Impuls, zu widersprechen. Ich ließ es.

An der Tür klebten noch Reste des Streifens, mit der die Polizei den Tatort abgesperrt hatte. Natalie hatte sie einfach durchgerissen. Als wir in das schlecht beheizte Zimmer kamen, sah ich, dass auf dem kleinen Holztisch neben der Matratze Verbandzeug, Desinfektionsmittel und Medikamente standen. Natalie warf ihren Mantel auf die Matratze, zog ihre Bluse aus und betrachtete das durchgesuppte Pflaster, das über der Wunde klebte. Sie riss es mit einem Ruck ab und verzog keine Miene.

»Weshalb wolltest du nicht zu mir? Ich meine, was ist, wenn sie die Wohnung überwachen?« Ich fing ihren kalten Blick auf, und mir wurde klar, dass sie nicht vorhatte, den offiziellen Dienstweg zu nehmen, um die Männer dranzukriegen, die hinter dem Anschlag auf sie steckten.

»Hast du dein Handy laut gestellt?«, fragte sie, während sie sich die genähte Wunde ansah, aus der es leicht blutete.

Ich nickte und schaute mich um, konnte aber keinen Festnetzanschluss entdecken. »Was ist mit deinem?«

Sie nahm das Desinfektionsspray vom Tisch und besprühte die Wunde damit. »Der Akku ist leer. Komm mal her.« Sie reichte mir eine Mullbinde. »Drück das leicht auf die Wunde.« Ich nahm die Binde und legte sie auf die Wunde. Natalie ergriff eine hautfarbene Taperolle, riss zwei Streifen ab und klebte sie über die Binde. Dann nahm sie einen Verband vom Tisch und wickelte ihn um den Bauch. »Gib mir mal die beiden Klammern vom Tisch rüber.« Ich gab sie ihr. »Und jetzt halt den Verband fest.« Während ich das tat, befestigte sie die Kompresse mit den zwei Klammern.

Sie deutete auf meine Tasche. »Leg dein Handy raus.« Im nächsten Moment war sie mit ihrer Bluse in der Hand in der Küche verschwunden.

Ich blickte mich in dem Zimmer um und versuchte, dieses Bild irgendwie in Einklang mit dem Mädchen zu bringen, das ich in der Schule gekannt hatte. Das Mädchen, das mit seiner Schönheit und der schweigsamen Art allen den Kopf verdreht hatte. Die perfekte Projektionsfläche für Pubertierende. Dass sie jedem eine Abfuhr erteilte, der es versuchte, machte sie nur anziehender. Was würden all die Jungs denken, wenn sie jetzt hier mit mir in diesem Zimmer sitzen würden? Manche würden vielleicht eine Art Befriedigung darüber empfinden, dass der heimliche Star ihrer Schulzeit gestrauchelt war, während sie selbst Kurs gehalten hatten. Aber was hieß gestrauchelt? Immerhin hatte sie bei der Polizei Karriere gemacht. Auch wenn es nicht das war, was man von ihr erwartet hatte. Ich für meinen Teil spürte eine seltsame Mischung aus Trauer und Erleichterung. Erleichterung darüber, dass wir im selben Boot saßen. Aber es machte mich traurig, dass dieses Boot offenbar keinen Kompass mehr besaß und ziellos hin- und hertrieb und dabei immer wieder von hohen Wellen durchgeschüttelt wurde.

»Willst du auch ein Glas?« Sie hatte eine Flasche Weißwein und zwei Gläser in den Händen.

»Ja, danke.«

Nachdem wir die Flasche fast ausgetrunken hatten, ohne dabei mehr als ein halbes Dutzend belangloser Sätze zu wechseln, klingelte mein Handy. Mit einer blitzschnellen Bewegung griff Natalie danach. Ich hörte die Stimme ihres Kollegen, konnte aber nicht verstehen, was er sagte. Nach ein paar Momenten legte sie auf. Sie zeigte keine Regung.

Jedenfalls keine, die ich deuten konnte. Sie starrte nur nachdenklich vor sich auf die fleckige graue Auslegware.

»Und?«

Ihr Blick schwenkte hoch und blieb an meinen Augen hängen. »Sie haben sechs Mädchen ausgegraben.«

Ich senkte meine Stimme. »Sechs?!«

Sie nahm noch einen Schluck von dem Wein.

»Haben sie schon eine Ahnung, wer die Mädchen sind?!«

»Nein.«

»Und was ist mit Lea?«

»Das weiß ich nicht.« Sie goss mir noch einen Schluck ein. »Wir können morgen zur Pathologie fahren.«

Ich sah frustriert auf meine Uhr. »Ich glaube, Vince wartet auf seinen Wagen.« Ich dachte an Josie und daran, was Vince mir erzählt hatte. Ich fragte mich, ob es einen richtigen Augenblick gab, um die Sache anzusprechen. Die Möglichkeit, dass es vielleicht noch einen anderen Grund für Josies Verschwinden gab. »Was denkst du, was passiert ist?«

Sie war in Gedanken versunken. »Hmm?«

»Ich frage mich ... vielleicht gibt es ja einen ganz anderen Grund, warum Josie verschwunden ist?«

»Ich kann dir nicht folgen.«

»Ich meine, vielleicht hat es gar nichts mit den Drogen und der Escort-Geschichte zu tun.«

»Daniel, wovon zum Teufel sprichst du? Wenn du etwas weißt, dann sag es einfach.«

Als ich aufhörte zu reden, war mein Mund trocken und mein Blick flackerte unruhig durch die Gegend. Sie sah mich ungläubig an. Ich nickte achselzuckend und rechnete damit, dass sie mich jeden Moment rausschmeißen würde. Doch sie blieb ganz ruhig, goss sich den letzten Rest der Flasche ein und trank ihr Glas in einem Zug aus. Die Stille hing wie ein zögerndes Fallbeil in der Luft.

Und dann erzählte Natalie mir die Geschichte, wie ihre Mutter Josie bei einer Wohltätigkeitsveranstaltung in einem Heim mit geröteten Augen und verfilzten Haaren in einer Ecke hatte stehen sehen. Wie sie zu dem kleinen rothaarigen Mädchen gegangen war, um mit ihr zu reden. Und wie sich das Mädchen an die Beine von Melanie Wagner geklammert hatte und nicht mehr loslassen wollte. Anhänglich wie ein im Tierheim ausgesetzter Welpe sei sie gewesen, flüsterte Natalie mit gedämpfter Stimme. »Es war das einzig wirklich Gute, was meine Mutter je gemacht hat.« Ein paar Monate später hatte es einen positiven Bescheid auf den Adoptionsantrag gegeben. »Das Sozialamt hat sie mit fünf Jahren aus ihrem Elternhaus genommen und in ein Heim gesteckt. Es hatte offenbar schon längere Zeit den Verdacht auf Missbrauch gegeben.«

Ich begann, Josies Geschichte in meinem Kopf neu zu ordnen. »Wieso habt ihr niemals darüber geredet?«

»Weil Josie das nicht wollte. Sie hat es gehasst, ein Heimkind zu sein.«

»Das mit der Schwimmerei … Vince sagt, Josie wollte das eigentlich nicht.«

Natalie rieb sich müde den Nacken. »Das hat der Arzt empfohlen.«

»Der Arzt?«

»Mit der Schwimmerei hat sie angefangen, weil der Arzt ihr empfohlen hat, Sport zu treiben. Das würde helfen, hat er gesagt.«

»Der Arzt?«

»Meine Mutter wollte nicht, dass irgendjemand davon erfährt. Ihr wäre es lieber gewesen, Josie hätte sich ein Bein gebrochen. Da tuscheln die Leute nicht.«

»Und die ganzen Reisen?«, setzte ich an.

Natalie schüttelte langsam den Kopf. »Sie musste immer wieder in die Klinik, weil sie sich selbst verletzt hat. Ich glaube, da hatte meine Mutter schon bereut, dass sie Josie adoptiert hat.«

Ich dachte an die weiten unförmigen Sachen, die Josie immer getragen hatte, an den Neoprenanzug, mit dem sie selbst im Sommer geschwommen war. Und ich dachte an flüchtige Begegnungen im Schulflur, wenn sie mit glasigen Augen aus der Toilette gekommen war. Daran, wie sie manchmal im Unterricht ohne Vorankündigung aufgestanden und einfach rausgegangen war, ohne auf den Einwand des Lehrers zu reagieren. Daran, wie sie die Fahrstuhltür in unserem Haus jedes Mal angestarrt hatte, um dann die acht Stockwerke hochzurennen. Ich hatte diesen Dingen nie sonderlich viel Beachtung geschenkt. Ich hatte sie mit derselben Gedankenlosigkeit hingenommen wie das Kommen und Gehen der Tage.

Ein paar Minuten saßen wir schweigend da und ich spürte den Wein durch mein Blut fließen. Nach einer Weile hievte Natalie sich schwerfällig von ihrer Matratze hoch und ging mühsam das Gleichgewicht haltend zu ihrem Mantel. Sie nahm ihr altes Samsung-Handy raus und steckte es an ein Aufladegerät. Dann beugte sie sich zu einem Kassettenrekorder, der verloren in einer Ecke stand. Ein kleiner viereckiger schwarzer Kasten, der aussah, als wäre er seit Jahrhunderten außer Betrieb. Direkt daneben standen zwei verstaubte Aktivboxen. Natalie schaltete den Rekorder an. Die ersten Töne von Chris Isaaks »Graduation Day« erklangen. Die Musik füllte den Raum und erinnerte mich an den letzten Abend, an eine in warmes Licht getauchte Aula, die Umrisse von Natalies Körper auf der Tanzfläche, begehrliche Blicke, flüchtige Berührungen, unsere Füße am Beckenrand und Bilder in meinem Kopf, von denen ich nie jemandem erzählen würde.

»Dass du diesen Song immer noch hörst ...«, bemerkte ich leise.

Natalie sah mich an. Ich konnte nichts in ihrem Blick lesen. Eine Weile lauschten wir nur der Musik. Als der Song zu Ende war, fragte sie: »Willst du hierbleiben?«

Ich sah sie irritiert an.

»Nicht, was du denkst.«

»Was? Nein, ich habe ...«

»Ruf Vincent an, damit er nicht auf seinen Wagen wartet.«

Ich nickte.

Wir zogen uns nicht aus, und nach wenigen Minuten hörte ich die leisen Geräusche ihres Atems neben mir. Die halbe Nacht lag ich wach und grübelte. Eine leise nüchterne Stimme wiederholte immer wieder, dass der Alkohol in meinem Blut der Grund gewesen war, warum Natalie mich eingeladen hatte zu bleiben.

Nur der Alkohol.

Sonst nichts.

Gegen Morgen fiel ich endlich in einen flachen traumlosen Schlaf. Das Klingeln von Natalies Handy weckte mich. Ich sah auf mein iPhone. Es war elf Uhr vormittags. Natalie lag neben mir und schlief tief und fest. Ich stand auf und ging zu ihrem Smartphone. Auf dem Display stand der Name Birgit. Ich nahm den Anruf entgegen. »Ja. Nein. Einen Augenblick.«

Als ich zu Natalie rübersah, schlug sie die Augen auf. »Wirf her«, sagte sie mit belegter Stimme. Sie fing das Handy mit einer Hand. »Hi. Nein, ist schon gut. Alles in Ordnung. Hast du was rausgefunden?« Sie hörte zu. Nach ein paar Momenten setzte sie sich auf. Sie schloss die Augen und rieb sich mit der freien Hand die Stirn. »Kannst du ihn beschreiben?« Sie nickte unmerklich, und ihr Gesicht nahm einen versteinerten Ausdruck an. »Hat sie einen herzförmigen Leberfleck auf dem linken Handrücken? … Ich komme vorbei.« Sie beendete das Gespräch und schaute mich an. Ihre Augen sahen aus, als hätte jemand da drin den Stecker gezogen.

»Was ist los?«

Sie stand auf und sah sich im Zimmer um. »Wir müssen in die Pathologie«, murmelte sie vor sich hin.

»Ich muss erst mal Vince anrufen und fragen, ob er seinen Wagen braucht.«

Ein müdes Nicken. »Dann tu das.«

»Was ist eigentlich mit deinem Auto?«

»Abgeschleppt.«

»Wir könnten es abholen.«

Sie suchte weiter nach ihren Sachen. »Der TÜV ist vor zwei Monaten abgelaufen.«

Als wir im Wagen saßen, blickte sie geradeaus auf die Straße. »Worauf wartest du?«

Ich sah sie an.

»Fahr los.«

»Nicht, bevor du es mir sagst.«

»Sie weiß es nicht. Die Verwesung ist zu weit fortgeschritten.«

»Und weshalb glaubst du, dass sie es ist?«

»Weil das Mädchen den Ring trug, den wir von meinem Vater zum Abitur geschenkt bekommen haben.« Sie funkelte mich an. »Können wir jetzt fahren?!«

Der Raum schien nur aus Metall und Fliesen zu bestehen. In seiner Mitte standen zwei längliche Metalltische, über denen riesige rechteckige Leuchten angebracht waren, die den ganzen Ort in ein Neonlicht tauchten. Es roch nach Plastik, Desinfektionsmittel und Verwesung. Das Mädchen, oder das, was noch von ihm übrig war, lag auf einem der Tische. Eine kleine untersetzte Frau in einem weißen Kittel mit einer tiefen Stimme, die ich nicht mit der Telefonstimme in Übereinklang bringen konnte, stand neben Natalie mit dem ungerührten geschäftsmäßigen Ausdruck eines Metzgers. Natalie ließ ihren Blick an dem toten Mädchen hoch und runter gleiten, um irgendetwas zu finden oder nicht zu finden, was ihren Verdacht beseitigte.

»Und?«

»Sie ist es nicht.«

»Sicher?«, fragte die Frau.

Natalie nickte nur. Ich hätte nicht sagen können, ob das Mädchen vor uns Josie oder Lea war. Es war nicht mehr viel von dem übrig, was dieses Mädchen einmal gewesen war. Ich war froh, nichts gefrühstückt zu haben. Aber Natalie schien völlig unbeeindruckt von dem Anblick.

»Wir werden jetzt die DNA abgleichen und die Vermisstenliste durchgehen«, erklärte die Gerichtsmedizinerin.

»Kannst du schon etwas über die Todesursache sagen?«

»Soweit ich das beurteilen kann, gab es keine Gewaltanwendung. Übrigens auch nicht bei dem zweiten Mädchen.«

»Wie sehen die anderen Leichen aus?«

»Bei Vieren ist die Verwesung noch weiter fortgeschritten. Sie müssen zum Teil schon Jahre dort gelegen haben. Eine Leiche ist besser erhalten. Der Bodenfrost hat sie offenbar konserviert. Sie lag noch nicht so lange unter der Erde. Ich würde sagen, ca. vier Wochen. Bei ihr kann ich eindeutig sagen, dass sie ertrunken ist. Genau wie das Mädchen, das vorgestern eingeliefert wurde. Bei keinem der Opfer gibt es irgendwelche Zeichen von Gewaltanwendung.«

»Können wir sie sehen?« Natalie warf mir einen kurzen Blick zu.

»Ja, natürlich.« Sie ging zu den quadratischen Metallfächern, in denen die Leichen lagen, bis sie für die Angehörigen freigegeben wurden. Ich dachte daran, dass meine Mutter auch in solch einer Metallkammer gelegen hatte. Die Polizei war nicht in der Lage gewesen, den Halter des Fahrzeugs, der sie direkt vor dem Antiquariat beim Überqueren der Straße erfasst hatte, zu ermitteln. Der Wagen blieb unauffindbar. Nach acht Wochen wurden die Ermittlungen eingestellt.

Die Pathologin zog die Leiche von Elena Balakov aus dem Fach. Es war ein dünnes rothaariges Mädchen, das eine gewisse Ähnlichkeit mit Lea hatte.

»Nein, sie ist es nicht«, sagte ich. Ich betrachtete ihre friedliche Miene. Sie hatte ein winziges Muttermal unter dem rechten Nasenflügel, und auf ihrem Gesicht hatten sich kleine rote Flecken gebildet. »Aber irgendwoher kenne ich sie.« Natalie sah mich fragend an, aber ich konnte das Mädchen nirgends hinpacken. Ich hob die Schultern. »Ich komme nicht drauf.«

»Sie hatte alle möglichen Drogen im Blut. Und ich kann dir

sagen, was sie als Letztes gegessen hat. Offenbar war sie abends beim Thailänder. Sie hatte Limettenblätter, Aubergine, Hühnchenfleisch und Reis in ihrem Magen.«

»Kannst du mir den Todeszeitpunkt nennen?«, fragte Natalie.

»Die Frau ist ca. zwei bis drei Stunden, bevor sie im Wald aufgefunden wurde, gestorben. Das heißt, zwischen fünf und sechs Uhr morgens.«

Natalie betrachtete das Handgelenk mit dem Tattoo. Irgendetwas schien sie stutzig zu machen.

»Die Mädchen wurden nicht an derselben Stelle gefunden, oder?«

Natalies Blick lag immer noch auf dem Handgelenk. »Nein. Wer immer vorhatte, sie zu begraben, wurde gestört, als er die letzte Leiche beseitigen wollte. Vielleicht ein Spaziergänger oder der Förster, der sie gefunden hat. Er oder sie musste sie auf einem Waldweg liegen lassen.«

»Jemand, der sich im Wald auskennt?«

»Vermutlich. Wo ist der Ring?«

Die Pathologin zeigte auf einen kleinen Tisch, der neben dem Eingang an der Wand stand. Natalie sah rüber. »Und der Ring ist von deiner Schwester?«

Natalie nickte kurz und sah wieder zu dem toten Mädchen auf der Metallliege. Sie nahm ein paar Latexhandschuhe, die auf dem Tisch daneben lagen, zog sie über und berührte das Tattoo. Dann begann sie leicht zu reiben und es verwischte. »Das ist ein Stempel.« Sie überlegte. »Vermutlich von einem Club oder einer Diskothek.«

Ich dachte an Lea und das Mädchen, das ich in Vince' Wagen gesehen hatte. An das, was ich für ein Tattoo gehalten hatte.

»Kennst du sie?«, fragte die Pathologin.

»Nein.« Mit einer kurzen Kopfbewegung signalisierte sie mir, gehen zu wollen. »Gut, wir gehen. Danke Birgit.«

Die kleine untersetzte Frau nickte und verzog das Gesicht, als wollte sie lächeln. Aber es gelang ihr nicht. Vielleicht lag es an dem Ort. Vielleicht war dies kein Ort, an dem man lächelte. Als wir den Raum verlassen hatten, war es augenblicklich zehn Grad wärmer. Wir gingen den langen schlecht beleuchteten Flur in Richtung Ausgang.

»Woran hast du erkannt, dass es nicht Josie ist?«

»Die Füße.«

»Die Füße?«

»Josie hat Schuhgröße 36. Dieses Mädchen hat große Füße. Mindestens Größe 40.«

»Was glaubst du, woher Josie und dieses Mädchen sich kannten?«

»Vermutlich haben sie beide als Escort gearbeitet.«

Es klang, als hätte sie akzeptiert, womit ihre Schwester ihr Geld verdiente.

»Aber wieso hat sie den Ring?«, fragte ich.

»Ich weiß es nicht. Vielleicht hat Josie ihn verkauft.«

Ich merkte, dass sie ein bisschen hinter mir zurückgeblieben war, und verlangsamte meinen Schritt wieder. »Aber wenn sie als Escort arbeitet ...«

»Wenn du auf Droge bist, hast du nie genug Geld. Außerdem wissen wir nicht, wie viel sie abgeben muss, wenn sie einen Zuhälter hat.«

Wir waren am Eingang angekommen und sahen einem abgestandenen tristen Tag ins Gesicht. »Was ist mit den Typen aus dem Video?«

Natalie sah mich fragend an.

»Vielleicht hängen sie irgendwie in der Geschichte mit drin.«

»Vergiss das Video. Außerdem hast du doch gehört, was Birgit gesagt hat. Es gab keine Gewaltanwendung. Das Mädchen ist ertrunken.«

Sie ist tatsächlich nicht wiederzuerkennen. Der Nerd hat ganze Arbeit geleistet. Unter den kurzen roten Haaren steckt ein bildhübsches Mädchen mit feinen Zügen. Mein Blick gleitet von ihrem langen schmalen Hals runter zu dem schwarzen Cocktailkleid mit dem tiefen Ausschnitt, das ihr auf die Haut genäht scheint. Dass etwas Unschuldiges so aufreizend sein kann, lässt die Männer hier durchdrehen. Wie ein Rudel ausgehungerter Wölfe, das die Fährte eines Lamms aufgenommen hat. Der Nerd sitzt mit ihr auf seinem Lieblingsplatz im Separee, und an seinem selbstzufriedenen Ausdruck erkenne ich, dass er sie schon getestet hat. Sie ist bereit. Der Club ist voll von Kunden, die sie mit ihren Blicken verschlingen. Eine Aktie, die eine hohe Rendite verspricht. Ihr Blick schweift neugierig durch den Laden. Aber unter der Schminke kann ich noch das ängstliche Kind erkennen. An dem fiebrigen Glanz in ihren Augen sehe ich, dass sie schon drauf ist. Es war ein kurzer Weg von der Villa im Grunewald bis an diesen Tisch. Die nächsten Wochen werden ihr noch vorkommen wie das Paradies. Wenn sie bereit ist für das Spielzimmer, ist es nur noch ein kleiner Schritt zu mir. Und das wird der Tag sein, an dem sich ihre Familie keine Sorgen mehr zu machen braucht.

Ich frage mich, wann dieser Tag sein wird.

18

Nachdem ich Natalie zu Hause abgesetzt hatte, fuhr ich zum Cantinetta, um Vince seinen Wagen zu bringen. Ich parkte gegenüber vom Restaurant in der zweiten Reihe und sah, wie er am Fenster mit zwei Männern saß und sich angeregt unterhielt. Zu meiner Überraschung stand eine Flasche Champagner auf dem Tisch. Wenn Vince um die Mittagszeit Champagner trank, mussten die Gäste oder der Anlass etwas Besonderes sein. Oder beides. Ich blieb sitzen und beobachtete die Drei eine Weile. Es war das, was ich am liebsten tat und vermutlich auch am besten konnte. Beobachten, Details wahrnehmen, Veränderungen registrieren. Dinge festhalten, die sich dem flüchtigen Blick entzogen.

Sie scherzten, lachten und von Zeit zu Zeit füllte Vince ihre Gläser auf, während er sich mit dem Champagner zurückhielt. Es dauerte eine Weile, bis ich in einem der beiden Männer den Hektischen wiedererkannte. Der Typ, dem ich von Ostritz bis zum E-Werk gefolgt war. Er sah völlig anders aus, nicht so abgerissen wie bei unserer ersten Begegnung. Er trug einen schwarzen, zu weiten Anzug und seine drahtigen Haare waren streng nach hinten gekämmt. Eine riesige Sonnenbrille half ihm dabei, sie zu bändigen. Aber auch jetzt im Restaurant scannte sein Blick immer wieder unruhig den Laden ab und sprang dann hinaus, um die Straße vor dem Cantinetta in Augenschein zu nehmen.

»Scheiße«, zischte ich und sank in meinem Sitz nach unten,

um nicht in sein Blickfeld zu geraten. Während sein Sitznachbar Vince zuprostete, holte er ein Foto aus seiner Jackentasche und legte es Vince vor die Nase. Von einer Sekunde auf die andere sank die Temperatur am Tisch um einige Grad. Vince sah nachdenklich auf das Bild. Nach einiger Zeit schüttelte er den Kopf, als wollte er signalisieren, dass ihm das Foto nichts sagte. Der Hektische schien nicht glücklich über Vince' Reaktion, denn er schob das Bild noch weiter zu ihm rüber. Er rieb es ihm förmlich unter die Nase und sagte dabei etwas, das nicht nach einer freundlichen Bitte aussah. Der angespannte und aggressive Gesichtsausdruck machte eher den Anschein einer Drohung. Allerdings konnte dieser Eindruck auch meiner lebhaften Fantasie geschuldet sein. Wenn mein Gehirn vor der Wahl stand, entschied es sich regelmäßig für die Angst.

Vince nahm das Foto in die Hand und studierte es. Aber es schien bei ihm nicht klick zu machen. Nach ein paar Momenten legte er es wieder auf den Tisch und zuckte mit den Achseln. Der Hektische, der direkt am Fenster saß, blickte nach draußen und zog etwas aus seiner rechten Jackentasche. Ich konnte nicht genau erkennen, was es war. Aber der Größe nach zu urteilen, hätte es ein USB-Stick sein können. Ich dachte an den Stick, wegen dem Natalie jetzt ein Loch im Bauch hatte. Der Stick, der ihr fast das Leben gekostet hatte. Der Stick, auf dem zu sehen war, wie Josie im Cantinetta auf jemanden wartete. Der Hektische sah Vince einfach nur an, während der einen Blick auf das Teil vor ihm warf. Der Partner des Hektischen, ein kleiner gedrungener Glatzkopf mit Boxernase sagte etwas zu Vince. Dann bedeutete er dem Hektischen, was immer da auf dem Tisch lag, wieder einzustecken. Die beiden Gestalten hoben ihr Glas und prosteten

Vince, der sie nur ansah und bemüht lächelte, erneut zu. Dann standen sie auf, und im nächsten Moment hatten sie das Cantinetta verlassen. Ich wartete, bis der überdimensionierte dunkelblaue BMW-SUV, in den sie eingestiegen waren, außer Sichtweite war.

Während ich zum Eingang vom Cantinetta ging, starrte Vince gedankenverloren aus dem Fenster. Er nahm nicht wahr, wie ich sein Blickfeld kreuzte. Als ich ihm ein paar Momente später eine Hand auf die Schulter legte, zuckte er zusammen. Eine Reaktion, die ich nicht von ihm kannte.

»Hey, alles in Ordnung?«, fragte ich ihn zur Begrüßung.

Er sah auf und sein Gesicht entspannte sich. »Ja, alles bestens«, schaltete er sofort um. Der coole, lässige Vince, der alles im Griff hatte.

»Wer waren die beiden Typen?«

Er sah noch mal aus dem Fenster, als wolle er prüfen, ob die beiden auch wirklich weg waren. »Geschäftspartner.«

Ich erzählte ihm von meiner Begegnung mit dem Hektischen.

»Hab ich dir nicht gesagt, du sollst die Finger von der Geschichte lassen?« Er sah mich wütend an.

Ich zuckte die Achseln. »Natalie lässt so oder so nicht locker. Egal, was ich mache.«

»Dann lass sie machen. Halt du dich da raus!« Er überlegte. »Hast du etwas von dem Mädchen gehört?«

»Lea?«

Er nickte.

»Nein. Wieso?«

»Weil sie verschwunden ist, zum Teufel.«

»Das habe ich dir gesagt, oder?« Ich überlegte. »Das Foto, das die beiden dir gezeigt haben. War das von Lea?«

Er sah mich verblüfft an. »Hast du uns beobachtet?«

»Na ja, ich hatte kein großes Interesse, dem Hektischen noch einmal zu begegnen. Suchen sie Lea?«

»Sollte sie sich bei dir melden, gib mir sofort Bescheid!«

Mein erster Gedanke war, dass das vermutlich das Letzte war, was ich tun würde. »Steckst du in Schwierigkeiten?«

»Weshalb bist du eigentlich hier?«

»Ich wollte dir deinen Wagen zurückbringen.«

»Wir müssen das Mädchen finden.«

»Und dann?«

Er sah mich nur an.

Natalie saß gedankenverloren in der hinteren Ecke des Starbucks-Cafés, in dem wir uns verabredet hatten, und starrte aus dem Fenster. Dieser entrückte Ausdruck auf ihrem Gesicht war einer der Gründe gewesen, warum sie mich während unserer Schulzeit bis in meine Träume verfolgt hatte. Ich war diesem Blick immer dicht auf den Fersen. Wenn sie im Auto auf Josie und mich wartete, wenn sie vor dem Pavillon lehnte, als wir aus dem Unterricht kamen. Wenn sie auf einer Bank hockte und in den Himmel starrte oder einfach durch das Schultor ging, scheinbar aus einer anderen Zeit kommend. Es war ein Blick, den ich wie eine leere Geschenkverpackung füllen konnte. Hinter ihm lag eine Welt, die um ein Vielfaches aufregender war als meine. Eine Welt, die schon alleine dadurch, dass ich nie dazugehören würde, magisch war.

Der Laden war voller Studenten, und in der Luft hing der Geruch von Kaffee und Zukunftsträumen. Aus den Boxen an der Decke erklang leise die Stimme von Taylor Swift. Aber das Stimmengewirr war so laut, dass man die Musik kaum hörte. Als mich Natalie aus dem Augenwinkel wahrnahm, schwenkte ihr Blick zu mir. Sie begrüßte mich mit einem kurzen Nicken und deutete dann auf den aufgeklappten Laptop, der vor ihr stand. »Ich habe mir die Investorengruppe noch mal angesehen.«

»Welche Investorengruppe?«

»Das E-Werk?!«

Sie drehte den Laptop zu mir. Es war ein Foto von der Eröffnungsparty eines Restaurants. »Das ist Ostritz.« Sie deutete auf den Mann in der Mitte. Ostritz war ein sportlicher Typ in den Fünfzigern in einem maßgeschneiderten dunkelblauen Anzug und beigen Leinenschuhen. Smart, selbstbewusst, vom Leben verwöhnt. Im Cantinetta waren mir haufenweise solcher Gestalten begegnet. Männer, die überzeugt waren, ein natürliches Anrecht auf Erfolg und Luxus zu haben. Mit seinem braunen Teint und den kräftigen schwarzen nach hinten gekämmten Haaren wirkte er gut und gerne zehn Jahre jünger. Er stand neben einem fülligen blonden Mann mit modischer Hornbrille und angesagtem Vollbart. Die beiden lächelten um die Wette. Unter dem Foto stand: Michael Ostritz und Max Pacult bei der Eröffnung des neuen Szenerestaurants »La Pignata« in der Friedrichstraße. Es dauerte einige Momente, bis mir der Mann auffiel, der rechts hinter den beiden stand. Ich deutete auf das Foto. »Siehst du den Typen, der da rechts im Hintergrund steht? Das ist Leas Chef. Jewgeni Sedorow.«

Es schien sie nicht zu beeindrucken. »Ja, er kennt Ostritz. Der vermittelt ihm Arbeitskräfte. Und?«

»Ich weiß. Trotzdem. Irgendwas an dem Typen ...« Ich schüttelte den Gedanken ab. »Weshalb zeigst du mir das Foto?«

»Pacult ist einer der Investoren, die aus dem E-Werk Eigentumswohnungen machen wollten.«

»Du meinst, Ostritz hat über ihn Zugang zum E-Werk bekommen?«

»Außerdem hatte Pacult mehrere Clubs. Aber nach dem Reinfall mit den Eigentumswohnungen musste er Privatinsolvenz anmelden. Vorher hat er die Läden aber noch auf seinen Sohn überschrieben. Clemens Pacult.«

Bei mir klingelte nichts. »Sein Sohn?«

»Anfang dreißig ... abgebrochenes Informatikstudium.«

»Hast du ein Foto?«

»Nein.«

»Kein Facebook-Account? Instagram? Twitter?«

»Nein. Er ist bei keinem dieser Netzwerke angemeldet.«

Ich schüttelte ungläubig den Kopf.

»Einer der Clubs von Pacult heißt Blacklist.« Sie klickte auf die Liste der gespeicherten Favoriten. Im nächsten Moment öffnete sich die Homepage des Clubs. Es war eine schwarze Seite, auf der nur ein Satz stand: »Enjoy the Extraordinary!«

»Nicht sonderlich originell. Und was sagt uns das?«

»Sieh dir das Logo links oben an.«

Ich sah auf das kleine Logo, das versteckt in der linken oberen Ecke prangte. Sie nahm einen Schluck von dem Kaffee, der vor ihr stand, und das erste Mal seit unserem Wiedersehen erschien so etwas wie ein ungetrübtes Lächeln auf ihrem Gesicht. Das Logo war identisch mit dem Stempel, den die toten Mädchen auf ihrem Handgelenk gehabt hatten. Natalie ging auf Google Streetview und zeigte mir den Eingang des Clubs. Ich brauchte ein paar Momente, dann war alles wieder da. Die Fahrt durch die sommerliche Stadt, die Prostituierten und der Club, vor dem ich Vince abgesetzt hatte. »Den Laden kenne ich.«

Wir standen ein paar Momente direkt vor dem Café. Nachdem der Tag grau und trüb gewesen war, riss der Himmel zum Nachmittag hin etwas auf. Das Rot der untergehenden Sonne spiegelte sich in den riesigen Fenstern des Bürogebäudes auf der anderen Straßenseite und badete alles in einem warmen Licht. Vielleicht bildete ich mir das ein, aber ich hatte das Gefühl, als würden sich die Gesichter der Leute auf der Straße entspannen. Als hätte die Sonne sie daran erinnert, dass auch die kalte Jahreszeit irgendwann zu Ende sein würde. Es fühlte sich an wie eine Gefechtspause, und jeder nutzte die Zeit zum Durchatmen, ehe der Winter wieder mit voller Wucht über die Stadt hereinbrach. Noch bevor wir in den Daimler stiegen, den ich mir von der Taxizentrale geholt hatte, spürte ich, dass etwas nicht in Ordnung war. Es war nichts Bestimmtes, mehr ein Bauchgefühl, wie man es manchmal hat, wenn man aus dem Haus tritt, nach oben auf einen milchigen Himmel blickt und denkt, dass man vielleicht einen Regenschirm mitnehmen sollte. Aber ich folgte dem Gefühl nicht, sondern schob es beiseite.

»Der Laden wird geschlossen sein«, sagte ich noch mal zu Natalie, als wir im Wagen saßen und ich vergeblich versucht hatte, sie davon zu überzeugen, dass es keinen Sinn haben würde, jetzt zu dem Club zu fahren. In Gedanken sah ich das Mädchen mit den hochhackigen Schuhen ungelenk aus dem Wagen steigen und in den Laden gehen, und plötzlich fiel mir wieder ein, woher ich Elena Balakov kannte. Ich erzählte es Natalie.

»Bist du sicher?«, fragte sie erschöpft. Die Strapazen der letzten Tage waren ihr deutlich anzusehen. Die Ringe unter ihren Augen waren wieder tiefer geworden, und ihr zierlicher Körper sah aus, als würde sie unter einer Essstörung leiden.

»Ganz sicher. Sie war es.«

Sie überlegte eine Weile. »Bist du in sie verliebt?«

»Was?«

»Dieses Mädchen, das schwanger ist.«

»Wie kommst du jetzt …?«

»Bist du?«

Ich zögerte.

»Sie ist nicht unter den toten Mädchen.«

»Woher weißt du das?«

»Die DNA stimmt nicht überein. Bergmann hat sich die Blutergebnisse von deiner Bekannten, dieser Ärztin, besorgt. Sie stimmen mit keiner der gefundenen Leichen überein.«

Eigentlich hätte ich froh sein sollen, oder wenigstens erleichtert. Aber ich dachte nur daran, was passieren würde, wenn die beiden Typen aus dem Cantinetta Lea in die Hände bekommen würden. »Danke.«

Ich startete den Wagen, und als ich nach fünfhundert Metern links in die Kantstraße einbog, meldete sich mein ungutes Gefühl wieder. Die Narbe auf meinem Kopf kribbelte, während ich in Richtung Zoo fuhr. Es war kaum Verkehr, aber alle fünfzig Meter hielt uns eine rote Ampel auf. Ich blickte zur Seite. Natalie schaute unbeteiligt aus dem Beifahrerfenster auf die vorbeiziehenden Häuser. Hinter uns hupte ein schwarzer Passat, weil die Ampel auf grün umgesprungen war. Als ich losfuhr, sah ich im Rückspiegel einen alten Bekannten, der zwei Autos hinter uns war. »Ich glaube, wir werden verfolgt«, sagte ich, so ruhig ich konnte.

»Fahr weiter geradeaus.« Es schien sie nicht zu überraschen.

»Aber ...?«

»Fahr einfach.«

An der nächsten Ecke bog der Passat hinter uns rechts ab. Der Golf hielt Abstand. Als wir an der Joachimsthaler Straße ankamen, schaltete die Ampel auf gelb. Ich wunderte mich, wie ruhig es war. Um diese Uhrzeit herrschte normalerweise eine Menge Betrieb am Zoo. Es war, als holte die Kreuzung Luft, um sich für den Ansturm des Feierabendverkehrs zu wappnen. Wir waren noch rund fünfzig Meter entfernt, und ich wollte gerade auf die Bremse treten, da hielt mich Natalie dazu an, Gas zu geben.

»Es ist schon dunkelgelb«, protestierte ich.

»Gib einfach Gas. Los!«, fauchte sie.

Also trat ich aufs Gaspedal und sah plötzlich aus den Augenwinkeln von links einen Lkw anrauschen. Es war längst rot, als wir die Kreuzung passierten. Der Lkw fuhr ungebremst weiter und verfehlte uns nur knapp. Einen Moment später gab es einen lauten Knall. Als ich in den Rückspiegel schaute, erkannte ich, dass es den silbernen Golf, der ebenfalls versucht hatte, die Kreuzung zu überqueren, voll erwischt hatte. Ich fuhr langsamer und sah, dass der Lkw-Fahrer kurz sein Tempo drosselte, dann aber Gas gab und in Richtung Bundesallee davonraste. Geschockt hielt ich in zweiter Spur gegenüber dem Hintereingang vom Waldorf Astoria Hotel. Natalie drehte sich um und sah zu dem silbernen Golf, der mit qualmendem Motor auf der verlassenen Kreuzung stand. Die Fahrerseite war übel zugerichtet. Die Tür war eingedrückt und die Scheiben auf der Fahrerseite in tausend Teile zersprungen. Von dem Kotflügel war praktisch nichts mehr übrig. »Warte hier«, sagte sie ruhig.

»Was hast du vor?«

Sie stieg ohne ein Wort aus und ging auf den silbernen Golf zu. Ihr Schritt war erstaunlich sicher und schnell. Das Adrenalin verdrängte die Erinnerung an das Loch in ihrem Bauch. Als sie an dem Wagen angekommen war, stand sie einen Moment auf der Fahrerseite und starrte ins Innere. Dann beugte sie sich runter und griff in das Auto. Als hätte jemand den Film weiterlaufen lassen, nahm der Verkehr plötzlich sein Geschäft wieder auf. Autos schlängelten sich an der Unfallstelle vorbei, Menschen stiegen aus einem Bus aus und gingen über den Damm. Aus den U-Bahn-Eingängen wurden Passanten auf die Straße gespült. Aber niemand schenkte dem zerbeulten silbernen Golf auf der Mitte der Kreuzung große Aufmerksamkeit. Ein paar Leute warfen neugierige Blicke auf die mit Glas übersäte Unfallstelle. Dann setzten sie ihren Weg unvermittelt fort. Alle wollten von A nach B kommen und gingen offenbar davon aus, dass bereits jemand die Polizei gerufen hatte. Im Rückspiegel sah ich, dass Natalie irgendetwas aus dem Wagen nahm und in ihre Tasche steckte.

Kurz darauf war sie zurück. »Fahr los.«

»Was ist mit dem Typen? Alles in Ordnung?«

»Nein.«

»Scheiße.«

»Fahr!«

19

Ein schwarzer Jaguar mit abgedunkelten Scheiben parkte in der Einfahrt. In Ostritz' Gästehaus deutete nichts auf Leben hin. Ich dachte daran, wie ich das erste Mal dort gestanden hatte; das Zögern, die Unsicherheit und dann die Enttäuschung, als ich festgestellt hatte, dass die Tür zur Terrasse offen war. Die Abscheu vor mir selbst, die ich dabei empfunden hatte, versuchte ich zu verdrängen. Aber nichts ist beharrlicher als ein Gedanke, den du loswerden willst.

Die Gegend war menschenleer, und obwohl der Nachmittag erst ein paar Minuten her zu sein schien, war vom Tag nicht mehr viel übrig. Die Laternen waren noch nicht angeschaltet worden, und die Villen lagen still und verlassen da. Nirgends brannte Licht. Ich ließ das Fenster runter und war überrascht, wie mild die Luft plötzlich war.

»Was wollen wir hier?«, fragte ich.

Natalies Blick klebte am Eingang des Hauses. »Es war die letzte Adresse in seinem Navi.«

»Was hast du aus dem Auto von dem Typen mitgenommen?«

»Seine Papiere und sein Handy.«

»Kanntest du ihn?«

Sie nickte und deutete dabei auf ihre Verletzung.

»Ich denke, du konntest ihn nicht erkennen.«

Sie verzog angewidert ihr Gesicht und sah wieder rüber zum Haus. »Er hatte diesen Geruch.«

»Diesen Geruch?«

Ihr Blick wich nicht von dem Grundstück. »Aus altem Schweiß, Knoblauch und billigem Parfum.«

Eine Weile hingen wir unseren Gedanken nach. »Hat dieser Wück, dein Vorgesetzter, irgendwas mit deiner Suspendierung zu tun?«

Als sie die Augenlider müde auf und wieder zuschlug, sah ich, dass sie schon mit der Frage gerechnet hatte. Ich wartete ... gefühlte zehn Jahre.

»Wir hatten eine junge Frau bei Ostritz eingeschleust. Ein Mädchen, das dem typischen Anforderungsprofil entsprach. Jung, attraktiv, ohne familiäre Bindung. Sie wurde als Nanny an einen Botschaftsangestellten vermittelt. Kurz nachdem sie dort angefangen hatte, wurde sie zu einer privaten Party von einem Mitarbeiter der Botschaft eingeladen.«

»Ist das üblich, dass man Hausangestellte auf Partys einlädt?«

»Sie sollte dort Essen und Getränke servieren.«

»Verstehe.«

»Sie ist nic von dieser Party zurückgekehrt. Man hat sie am nächsten Morgen tot aufgefunden. Angeblich ist sie vom Dach eines Hauses gesprungen. Bei ihrer Untersuchung hat man hohe Mengen an Alkohol und Kokain in ihrem Blut gefunden. Außerdem hatte sie kurz vor ihrem Tod Geschlechtsverkehr. Nach Aussage der Gerichtsmedizin vermutlich erzwungen. Darauf deuteten zumindest die Blutergüsse und Schürfwunden hin.«

»Und du glaubst nicht, dass es Selbstmord oder ein Unfall war?«

»Sie war eine kerngesunde junge Frau, die noch nie Drogen genommen hatte.«

»Das heißt, sie ist aufgeflogen.«

»Vermutlich. Vielleicht wollten sie auch einfach nur Spaß mit ihr haben, und die Geschichte ist außer Kontrolle geraten.«

Ich sah rüber zum Haus. Kein Zeichen, dass in der Villa irgendetwas vor sich ging. Die ganze Straße lag im Tiefschlaf. »War sie verkabelt?«

»Nein. Wir wollten kein Risiko eingehen.«

»Und du meinst, es war einer von euren Leuten, der sie verraten hat.«

Sie sagte nichts, schaute mich nur an. »Ich habe weiter ermittelt, und der Botschafter hat sich bei meinem Vorgesetzten beschwert.«

»Bei Wück.«

»Ja.«

»Und das wars dann mit den Ermittlungen?«

Sie nickte.

»Bist du deshalb suspendiert worden?«

»Nein.«

Es kam nichts mehr. Die Farbe des Tages wechselte langsam von Grau zu Schwarz, und als die Straße in der Dunkelheit zu versinken schien, gingen die Laternen an. Einige Minuten saßen wir einfach nur da und schauten immer wieder zu Ostritz' Haus rüber. Ich zögerte und rechnete nicht mit einer Antwort. »Dieser Lehrer, Benoit. Weißt du, was aus ihm geworden ist?«

Natalie starrte eine Weile mit leerem Ausdruck geradeaus auf die Straße. Dann sah sie mich an. »Er ist tot.« Ihr Gesicht blieb ausdruckslos und schwenkte wieder rüber zum Haus. Ich folgte ihrem Blick und entdeckte das schwache Licht im Wohnzimmer. Es sah aus, als wenn jemand eine schummrige

Gaslampe angezündet hatte. »Hast du das gesehen?«, fragte ich.

»Bleib hier.« Sie öffnete die Tür, stieg aus und zog ihren Mantel aus. Dann beugte sie sich noch mal rein und warf ihn auf den Rücksitz. Sie nahm das Handy und die Papiere unseres Verfolgers aus ihrer Jeanshose und reichte mir beides. »Vielleicht findest du irgendetwas Interessantes.«

Ich nahm es und warf einen Blick drauf. Es war ein altes iPhone 8. Dann griff sie noch einmal in ihre Tasche und holte ein blutiges Tuch raus.

»Was ist das?«

Sie drückte es mir in die Hand. »Da wir kein Passwort haben, wirst du das brauchen.«

Ich spürte etwas Festes in dem Tuch. Als ich es aufschlug, sah ich einen abgetrennten Daumen. Sofort fiel mir das Schweizer Messer ein, das sie immer bei sich trug. »Scheiße ... was ...?«

Sie schnitt mir das Wort ab. »Ruf mich an, wenn jemand kommt!«

Einen Moment lang wollte ich widersprechen. Obwohl ich kein gutes Gefühl hatte, ließ ich es und sah zu, wie sie leicht gebückt über die Straße schlich, ohne sich umzuschauen. Im nächsten Moment war sie in der riesigen Einfahrt des Hauses verschwunden.

Als Erstes checkte ich die letzten Anrufe, aber keiner der Namen sagte mir etwas. Ich ging die Kontakte durch und stieß auf den Namen Pacult. Doch das Foto auf der Kontaktseite zeigte nicht den Mann, der mit Ostritz bei der Eröffnung des »La Pignata« gewesen war, sondern den jungen Typen, der mit Blücher ins Cantinetta gekommen war. Ich war verwirrt und brauchte ein paar Momente, ehe mir aufging, dass der Mann Pacults Sohn war. Clemens Pacult. Wie hatte Vince ihn genannt? Clem. Er war der Mann, dem sein Vater das Blacklist überschrieben hatte. Der Mann, der die Internetauftritte und Logos für Firmen designte. Der Mann, der bei Ostritz offenbar ein und aus ging. Ich scrollte weiter und stieß auf Elenas Chef, Jewgeni Sedorow. Diesmal passte das Foto zum Namen.

Während ich noch versuchte, die Zusammenhänge zu begreifen, zuckte plötzlich ein Lichtblitz im unteren vorderen Fenster von Ostritz' Haus. Im selben Moment schoss der Schmerz mit voller Wucht hinter meine Stirn. Ich schloss die Augen, konzentrierte mich auf meinen Atem und wartete darauf, dass sich die Welle zurückzog. Als ich nach ein paar Minuten wieder klar denken konnte, schlug ich die Lider auf und sah, dass der Jaguar aus der Einfahrt bog und in die entgegengesetzte Richtung davonfuhr. Durch die abgedunkelten Scheiben konnte ich nicht erkennen, wer am Steuer saß. Hektisch rief ich Natalie an. Es antwortete nur die Mailbox. Ich stieg aus dem Auto und rannte rüber zu Ostritz' Haus. Der Schein des Mondes, der über die Bäume in der Einfahrt fiel, badete das Grundstück in ein kaltes Licht. Hastig ging ich zum Hintereingang.

Die Terrassentür war wieder unverschlossen.

Der Raum war dunkel, als ich ihn betrat, und der Gestank von Zigaretten lag in der Luft. Nach ein paar Momenten hatten sich meine Augen an die Finsternis gewöhnt, und aus den Umrissen wurden Gegenstände. Ich lauschte, aber es war nur das Rauschen in meinen Ohren, das ich hörte. Der Motor, der die Maschine unter meiner Haut am Laufen hielt. Ich zog mein iPhone raus und schaltete die Taschenlampen-App ein. Das Zimmer war noch genauso, wie ich es in Erinnerung hatte, aber es fühlte sich anders an. Es fühlte sich an, als wäre das Leben aus dem Raum gewichen. Wie ein toter Raum. Als ich mit der Lampe auf den hellen Teppichboden strahlte, sah ich Blutflecken auf der Erde. Das Adrenalin raste durch meinen Körper und mein Blick schoss kreuz und quer durch die Gegend, ohne irgendwo Halt zu finden. Ein paar flache Atemzüge später begann ich die Dinge langsam wahrzunehmen. Ich warf einen kurzen Blick zu der riesigen Couch, auf der ein paar Modezeitschriften lagen. Gegenüber an der Wand hing ein großer Flatscreen und darunter auf einem Holzsideboard stand ein Sony DVD Rekorder, auf dem lose DVDs lagen. Ich ging rüber und sah sie mir mit zittrigen Händen an. Es waren Hollywood-Blockbuster...'Michael Clayton', 'Road to Perdition', 'Inception'. Aber auf einem stand in schwarzem Filzstift geschrieben: 'Little red Bunny.' Ich öffnete das Cover. Die Hülle war leer. Der Rekorder war im Stand-by-Modus. Ich schaltete ihn an und ließ die Lade ausfahren. Auch der Silberling war mit dem Titel 'Little red Bunny' beschriftet. Ich habe immer noch keine Ahnung, warum ich die DVD nicht mitgenommen habe, warum ich nicht zumindest einen Blick reingeworfen habe, warum bei dem Namen nicht das kleinste Licht in mir anging.

Aber es hätte nichts geändert.

Ich drückte den Open/Close-Button. Sie fuhr zurück in den Player. Als ich mich weiter umschauen wollte, hörte ich in einiger Entfernung eine Polizeisirene. Ich lauschte mit angehaltenem Atem, ob das Geräusch näherkam. Vielleicht hat jemand die Polizei alarmiert, dachte ich. Jemand, der mich in das dunkle Haus hatte gehen sehen. Jemand, der den Jaguar hatte wegfahren sehen. Jemand, der wusste, dass ich hier nichts zu suchen hatte. Vielleicht Ostritz selbst.

Das Geräusch der Sirene verstummte, und ich wollte meine Suche schon fortsetzen, als ich plötzlich das blau-weiß flackernde Licht durch das Wohnzimmerfenster sah.

Als ich den Garten betrat, sah ich zur Vorderseite über den Zaun. Zwei Beamte waren aus dem Streifenwagen ausgestiegen und gingen mit professioneller Bedächtigkeit und Vorsicht auf das Grundstück zu. Einer hatte eine Hand an seinen Pistolenhalfter gelegt, der an seinem Hosenbund hing. Ich rannte zur Rückseite des Hauses, bis ich am Ende des Gartens angekommen war. Meine Schritte gruben sich tief in den aufgeweichten Rasen. Mit einem Schwung hangelte ich mich den kopfhohen Zaun hoch, hievte mich vorsichtig über den Stacheldraht und sprang auf die asphaltierte Straße. Einen Moment blieb ich in der Hocke sitzen.

Dann rannte ich los.

Als ich den Laden aufschloss, empfing mich der vertraute Geruch von altem Holz und Staub. Die Laterne vor dem Laden beleuchtete die Auslage und den vorderen Bereich des Raumes. Ich ließ das Licht ausgeschaltet und ging zum Tresen, wo ich das Smartphone, das Natalie mir in die Hand gedrückt hatte, erneut checkte. Ich sah mir den Verlauf der Internetseiten an und stieß auf eine Homepage, die »Golden Pleasure« hieß. Die Schrift prangte rot in Großbuchstaben auf einem dunkelblauen Hintergrund. Auf den ersten Blick war nicht ersichtlich, um was für eine Art von Seite es sich handelte. Man brauchte ein Passwort, um Zugang zu ihr zu bekommen. Also holte ich noch einmal die Papiere von unserem Verfolger raus. Krassimir Bulatow. Ich sah mir das Foto an. Das Gesicht kam mir bekannt vor. Aber es dauerte einige Minuten, bis mir endlich einfiel, dass Bulatow einer von unseren Gegnern war, einer von denen, die mich bei dem Basketballspiel zu Boden gestreckt hatten. Dass ich einem von ihnen die riesige Narbe auf meinem Kopf zu verdanken hatte. Dass sie das Feuerwerk in meinem Kopf gezündet hatten. Ich riss mich von den Erinnerungen los und blätterte in den Papieren, ob ich irgendetwas fand, das mir half. Irgendetwas, das mir einen Hinweis auf das Passwort geben konnte. Irgendetwas, das mich herausfinden ließ, was »Golden Pleasure« war. Zuerst versuchte ich es mit seinem Namen. Krassimir Bulatow. Fehlanzeige. Ich versuchte es mit seinem zweiten Vornamen Dimitri. Nichts. Auch bei seiner Geburtsstadt Warna tat sich nichts. Als mir die Ideen ausgingen und ich schon nicht mehr damit rechnete, einen Blick hinter den Vorhang werfen zu können, versuchte ich es mit dem naheliegendsten.

Seinem Geburtsdatum.

Ich gab die sechs Zahlen ein und wurde freigeschaltet. Dann wurde ich aufgefordert, 500 Token für die Liveshow zu kaufen. Das entsprach 500€. Ich hatte keine 500€. Aber vielleicht waren bei Bulatows Papieren irgendwelche Kreditkarten. Zwischen allen möglichen Visitenkarten diverser Clubs und Restaurants fand ich tatsächlich eine goldene American-Express-Karte. Jetzt musste ich nur noch Glück haben, dass die Seite die AMEX akzeptierte. Viele Online-Händler lehnten American Express ab, weil sie zu hohe Abgaben verlangen. Ich gab die Daten ein und wartete … die Karte wurde abgelehnt.

Ich schaute auf mein Handy und drückte die Wahlwiederholungstaste für Natalies Nummer. Wieder sprang nur die Mailbox an. In Gedanken sah ich sie langsam auf Ostritz' Haus zugehen, und ich fragte mich, ob es das Letzte gewesen war, was ich von ihr sehen würde. Ich schloss die Augen und spürte den Druck auf meiner Brust, aber da war nur Dunkelheit und eine leise verzweifelte Stimme in mir, die sagte: »Du hast keine 500 Euro. Also lass dir was einfallen.« Als mein Herz wieder langsamer schlug, öffnete ich die Lider. Ohne große Erwartungen checkte ich noch mal den Fotoordner von Bulatows Handy. Im Ordner mit den gelöschten Fotos fand ich Bilder, die offenbar Screenshots von einer Liveshow waren. Das Ganze spielte sich in einem hohen, karg eingerichteten Raum ab. Es sah aus wie in einer Fabrik. In der Mitte stand eine Badewanne, in der eine junge rothaarige Frau lag, die mit dem Schaum auf dem Wasser spielte. Hier endete die Fotoreihe. Vielleicht waren die anderen Bilder schon gelöscht worden, überlegte ich. Das Programm löschte automatisch alle Bilder endgültig, die länger als dreißig Tage im Ordner waren.

Etwas an diesem Ort kam mir vertraut vor. Etwas darin hatte ich schon einmal gesehen. Ich scannte den Raum Zentimeter für Zentimeter ab. Die Emaille-Badewanne, den grauen Betonboden, die rostbraunen Backsteinwände, die zugeklebten Fenster und die großen Heizungsrohre, die an den Wänden entlangliefen. Hektisch klapperte ich in Gedanken alle Orte ab, die ich in den letzten Monaten gesehen hatte. Etwas war da, etwas, das ich kannte, etwas ...

... die Heizungsrohre.

Als das Taxi in einiger Entfernung von Ostritz' Haus hielt, sah ich, dass der Polizeiwagen noch dastand. Im Wohnzimmer brannte Licht. Mein Daimler parkte schräg gegenüber von dem Grundstück. Ich gab dem Fahrer zwanzig Euro, sagte ihm, dass er den Rest behalten könne, und stieg aus.

Mein Blick wanderte unsicher von der einen auf die andere Straßenseite. Alles war ruhig. Die Stadt ging ihren üblichen Geschäften nach, und ich wünschte mir, hinter einem von diesen beleuchteten Fenstern zu sitzen, eingehüllt in Unwissenheit und Bedürfnisse, die durch ein vertrautes Gesicht, einen Fernseher und einen Supermarkt zu befriedigen waren.

Nachdem das Taxi um die Ecke gebogen war, lief ich zu meinem eigenen Wagen und stieg ein. Dann startete ich den Mercedes und fuhr los.

Als ich vor dem E-Werk ankam, ließ ich das Fahrerfenster runter und lauschte, aber diesmal fuhr kein Ausflugsdampfer vorbei, auf dem sich Partygäste unterhielten. Der Wind trug keine Stimmen zu mir herüber. Trotzdem hörte ich Geräusche, das Summen weit entfernter Motoren, die Glocke der Rathausuhr und lautes Getöse, das von dem Grundstück drang. Die Bäume trugen keine Blätter mehr und die Luft schmeckte nach staubigem Eis. Ich dachte an Natalie und den Lehrer, Benoit. Ich fragte mich, was für eine Beziehung die beiden gehabt hatten, und was es für Natalie bedeutete, dass dieser Benoit tot war. Ich nahm mein Handy raus und googelte den Namen Benoit Balthasar. Tatsächlich fand ich nach einigem Scrollen einen alten Zeitungsausschnitt des Tagesspiegel mit der Überschrift »Französischlehrer am W. Gymnasium an Überdosis Schmerztabletten gestorben«. Als ich den dazugehörigen Artikel las, bestätigte sich mein Verdacht. Es war Benoit Balthasar. Er war an einer Überdosis Oxycodon gestorben.

Müde und deprimiert sah ich die Straße auf und ab. Es parkte kein einziges Auto am Spreeufer. Über dem Haupteingang hing eine kaputte Glühbirne und ich dachte daran, wie ich mit Natalie die Räume durchsucht hatte. Ich stieg aus und schaute in Richtung der riesigen Tanks, die auf dem Gelände neben dem Backsteingebäude standen. Als ich genauer hinsah, entdeckte ich, dass das Vorhängeschloss vor dem Metalltor lose in der Verankerung hing. Jemand hatte es aufgebrochen. Ich ging rüber und hörte, wie die Stimmen lauter wurden. Es waren die Stimmen von jungen Männern. Stimmen, die klangen, als hätte Alkohol ihre Zungen gelöst. Als ich vor dem Eingang stand, zögerte ich einen Moment. Ich versuchte herauszuhören, ob das, was hinter dem Tor lief, nur ein harmloser Spaß war, oder ob ich vielleicht in eine explosive Stimmung geriet, wenn ich durch dieses Tor ging. Ich dachte an Natalie und Josie, an Lea und das Kind in ihrem Bauch. Also zog ich das schwere Tor auf und ging auf das Grundstück.

Was hätte ich sonst tun sollen?

Es waren drei junge Männer etwa in meinem Alter, und als ich sie aus der Entfernung einige Momente lang beobachtete, war ich froh, dass ich mir in den letzten Monaten immer wieder die Haare raspelkurz hatte schneiden lassen. Mit den abgerissenen Jeans, Sneakers und der abgewetzten schwarzen Lederjacke gab es nicht viel, was mich äußerlich von ihnen unterschied. Sie waren die Sorte, bei denen man normalerweise die Straßenseite wechselte, wenn man nicht genug Selbstvertrauen hatte. Nicht, dass ich genug Selbstvertrauen hatte, aber wenn ich überhaupt irgendetwas finden wollte, dann würde ich mich auf dem Grundstück umsehen müssen. Ihre Zeit vertrieben sie sich damit, dass sie leere Flaschen in den offenen Kofferraum eines ausgebrannten VW-Polo warfen. Jeder Treffer wurde mit einem lauten Johlen bejubelt. Als sie mich sahen, unterbrachen sie ihr Spiel abrupt und starrten mich finster an. Sie hatten offenbar alle denselben Friseur, trugen ihre Haare an den Seiten kurz geschoren und oben deutlich länger. So wie man es jetzt überall sah. Trotz der jetzt doch empfindlich kühlen Temperaturen hatten sie nur Muskelshirts an. Einer von ihnen trug Knobelbecher, während die anderen beiden Chucks anhatten. Nach der ersten Überraschung entspannten sie sich und der Kräftigste von ihnen, der eine Flasche in der Hand hielt, lächelte und rief in meine Richtung. »Hey, hast du dich verlaufen?« Ich ging langsam zu ihnen rüber und überlegte, was ich sagen sollte. Im Rücken der drei befand sich ein kleineres Backsteingebäude, in dem die Fenster eingeschlagen waren. Es wirkte verwittert und schloss direkt seitlich an das Haupthaus des E-Werks an. Damit würde ich anfangen. »Wollte mich nur mal ein bisschen umsehen.« Schon als ich die Worte ausgesprochen hatte, wusste ich, dass es eine dumme Antwort gewesen war. Aber jetzt konnte ich sie schlecht zurücknehmen.

»Willst du mitspielen?«, lud mich der Kräftigste ein.

»Wobei denn?«, fragte ich unschuldig, langsam auf sie zugehend.

»Ach, wir machen so ein kleines Spiel. Die Karre mit einer Flasche treffen. Genauer gesagt, den offenen Kofferraum. Wer patzt, muss zehn Euro blechen.« Er nahm einen kräftigen Schluck aus der Flasche und aus der Nähe sah ich, dass es Absolut-Wodka war. Er grinste seine beiden Kumpels an. »Wir können auch erhöhen, wenn du willst.« Seine Freunde lächelten. Offenbar kapierten sie jetzt, was er vorhatte.

»Ich weiß nicht. Ich hab's nicht so mit werfen.«

»Womit hast du's denn?«, fragte der zweite, der blond gefärbte Haare und ein Ozzy Osbourne Tattoo auf dem linken

Oberarm hatte. Sein Blick wanderte hinter meinen Rücken. Vermutlich um zu sehen, ob ich alleine war.

»Keine Ahnung.«

Der Anführer betrachtete meinen Kopf. »Was ist mit deinem Kopf passiert?«

»Eine kleine Rangelei.«

Er grinste kalt. »Bist ein ganz Harter, was?«

Ich zuckte mit den Achseln.

»Also, wie sieht's aus? Bist du dabei?«

Mir war klar, dass ein Nein keine gute Idee war. »Ok. Warum nicht.«

»Na also. Wir haben da hinten haufenweise Munition«, deutete er breit grinsend auf eine große Batterie an leeren Flaschen, die vor den Stufen zum Eingang eines der Nebenhäuser rumlagen.

»Habt ihr hier in letzter Zeit mal einen schwarzen Jaguar gesehen?«

Der Kleinste, der die ganze Zeit geschwiegen hatte, starrte mich finster an. Er hatte ein Piercing in der linken Augenbraue und schräg über die Stirn eine Narbe, die schlecht vernäht worden war. Ich erwartete irgendeine böse Bemerkung. Aber er hielt den Mund, und ich fragte mich, ob er überhaupt reden konnte oder ob sein Schweigen nur seine Art war, Leute zu verunsichern. Leute, die sich leicht einschüchtern ließen. Leute, die einem langen Blickkontakt auf der Straße auswichen, weil sie keinen Ärger haben wollen. Leute, deren ständiger Begleiter die Angst war.

Ich wusste genau, wie sich diese Leute fühlten.

Der blond gefärbte zündete sich eine Zigarette an und betrachtete den Rauch, den er auspustete. Dann sah er mich an. »Hier kommen nicht viele Autos vorbei. Das macht den Ort ja so besonders.«

»Was ist mit dem Jaguar? Gehört er einem Freund von dir? Hast du Freunde, die einen Jaguar fahren?«, wollte der Anführer wissen.

»Nein, ich hab ihn hier nur mal gesehen und hab mich gefragt, ob er irgendwas mit dem E-Werk zu tun hat.«

»Ich glaube nicht, dass noch irgendjemand was mit der Ruine hier zu tun hat.« Er deutete mit einer ausladenden Armbewegung auf das verlassen wirkende Areal. »Oder was meinst du?«

»Wahrscheinlich nicht. Nein.«

Er nickte in Richtung des ausgebrannten Polo. »Also, zehn Meter Entfernung und dann in den Kofferraum von der Schrottkiste.« Ich folgte den Dreien zu den Flaschen. »Ok«, sagte er. »Dann leg mal los.«

Ich nahm eine leere Flasche Gin und warf sie zielsicher in den Kofferraum. Als ich die düsteren Blicke der drei sah, erklärte ich entschuldigend: »Anfängerglück.«

Sie versenkten eine Flasche nach der anderen in dem Polo. Ich tat es ihnen gleich und sah den wachsenden Unmut im Gesicht des Schweigsamen. Die anderen beiden zuckten nur mit den Achseln, sahen sich an und lächelten auf eine Art, die ich nicht entschlüsseln konnte.

»Wir sollten die Entfernung vergrößern«, sagte der Blonde. Der Anführer nickte ihm zu. »Ja, lass uns ein paar Meter weiter weggehen.« Wir gingen alle ein paar Schritte zurück. Nur der Schweigsame zögerte einen Moment und fixierte mich weiter. Er hatte nach wie vor kein einziges Wort gesprochen. »Du fängst an«, sagte er. Es waren seine ersten drei Worte und sie klangen, als würde er rostige Nägel ausspucken.

Ich nickte und überlegte, wie viel Geld ich in der Tasche hatte. Ich konnte mir drei Fehlwürfe erlauben und begann mit meinem ersten.

»Deine Glückssträhne ist offenbar zu Ende«, quittierte der Anführer meinen Fehlwurf mit einem zufriedenen Gesichtsausdruck.

Der Schweigsame murmelte etwas, das ich nicht verstand. Er ignorierte mich und warf. Die leere Flasche Whiskey landete sicher im Kofferraum. Seine Kumpels taten es ihm nach. Jetzt sah er mich an und hielt mir eine Hand entgegen. »Die Kohle.«

Ich zog zehn Euro aus der Tasche, und während ich das tat, wurde mir klar, dass ich mich getäuscht hatte. Dass nicht der Kräftige, sondern er der Chef von den Dreien war. Er sagte, wo es langging. Er bestimmte die Spielregeln. Er war der Typ, vor dem die anderen kuschten.

»Du bist dran.« Es war das erste Mal, dass so etwas wie der Anflug eines Lächelns über sein Gesicht huschte. Aber es war kein freundliches Lächeln. Es war ein kaltes Lächeln. Ein Lächeln ohne Mitgefühl. Ein Lächeln, das dir ohne Zögern eine Faust in den Magen rammen würde. Er wusste es, noch ehe die Flasche meine Hand verlassen hatte. Er nickte wissend, als sie einen halben Meter neben dem Kofferraum auf dem Boden zersprungen war. »Dachte ich mir«, sagte er leise zu sich selbst.

Die Drei trafen mühelos und wieder hielt der Schweigsame die Hand auf. Wieder legte ich einen Zehneuroschein rein. »Noch mal«, deutete er mit einem Nicken in Richtung Polo.

Unsicher hob ich eine weitere Flasche auf und überlegte. Mir gefiel nicht, in welche Richtung das Ganze lief. »Ich glaub, für mich war es das«, sagte ich mit einem hilflosen

Grinsen. Ich ließ die Flasche wieder fallen und steckte die Hände in die Hosentaschen und zog sie wieder raus, um zu signalisieren, dass ich kein Geld mehr hatte. Was nicht stimmte.

»Heb die Flasche auf«, forderte der Schweigsame mich mit einem durchdringenden Blick und gedämpfter Stimme auf.

Jetzt merkte ich das erste Mal, dass er leicht lispelte. »Wieso? Was macht das für einen Sinn? Ich habe kein Geld mehr.«

»Heb sie einfach auf.«

Ich hob sie auf.

»Und jetzt wirf. Aber richtig.«

»Richtig?«

»Du weißt schon, was ich meine.«

Ich wusste, was er meinte. Ich spürte, wie mein Körper leicht zu vibrieren begann und warf. Die Flasche landete im Kofferraum. Es war eine lächerliche Entfernung für ein so großes Ziel, und ich hätte die Flasche vermutlich auch mit verbundenen Augen in dem Polo versenkt.

»Weißt du, was das Dumme ist?«, fragte er.

Ich schüttelte langsam den Kopf und spürte, wie der Motor unter meiner Haut ansprang.

Er lächelte wieder. Diesmal fast freundlich. Aber nur fast. Ich spürte, dass hinter diesem Lächeln etwas Unberechenbares lauerte. »Manchmal hat man nur die Wahl zwischen Pest und Cholera«, sagte er.

Ich starrte ihn ungläubig an. Vielleicht wäre gar nichts passiert. Vielleicht hätten die Drei einfach ihr Spiel fortgesetzt und mich nicht weiter beachtet, wenn ich einfach gegangen wäre. Vielleicht hätten sie mir auf die Schulter geklopft und mir einen schönen Abend gewünscht. Zufrieden damit, mir ein paar Euro abgeknöpft zu haben. Zufrieden, Geld für ein paar Flaschen Wodka aufgetrieben zu haben. Zufrieden über ein bisschen Abwechslung. Obwohl ich nicht darauf wetten würde. Der Schweigsame fühlte sich gelinkt. Ich hatte ihn hinters Licht geführt oder es zumindest probiert, und ich spürte, dass er mir das nicht durchgehen lassen würde.

Was dann folgte, war nur ein automatischer Impuls, eine Entscheidung zwischen Kampf oder Flucht, und etwas in mir entschied sich für Flucht. Im Nachhinein glaube ich, dass das ihren Jagdinstinkt erst geweckt hat. So wie ein Hund nichts mit einem Ball anzufangen weiß, bevor jemand ihn kickt. Ich warf einen Blick über ihre Schultern, um die Möglichkeiten auszuloten. Der Blonde versperrte mir den Weg zum Ausgang. Mir blieb nur die Möglichkeit, zu einem der Nebenhäuser zu rennen, an deren Wänden Feuerleitern waren, die auf die Dächer führten. Ich zählte drei. Alle Türen waren geschlossen. Aber ich konnte es zumindest probieren. Vielleicht hatte ich Glück.

Als ich lossprintete, blieben die Drei zunächst verdutzt stehen. Ich weiß noch, wie ich dachte, dass sie vielleicht bis zehn zählen würden, ehe sie die Verfolgung aufnahmen. Doch es dauerte nur einige unschlüssige Sekunden, ehe sie mir hinterherrannten. Schon als ich ein paar Meter von der ersten Tür entfernt war, verwarf ich meine Idee. Wenn sie verschlossen war, säße ich in der Falle. Also entschloss ich mich, die Feuerleiter an der Seite des ersten Hauses hochzuklettern. Meine Hände waren feucht, und ich bekam die rostigen Metallstangen nur schwer zu fassen. Als ich an einer Stufe hängenblieb, packte mich eine Hand am linken Knöchel. Ich drehte mich um und sah, dass es der war, den ich anfänglich für den Anführer gehalten hatte. Ich trat einmal kräftig zu, und er ließ fluchend los. Jetzt würde es ganz sicher kein klärendes Gespräch mehr zwischen uns geben.

Als ich auf dem Dach war, erkannte ich, dass ich nun erst recht in der Falle saß. Es gab kein Entkommen von hier oben. Kein Weg, der zu einem anderen Gebäude führte. Keine zweite Leiter, die ich wieder runterklettern konnte. Nichts, was einen Ausweg bot. Ein paar Momente später waren meine drei Verfolger oben. Ich lief zum anderen Ende des Daches. Auf zwei Drittel der Strecke war ein riesiges etwa drei mal drei Meter großes Fenster. Unschlüssig hielt ich an und sah die drei Typen seelenruhig auf mich zukommen.

»Wieso bist du weggerannt?«, fragte der Schweigsame schmunzelnd. »Ich glaube, du hast zu viel Fantasie.«

Sie blieben einen Augenblick stehen. Ein Teil von mir wollte ihm glauben. Aber der andere Teil wusste es besser. Ich holte mein Handy aus der Hosentasche, sah auf das Display und überlegte Vince anzurufen. Für eine Sekunde schoss ein Anflug von Hoffnung durch meinen Kopf. Er verpuffte beim nächsten klaren Gedanken. »Weshalb geht ihr dann nicht wieder runter?«, fragte ich mit dünner Stimme.

»Machen wir, wenn du mitkommst. Du hast immer noch die Chance, dein Geld zurückzugewinnen.«

Ich sah durch das dreckige Glas, aber es dauerte ein paar Sekunden, bis mir klar wurde, dass das da unten die Halle war, die Brandt gefilmt hatte. Dass er von hier oben das Video gedreht hatte, das wir auf seinem iPad gefunden hatten. Der Raum war etwa vier fünf Meter hoch. Ein Sprung war keine Option. Genauso gut hätte ich einen Satz vom Dach machen können. Doch als ich noch mal genauer hinsah, erkannte ich, dass eine große Wanne direkt unter mir auf dem Boden stand. Eine Wanne, die mit Wasser gefüllt war. Die

Drei kamen näher, und als sie nur noch zwei Meter von mir entfernt waren, schaltete sich irgendetwas in meinem Kopf ab, und ich machte einen Satz direkt in das Fenster. Es zerbrach in tausend Teile, als ich durch das Glas sprang und ins Dunkel fiel. Ich krachte mit dem Rücken auf das Wasser, mein Kopf schlug gegen den Rand der Wanne, und ich blieb ein paar Momente benommen liegen. Als ich die Augen öffnete, sah ich den Schweigsamen kopfschüttelnd zu mir runterblicken. Im nächsten Augenblick war sein Gesicht verschwunden, und ich hörte, wie sich die Stimmen der drei langsam entfernten. Mein Hinterkopf und mein Kreuz taten höllisch weh und ich spürte, dass irgendetwas mit meinem rechten Knöchel nicht in Ordnung war.

Als ich mich gesammelt hatte, stieg ich aus und sah mich um. Über dem Waschbecken hing ein Stromkabel, an dem eine Glühbirne baumelte. Ich humpelte hin und betätigte den Schalter, der daneben an der Wand war. Jetzt konnte ich den gesamten Raum überblicken. Er war noch größer, als ich gedacht hatte. Vielleicht zweihundert Quadratmeter. Die Backsteinwände, der graue Zementboden, die Heizungsrohre. Ich hatte keinen Zweifel, wo ich war. In den Ecken an der Decke hingen die Kameras, die in kleinen Metallhalterungen befestigt waren. Es waren dieselben Halterungen, wie die, die die Polizei in dem ausgebrannten Lieferwagen gefunden hatte. Mir fiel die Schraube ein, die ich eingesteckt hatte, als ich das erste Mal mit Natalie in dem E-Werk war. Ich zog sie aus meiner Jeanshose. Ein winziges Detail, das zu den Halterungen passte. Ich schleppte mich langsam zu der Metalltür, um zu sehen, ob sie verschlossen war. Natürlich war sie das.

Aber am anderen Ende des Raums war noch eine Tür, die vermutlich zum Hauptgebäude führte. Daneben standen ein halbes Dutzend offene Metallspinde. Langsam humpelte ich in Richtung Tür und drückte die Metallklinke.

Verschlossen.

Von draußen hörte ich die drei Typen grölen. Erneut ging eine Scheibe zu Bruch. Ich setzte mich hin und lehnte gegen die Wand. Langsam fuhr mein Körper das Adrenalin zurück. Als ich keine Geräusche mehr von draußen hörte, stand ich wieder auf.

Neben dem Eingang, vor dem ich stand, lag ein kleines schwarz gestrichenes Fenster. Als ich versuchte, es zu öffnen, merkte ich, dass man es versiegelt hatte. Ich überlegte ein paar Sekunden, dann stieß ich kräftig mit dem Ellenbogen dagegen und hörte, wie das Glas in kleine Teile zersprang. Einen ängstlichen Augenblick lang lauschte ich, ob die drei Typen das Splittern der Scheibe gehört hatten. Doch sie waren offenbar abgezogen, denn das Einzige, was die Stille störte, waren weit entfernte Motorengeräusche. Ich zwängte mich durch das kleine Fenster und zog mir dabei eine schmerzhafte Schnittwunde am Unterarm zu. Nachdem ich mich endlich durch die schmale Öffnung geschoben hatte, ließ ich mich wie ein Sack zu Boden fallen. Schwerfällig rappelte ich mich auf und humpelte in Richtung Ausgang. Als ich im Auto saß, schaute ich zur Seite auf das unruhige Wasser der Spree und überlegte, was ich tun sollte.

Ich rief Vince an.

Mailbox.

Es blieben nicht viele Optionen.

Ich sehe, dass sie zugedröhnt ist, als sie den Laden betritt. Nichts bringt diese Mädchen besser unter Kontrolle, als sie an das Zeug zu gewöhnen. Und sie gewöhnen sich schnell daran. Der Nerd hat das begriffen. Als sie zum Tresen kommt, fallen mir trotz des schummrigen Lichts sofort die blauen Flecken an ihren Beinen und ihrem Hals auf. Aber neben den Tattoos, die sie nicht mehr mit Schminke verdeckt, stechen sie kaum heraus. Die Schonfrist ist vorbei. Der Nerd hat sie jetzt für das härtere Programm rekrutiert. Die Männer aus der Botschaft wollen Frischfleisch. Aber die harte Tour lässt sie schneller verwelken. Die tiefen Ringe unter den Augen und der erschöpfte Blick machen sie zehn Jahre älter. Ihre Schwester würde sie nicht wiedererkennen. Sie nimmt einen schnellen Drink an der Bar, ohne darauf zu achten, was um sie herum passiert. Als sie nach hinten zum Spielzimmer geht, sehe ich in Gedanken bereits die Striemen und Blutergüsse auf ihrer Haut, die sich wie Souvenirs am Ende des Abends neu auf ihrem Körper abzeichnen werden. Sie wird mindestens eine Woche brauchen, um wieder auf die Beine zu kommen.

Ich glaube, sie ist soweit.

20

Als ich gegenüber von Blüchers Haus parkte, zögerte ich einen Moment. Es war nur ein automatischer Impuls, mein Handy rauszuholen und die Wahlwiederholungstaste zu betätigen. Natalies Stimme erklang auf der Mailbox. Ich drückte sie weg und dachte an unseren letzten Nachmittag im Olympiastadion. Es war der Tag nach der Abifeier. Ich wusste es noch nicht, aber es sollte das Ende unserer gemeinsamen Zeit sein. Josie würde sich danach nicht mehr melden, und mit ihr würde auch Natalie aus meinem Leben verschwinden. Am folgenden Abend wollte sie für drei Monate nach Thailand fliegen, um sich eine Auszeit zu nehmen, wie sie sagte. Josie zog einsam ihre Bahnen, während wir nebeneinander unter einem Schirm am Beckenrand saßen, um uns vor dem Regen zu schützen. Das Stadion war fast leer. Natalie zog ihre Knie an die Brust. Ich konnte den schwarzen Nagellack auf ihren Zehen sehen, die Gänsehaut auf ihren Beinen, ihre geröteten Knöchel. Und ich roch den frischen Pfirsichduft ihres Shampoos, das sich mit dem Chlorgeruch des Wassers vermischte. Mir war klar, dass es die Chance war, sie zu fragen. In wenigen Minuten würde Josie ihr Programm beenden und wir wären wieder zu dritt. Sie sah mich an, lächelte und die Worte lagen mir auf der Zunge. Mein Körper war bis aufs Äußerste angespannt, und als ich schließlich alles zusammennahm, was von meinem jämmerlichen Mut übrig geblieben war, stand sie auf und sprang ins Wasser.

Danach hatte ich mich immer gefragt, ob sie gesprungen war, um meiner Frage auszuweichen. Ob sie diesen peinlichen Moment vermeiden wollte. Oder ob sie vielleicht wegen Josie gesprungen war. Solche Fragen können einen jahrelang begleiten. Zumindest erging es mir so. Die Antwort darauf würde ich nun vielleicht nie mehr bekommen.

Mein Blick fiel die menschenleere Straße entlang und ich dachte wieder daran, dass es keinen Plan B gab. Also stieg ich aus und ging zu dem großen Grundstück. Es war eine Jugendstilvilla mit riesigem Vorgarten und zwei runden Säulen am Hauseingang. Auf dem Rasen hätte man problemlos einen Tennisplatz errichten können. Das Wort 'Wow' geisterte durch meinen Kopf. Alles an diesem Anwesen war imponierend, und ich bekam eine vage Vorstellung davon, was Blücher mit seinen Geschäften verdiente. Als ich über die Straße lief, sah ich, dass er mit einem Glas Wein am Fenster stand und mich beobachtete. Er lächelte mir zu und verschwand dann aus meinem Blickfeld.

Noch bevor ich am Eingang klingelte, ging der Summer. Ich öffnete das schwere Metalltor, um die Einfahrt zum Hauseingang hochzugehen. Im nächsten Moment stand Blücher in der Haustür. Ich habe keine Ahnung, weshalb, aber sein Anblick machte mir Mut. Er wartete in einem Bademantel und nassen Haaren im Eingang und lächelte mir zu. Es war ein warmes Lächeln. Ein Lächeln, bei dem man Schutz finden konnte, bis der Sturm vorübergezogen war. Ein Bild, das mir gefiel. Aber ich brauchte mehr als das.

Er winkte mich zu sich. »Hallo Daniel, komm rein.«

»Hi. Ich hoffe, ich störe nicht.« Ich ging die paar Stufen zur Haustür hoch, nickte und gab ihm die Hand. Meine Sachen waren immer noch klitschnass. Ich zitterte.

»Nein. Ich bin nur ein paar Bahnen geschwommen.« Jetzt sah er, in welchem Zustand ich war. »Was ist denn mit dir passiert?«

»Ist eine lange Geschichte.«

»Okay. Geh durch. Immer geradeaus Richtung Wohnzimmer.«

Ich ging an ihm vorbei durch einen holzgetäfelten Flur, in dem Schwarz-Weiß-Fotos von ihm und Größen aus Politik und Kultur hingen. Beim Anblick all der bekannten Gesichter fasste ich Vertrauen in meine Entscheidung, ihn angerufen zu haben, und als er mir von hinten freundschaftlich eine Hand auf die Schulter legte, um mich durch den Flur zu geleiten, hatte ich für ein paar Momente die Hoffnung, dass alles gut werden könnte. Dass er der derjenige war, der meine Probleme lösen würde.

Ich weiß nicht, was ich erwartet hatte, als ich in das Wohnzimmer kam. Vermutlich etwas Protzigeres. Aber der Raum war auf angenehme Weise unspektakulär eingerichtet. Ein weinroter Teppich über dem dunklen Dielenboden, eine u-förmige beigefarbene Couch, die an einer langen Wand stand, davor ein flacher viereckiger Tisch, ebenfalls aus dunklem Holz und an den Wänden Sideboards, auf denen Zeitungen und Magazine lagen. Das Wohnzimmer ging direkt über in eine offene Küche, wo Blücher mich zu zwei Hockern dirigierte, die vor einem Tresen standen. Er war offenbar dabei gewesen, sich etwas zu essen zu machen, denn auf der Arbeitsplatte lagen ein Salatkopf, Tomaten, Karotten, Zwiebeln und ein Bund Petersilie. Daneben standen eine offene Flasche Weißwein und ein Glas. In der Luft lag der Geruch von Knoblauch und Duschgel. Alles war angenehm unspektakulär. Er bedeutete mir, auf einem Hocker Platz zu nehmen.

»Möchtest du auch etwas trinken? Einen Tee?«

»Ja. Danke.«

Er nahm eine Tasse aus dem Regal über der Arbeitsplatte und füllte den Wasserkocher auf, der neben der Spüle stand. »So lange einen Schluck Wein?«

Ich nickte.

Er nahm noch ein Glas aus dem Regal und goss es halb voll. »Also, was gibts so Wichtiges?«

Ich wusste nicht, wie ich anfangen sollte. Ich wusste nicht, ob ich ihm trauen konnte oder ob ich nicht gerade einen großen Fehler beging. Hastig nahm ich das Glas, und obwohl mir der Wein zu trocken war, kippte ich ihn in einem Schluck runter. »Kennen Sie einen Mann namens Ostritz?« Ich sah ihn an und wartete nicht nur auf eine Antwort, sondern vor allem auf eine Reaktion.

Ich wusste ja, dass er ihn kannte.

Er zuckte nur unbeteiligt mit den Achseln. »Kennen wäre zu viel gesagt. Er ist ein Gast und schickt mir manchmal eine Aushilfe, wenn wir knapp besetzt sind. Was ist mit ihm?«

Ich war kein Spezialist in diesen Dingen, aber es sah nicht aus, als wenn der Name Ostritz mehr als routinierte Langeweile bei Blücher auslöste. Er nippte an seinem Glas. »Macht es dir was aus, wenn ich hier weiter schnippele?«, fragte er unaufgeregt.

»Nein. Klar.«

Er nahm ein großes Messer und begann die Karotten gekonnt in dünne Scheiben zu schneiden. »Also, was ist mit Ostritz?«

Ich zögerte. Die Alternative wäre gewesen, mit leeren Händen abzuziehen. Ohne eine Idee, was ich dann tun sollte.

Keine Aussicht, die mir sonderlich gefiel. Vince arbeitete seit vielen Jahren mit Blücher zusammen, und er hatte noch nie ein schlechtes Wort über seinen Chef verloren. Blücher behandelte seine Angestellten gut und gab auch Leuten eine Chance, die Probleme mit dem Gesetz bekommen hatten. Zwei seiner Tellerwäscher waren ein paar Jahre wegen schwerer Körperverletzung eingefahren. Und dass er selbst Eddie, seinem Cousin, der laut Vince immer wieder in die Kasse griff, um seine Spielsucht zu befriedigen, die Stange hielt, wertete ich als ein Zeichen von Loyalität und Verbundenheit. Dass er mit Drogen dealte ... ok. Aber was hieß das schon? Verdammt, die Leute wussten doch, worauf sie sich einließen. Die Wahrheit ist, ich wollte ihm meine Geschichte erzählen. Also griff ich nach allen Strohhalmen, die ich zu fassen bekam. »Wissen Sie, dass er junge Frauen vermittelt?«

Er sah nicht auf und schnitt weiter die Karotten. »Ja. Er hat eine Agentur.«

Ich nahm die Flasche und goss mir noch ein Glas voll. Aus den Augenwinkeln sah ich, dass er schmunzelte. Dann kippte ich auch das zweite Glas in einem Schluck runter. »Wissen Sie auch, dass ein paar der Mädchen, die er vermittelt hat, tot sind?«

Er schaute verblüfft auf und legte das Messer beiseite. Und dann erzählte ich ihm in groben Zügen von Lea und Josie, von den toten Mädchen im Wald, von »Golden Pleasure« und von Natalies Verschwinden in Ostritz’ Haus. Die Worte sprudelten nur so aus mir heraus, und als ich fertig war, spürte ich ein Gefühl der Erleichterung. Als käme ich direkt aus dem Beichtstuhl. Aber schon im nächsten Moment meldete sich eine leise Stimme, die sich fragte, ob mein Vortrag eine gute Idee war. Ob Blücher der Beichtvater war, den ich brauchte. Ob er wirklich auf meiner Seite war.

»Hast du die Polizei gerufen?«

»Nein. Ich weiß nicht, ob ich denen trauen kann.«

»Weiß Vince davon?«

»Ich hab ihn nicht erreicht. Auf seinem Handy geht nur die Mailbox ran. Der Barkeeper meinte, er ist mit Eddie losgezogen. Pokern.«

»Und was willst du jetzt machen?«

Ich sah ihn hilflos an. »Ich habe keine Ahnung.«

Gedankenverloren griff er sein halb volles Glas und nahm einen Schluck. Es sah aus, als müsse er das Gesagte erst mal verarbeiten. Als hätte er Schwierigkeiten zu begreifen, worin Ostritz da möglicherweise verstrickt war. Als suchte er nach den Koordinaten für eine Karte, die ihm vollkommen fremd war.

»Ich meine, ich weiß nicht, ob Ostritz etwas mit der Sache zu tun hat. Vielleicht hat es ja gar nichts zu bedeuten.«

Er sah mich skeptisch an. »Glaubst du das?«

»Ehrlich gesagt, nein.« Ich spürte, wie ich wieder zu zittern begann. Die nassen Klamotten klebten an meiner Haut wie Abziehfolie. Mein Körper fiel langsam unter Betriebstemperatur. »Vor Ostritz' Haus stand ein schwarzer Jaguar mit abgedunkelten Scheiben. Kennen Sie den?«

Er schüttelte den Kopf. »Erinnerst du dich, was ich dir im Cantinetta gesagt habe?«

Ich nickte.

»Klingt nicht, als hättest du es beherzigt.« Er sah mich ernst an.

Ich wusste nicht, was ich sagen sollte.

»Das war ein Fehler. Ein großer Fehler. Ist dir das klar?«

Auch wenn ich es anders sah, gab ich ihm recht. »Ja, vermutlich. Tut mir leid.«

»Ich weiß nicht, wie ich dir jetzt noch helfen kann.« Er seufzte und sah, dass ich fror. »Du solltest die nassen Sachen ausziehen. Im Badezimmer ist ein Bademantel. Deine Kleidung kannst du in den Trockner stecken.« Er deutete in Richtung Flur. »Die erste Tür rechts.«

Ich nickte und ging zum Bad. Es war ein perfekt ausgestattetes Gästebadezimmer mit Wanne, Dusche und Bidet. Das Licht war dezent, und in den Ecken hingen kleine Boxen, aus denen leise Jazzmusik drang. In der Luft hing ein künstlicher Vanillegeruch. Nachdem ich mich ausgezogen und den dunkelblauen Frotteebademantel übergezogen hatte, wusch ich mir die Hände und sah in den Spiegel über dem Waschbecken. Ich dachte an amerikanische Filme, in denen hinter riesigen Spiegeln Polizisten standen, um Verdächtige weichzukochen, bevor sie sie in die Mangel nahmen. Ich öffnete den Spiegelschrank über dem Becken, aber da war nur der übliche Bestand von Aspirin, Ibuprofen, Paracetamol etc. Im untersten Regal stand ein kleines Fläschchen Desinfektionsspray, dessen Kappe fehlte. Ich schloss den Schrank und suchte nach einer Möglichkeit, mir die Hände abzutrocknen. Neben dem Waschbecken lagen zusammengefaltete Papiertaschentücher. Ich nahm zwei und trocknete mich ab. Mit einem Fuß öffnete ich den kleinen weißen Plastikpapierkorb, der neben dem Waschbecken stand, und warf die Handtücher rein.

Das Wahrnehmen kam mit Verzögerung.

Und ich war mir auch nicht sicher, ob das Bild nicht nur meiner Einbildung entsprang. Aber als ich den Papierkorb noch einmal öffnete, waren sie immer noch da. Unter denen, die ich hineingeworfen hatte, lagen rot gefärbte Tücher. Noch bevor ich sie mir genauer ansah, wusste ich, dass es Blut war.

Ich dachte an das Blut in Ostritz' Haus, an Natalies Wunde, an den schwarzen Jaguar, der aus der Einfahrt gefahren war. Aber vielleicht waren die rot gefärbten Tücher nur einem Unfall geschuldet, der überhaupt nichts mit Natalie zu tun hatte. Vielleicht hatte sich Blücher beim Rasieren verletzt oder beim Salatschneiden geschnitten. Durch meinen Kopf schwirrten haufenweise Möglichkeiten. Am Ende war ich mir nicht mehr sicher, ob ich in Schwierigkeiten steckte oder ob meine Fantasie einfach nur mit mir durchging. Blitzschnell zog ich meine nassen Sachen wieder an, trat aus dem Gästebad und warf einen kurzen Blick nach rechts, wo ich Blücher nachdenklich über seinem Glas Wein sitzen sah. Im selben Moment schaute er auf und lächelte schwach. Ich sagte kein Wort und ging den Flur in die entgegengesetzte Richtung zum Ausgang.

»Daniel ... alles in Ordnung?«, rief Blücher mir überrascht hinterher.

Ich antwortete nicht und beschleunigte meinen Schritt. Kurz bevor ich die Klinke ergriff, fragte ich mich, was ich machen sollte, wenn die Tür abgeschlossen war. Ich hatte keine Antwort ...

... aber sie war offen.

Als ich auf der Straße ankam, drehte ich mich noch einmal um und sah Blücher am Treppenabsatz stehen, verblüfft, unschuldig, besorgt, und für einen kurzen Moment überlegte ich, zurückzugehen.

21

Es hatte angefangen, zu regnen, und in die Tropfen mischten sich erste Schneeflocken. Das quietschende Geräusch der Scheibenwischer bohrte sich in mein Gehirn, und meine Narbe begann zu kribbeln. Als ich die Alleen hinter mir gelassen hatte und den Hohenzollerndamm in Richtung Fehrbelliner Platz fuhr, kam mir ein Streifenwagen mit eingeschalteter Sirene entgegen. Ich zuckte kurz zusammen, weil ich den Wein in meinem Blut spürte. Doch die Streife schenkte mir keine Beachtung. Aber sie lenkte meine Gedanken in eine neue Richtung.

Ich dachte an den Abend, an dem Natalie und ich das Grab im Wald gefunden hatten; an den Moment, als die Streife mit Blaulicht den lehmigen Weg auf uns zugefahren war. Und plötzlich hörte ich die Stimme von Bergmann, dass wir lieber verschwinden sollten, wenn wir keinen Ärger bekommen wollten. Dass er sich später melden würde, wenn er mehr wüsste. Ich griff nach hinten und zog Natalies Mantel von der Rückbank. In der rechten Seitentasche fand ich die Visitenkarte. Nach dem zweiten Klingeln ging er ran.

Er wartete vor dem Präsidium, als ich ankam. Ein untersetzter unförmiger Mann mit hängenden Schultern und tranigem Blick. Zunächst erkannte er mich nicht. Die Straße vor dem Revier war schlecht beleuchtet, weil eine der Laternen ausgefallen war und ein Taxi vermutlich nicht das war, was er erwartet hatte. Erst als ich direkt vor ihm hielt, registrierte er, dass ich es war. Als er Platz genommen hatte, sah er zum Eingang des Präsidiums. Dann wandte er sich zu mir. »Fahr los.«

»Wohin?« Ich sah ihn an, aber sein Blick lag weiterhin auf dem Eingang des Präsidiums.

»Egal. Fahr erst mal los. Und erzähl mir genau, was passiert ist.«

Als ich fertig war, sah er nicht aus, als hätte er irgendeinen Plan. Er sah aus, als könne er sich keinen Reim auf die Geschichte machen. Als hätte ihn das, was ich erzählt hatte, nur verwirrt, und für einen Moment überlegte ich, ob es eine gute Idee gewesen war, ihn anzurufen. Wie er da neben mir saß in seinem schlecht geschnittenen Jackett und den beigefarbenen Cordhosen, wirkte er wie ein in die Jahre gekommener Mann, der bestenfalls noch für einen Job am Schreibtisch taugte. Ein Mann, der bald Tauben füttern würde und nachmittags Kochsendungen im Fernsehen sah, bis sein Kinn auf die Brust sackte, und der sich beim Erwachen in der Dämmerung fragte, wo der Tag geblieben war. Ein Tag, der sich nicht von dem vorherigen oder dem folgenden unterscheiden würde.

»Und dieser Blücher ist ein Freund von dir?«

»Nicht direkt. Ein Freund von einem Freund.«

»Und du denkst, dass er etwas mit der Sache zu tun hat?«

»Ich weiß es nicht. Erst dachte ich, ja. Aber jetzt bin ich mir nicht mehr sicher. Das Blut könnte von allem Möglichen sein. Aber er kennt Ostritz. Er macht Geschäfte mit ihm.«

»Und er hat nicht versucht, dich aufzuhalten, als du gegangen bist?«

»Nein. Er schien nur überrascht.«

Er sah unruhig in den Rückspiegel. »Du hättest eins dieser

Handtücher mitnehmen sollen.«

Ich nickte schuldbewusst, während ich ohne Ziel durch die abendliche Stadt fuhr. Ich hatte das Fenster auf meiner Seite zur Hälfte runtergelassen. Der Regen war komplett in Schnee übergegangen und wehte jetzt in den Wagen. Aber die kalte Luft tat gut. Sie verhinderte, dass meine Gedanken über die Ränder traten. »Natalie hat gesagt, dass sie bei der Ermittlung gegen Ostritz gelinkt worden ist.«

Er schien überrascht. »Gelinkt? Von wem?«

»Einen von Ihren Leuten.«

Er blickte mich von der Seite an. »Brandt war kein guter Einfluss«, unterbrach Bergmann meine Gedanken. »Als sie sich von ihm getrennt hat, ging es langsam wieder bergauf. Die Kleine, die sie da bei Ostritz eingeschleust haben, ist aufgeflogen, weil sie eine Anfängerin war und Brandt seine sieben Sinne nicht mehr beieinanderhatte. Sie haben sie einfach ins kalte Wasser geworfen.« Er drehte sich um und warf einen langen Blick durch die Heckscheibe. Dann sank er in seinen Sitz zurück.

»War diese Geschichte der Grund für die Probleme mit den Kollegen?«

»Es war einer auf einer langen Liste. Sie hält sich nicht gerne an Spielregeln. Wie Brandt. Es gab eine Menge Beschwerden. Und irgendwann war das Fass einfach voll.«

»Haben Sie eine Ahnung, weshalb sie zur Polizei gegangen ist … ich meine …«

»Du meinst, sie ist nicht der Typ …«

Ich nickte und konnte sehen, dass ihm der Gedanke nicht fremd war.

»Es hatte wohl private Gründe. Sie hat nie darüber gesprochen. Nur einmal, als sie bei einer Weihnachtsfeier zu tief ins

Glas geschaut hatte, kamen ihr ein paar kryptische Sätze über die Lippen. So, wie ich das verstanden habe, ist jemand aus ihrem Umfeld an einer Überdosis gestorben. Ich glaube, deshalb wollte sie zum Drogendezernat. Mehr weiß ich nicht. Sie ist ja niemand, der einem bereitwillig sein Herz ausschüttet.«

»Kennen Sie Brandt gut?«

Er rieb sich mit einer Hand träge den Hinterkopf, und die Geste spiegelte die ganze Trostlosigkeit seiner Erscheinung wider. »So gut man einen Kollegen eben kennen kann. Brandt ist eine Legende, er hat die höchste Aufklärungsrate. Everybody's Darling. Deshalb hat man ihm so einiges durchgehen lassen. Er mag schöne Frauen, und für sie war es einfach eine Chance. Als er Natalie unter seine Fittiche nahm, ging es schnell bergauf mit ihr. Immer zwei Sprossen auf der Karriereleiter. Aber er ist ein labiler Typ, trinkt gerne einen über den Durst und probiert alles aus. Und wenn du beim Drogendezernat arbeitest, ist das keine gute Kombination.« Er zuckte unbeteiligt mit den Achseln. »Es gibt Menschen, die spielen gerne mit dem Feuer. Es gibt ihnen einen Kick. Habe ich nie verstanden. Aber das kombiniert mit dem Glauben, alles unter Kontrolle zu haben, ist eine ziemlich gefährliche Mischung.« Die Scheinwerfer entgegenkommender Autos streiften sein Gesicht und zeigten eine verblüffende Teilnahmslosigkeit. Wenn es auf dieser Miene einmal einen lebendigen Ausdruck gegeben hatte, war er vor langer Zeit auf und davon.

»Und die Suspendierung?«, versuchte ich es noch einmal.

Er zögerte, atmete tief durch und schüttelte den Kopf. Ich weiß nicht, warum er meine Frage diesmal beantwortete. Vielleicht weil er keine große Hoffnung mehr hatte. »Wie es aussieht, haben die beiden Drogen aus der Asservatenkammer abgezweigt.«

Ich ließ die Information sacken. In Gedanken sah ich Natalies müdes Lächeln und hörte die ersten Töne von Chris Isaaks »Graduation Day« in meinem Kopf. Den Song vom letzten Abend, den sie in ihrer Wohnung gespielt hatte. Der Song und ihr Blick waren alles, was ich brauchte, um Bergmanns Worte hinter mir zu lassen.

»Gibt es Kollegen, denen Sie vertrauen können?«, fragte ich Bergmann schließlich.

»Ja, aber bevor ich die in die Sache reinziehe, muss ich irgendetwas Handfestes haben. Keiner wird sich für Natalie krumm machen nach der Sache mit den Drogen und den Beschuldigungen. Die Tatsache, dass sie verschwunden ist, wird niemanden auf dem Präsidium interessieren, nachdem sie so vielen ans Bein gepinkelt hat.«

»Was wollen wir machen?«

Er überlegte einen Moment. »Wir sollten noch mal zu diesem Blücher fahren. Ich werde mal mit ihm reden.«

»Sind Sie sicher, dass das eine gute Idee ist?«

»Hast du eine bessere?«

Auf der Fahrt zu Blücher quälte mich eine Frage. Es war dieselbe Frage, die mich schon den ganzen Abend beschäftigte, seit Natalie in Ostritz' Haus verschwunden war. Ich wusste, dass es keine Antwort gab. Aber die Ungewissheit machte mir zu schaffen. Also stellte ich sie trotzdem. »Glauben Sie, dass sie noch lebt?«

Er sah mich einen Moment aus seinem erschlafften Gesicht an. Dann blickte er wieder auf die Straße. »Wie weit ist es noch?«

Als ich gegenüber von Blüchers Haus hielt, war es, als sei

die Zeit zurückgedreht worden, damit ich die Chance hatte, es noch einmal und diesmal besser zu machen. Aber es gab keine zweite Chance. Es stand niemand am Fenster, und es brannte auch kein Licht. Wenn die Handtücher wirklich mit Natalies Blut vollgesogen waren, hatte er sie entsorgt.

Bergmann deutete mit einem Nicken rüber zum Haus. »Das da ist es?«

»Ja.«

»Sieht nicht aus, als wenn jemand zu Hause wäre.«

Ich sah auf meine Uhr. Es war kurz nach elf. »Vielleicht ist er im hinteren Teil des Hauses ... oder im Schwimmbad.«

Bergmann sah mich stirnrunzelnd an. »Im Schwimmbad?«

»Ja, als ich vorhin da war, hat er gesagt, dass er ein paar Bahnen geschwommen ist. Ich schätze, im Keller ist ein Pool.« Er schüttelte den Kopf und sinnierte eine Weile vor sich hin. »Alles in Ordnung?«, fragte ich.

»Ja, ich bin nur müde.« Er rieb sich die Augen. »Wird Zeit, dass der ganze Mist vorbei ist, ich die Füße hochlege und meine Tage mit dem Blick aufs Meer beginne«, sagte er leise, als würde er mit sich selbst sprechen. Er sah mich lange an, schüttelte den Kopf und wirkte auf einmal traurig. »Wieso habt ihr nicht auf mich gehört? Ihr hättet euch das alles ersparen können.« Er kannte Natalie vermutlich besser als ich, also konnte er sich ausmalen, warum sie weder auf ihn noch auf mich gehört hatte. Ich hielt meinen Mund. »Du bleibst hier. Ich läute mal und gucke, ob jemand zu Hause ist.« Er stieg aus, ging rüber und klingelte. Doch im Haus regte sich nichts. Nach einer Weile ging das Licht im vorderen Bereich der Villa an und kurz darauf stand Blücher in der Tür. Er trug immer noch seinen Bademantel und zeigte sich nicht überrascht, als er Bergmann sah. Mich schien er nicht wahrzunehmen. Zumindest sah er nicht in meine Richtung. Bergmann drückte das Metalltor auf und ging die Auffahrt hoch. Die beiden wechselten ein paar Worte, und kurz darauf waren sie im Haus verschwunden.

Nach einer Viertelstunde tauchte Bergmann am Fenster auf. Er nickte als Zeichen, dass alles in Ordnung war, und drehte sich wieder in Richtung Flur. Plötzlich riss jemand die Autotür auf. Ich sah zur Seite, aber noch ehe ich reagieren konnte, spürte ich einen Stich in meinem Hals und das Letzte, das ich wahrnahm, bevor ich das Bewusstsein verlor, war das Wort: »Überraschung!«

Als ich aufwachte, war um mich herum totale Finsternis. Es dauerte ein paar Momente, ehe ich registrierte, dass ich im Kofferraum eines Wagens lag, und dass ich nicht alleine war. In der stickigen Luft hing der Geruch eines aufdringlichen süßlichen Parfums. Neben mir lagen zwei Frauen, so viel konnte ich ertasten. Eine von ihnen war nackt. Ich schloss die Augen und versuchte, ruhig zu atmen. Aber mein Herz raste, und mein Körper gehorchte meinen Gedanken nicht. Es fühlte sich an, als wollte die Maschine unter meiner Haut explodieren. Ich griff nach dem Handgelenk der einen Frau. Kein Puls. Als ich dasselbe bei der anderen machte, glaubte ich, etwas zu spüren. Ein unmerkliches Puckern unter der Haut. Aber ich wusste nicht, ob das ein Zeichen von Leben war, was ich da ertastete, oder nur das Blut, das in meinen Fingerkuppen pochte. Mühsam zog ich mein Handy aus der Jackentasche und schaltete die Taschenlampe ein. Jetzt sah ich, wer da mit mir zusammen im Kofferraum lag. Es waren Natalie und die junge Frau aus dem E-Werk. Die Frau, die nackt in die Badewanne gestiegen war. Die Frau, die noch ein Mädchen war.

Ein Kind.

Tot.

Nach ein paar Minuten war die Fahrt zu Ende. Der Motor wurde ausgeschaltet, eine Tür geöffnet und wieder zugeschlagen. Im nächsten Moment ging der Kofferraum auf, und Clemens Pacult stand grinsend mit einem Spaten in der Hand vor mir. Schwarze Hornbrille, schwarzer Rollkragenpulli, Jeans und Sneakers. Er sah aus, als würde er jeden Moment eine neue Handygeneration vor einer erwartungsvollen Jüngerschaft präsentieren.

»Steig aus.«

Ich fühlte mich benommen und hatte Mühe, aus dem Kofferraum zu klettern. Als ich es schließlich tat, gaben meine Beine nach und ich landete auf meinen Knien. Mein Blick schwenkte hektisch umher. Wir waren irgendwo im Wald. Ich hatte keine Ahnung, wo. Pacult hatte den schwarzen Jaguar auf einer kleinen Lichtung geparkt. Die Nacht war klar. Ich konnte mich nicht erinnern, jemals so viele Sterne am Himmel gesehen zu haben. Eine Million stummer Zeugen. In der Luft lag der unschuldige Geruch von Moos und Harz. Ein Geruch, den ich nicht mehr aus meinem Kopf kriegen würde. Falls es dafür noch die Gelegenheit gab.

Das Grinsen war nicht von Pacults Gesicht gewichen. »Heb sie aus dem Wagen.«

Mein Blick wanderte von Natalie zu dem nackten Mädchen. Ich versuchte, das Ganze zu begreifen. War Pacult Ostritz' Handlanger? Beseitigte er lediglich die Spuren? Oder hatte er all diese Mädchen alleine auf dem Gewissen? Welche Rolle spielte Blücher? Plötzlich fiel mir Bergmann ein. Alles schien in Ordnung, bis die Tür des Autos aufgegangen war und ich den Stich in meinem Hals gespürt hatte. »Was ist mit dem Mann, der gegenüber am Fenster stand.«

»Fang an. Wir haben nicht die ganze Nacht Zeit.«

»Was ist mit ihm?«

Er lächelte süffisant. »Jetzt leg endlich los.«

Ich griff zuerst das Mädchen und versuchte, sie aus dem Wagen zu hieven. Aber sie war schwerer, als ich gedacht hatte. Beim ersten Mal gelang es mir nicht, sie rauszuziehen. Ich probierte es noch einmal, und diesmal schaffte ich es, den schlaffen leblosen Körper aus dem Kofferraum zu wuchten. Als er auf die Erde fiel, klang es, als würde Luft aus ihm entweichen. Dann griff ich nach dem Oberkörper von Natalie. Ich sah, dass die Sohlen ihrer braunen Wildlederschuhe völlig abgelaufen waren. Durch die Sohle des linken Schuhes konnte man fast durchsehen. Ich zog ihren Körper langsam aus dem Kofferraum und hievte ihn mit einem Ruck über die Ladekante. Als ihr Kopf dagegen knallte, zuckte ich zusammen.

»Keine Sorge. Sie spürt nichts«, sagte Pacult spöttisch. Er deutete auf eine Stelle ein paar Meter neben dem Wagen. »Fang an zu graben.«

Ich sah ihn irritiert an. »Was hast du vor?«

»Fang einfach an.«

»Nicht, bevor du mir sagst, was du vorhast.«

»Wenn du jetzt nicht anfängst, zu graben, muss ich dir wehtun.«

»Wieso bin ich überhaupt hier?«

»Hab ich das nicht eben gesagt?«

»Dafür hättest du jeden nehmen können.«

Er sah mich an und nickte in Richtung Spaten, der auf der Erde lag. »Grab einfach.«

»Hast du die Mädchen auf dem Gewissen?«

»Diese Mädchen haben sich selbst auf dem Gewissen.« Er schüttelte den Kopf und kam einen Schritt auf mich zu. »Leg endlich los!«

Ich ergriff den Spaten und begann zu graben. Direkt neben dem Loch, das ich aushob, war eine Stelle, die bereits umgegraben worden war, und ich fragte mich, ob dort noch mehr Leichen lagen. Aber jedes Mal, wenn ich ansetzte, etwas zu sagen, deutete Pacult auf das Loch, und befahl mir, weiter zu graben und den Mund zu halten. Als das Loch in der Erde tief genug war, hob er eine Hand. »Das reicht. Wirf sie rein.«

Ich starrte auf die leblosen Körper. Genervt von meinem Zögern ging Pacult an mir vorbei und rollte zuerst die Leiche des nackten Mädchens und dann Natalie mit einem Fuß in das Loch. Er drehte sich um. »Jetzt du.« Wir sahen uns an. Pacult zuckte mit den Achseln. »Du hättest dich nicht mit dieser Bullenschlampe einlassen sollen. Sie macht nur Ärger.«

»Lebt sie?«

»Spielt das jetzt noch eine Rolle?«

»Scheiße, lebt sie?!«

Er grinste wieder. »Am Ende dieses Abends jedenfalls nicht mehr.«

»Was ist mit den anderen?«

»Welche anderen?«

»Josie und Lea.«

Er schien keine Ahnung zu haben, von wem ich sprach. »Ich weiß nicht, wie diese Mädchen heißen. Eine ist wie die andere.« Plötzlich trat er einen Schritt auf mich zu, packte mich am Oberarm und schubste mich in das Loch. Ich war zu perplex, um zu reagieren. Panisch rappelte ich mich auf und versuchte dabei, nicht auf die beiden Frauen zu treten. Was unmöglich war. Pacult zog eine Pistole aus seiner Hosentasche. »Bleib da, oder willst du lieber lebendig begraben werden?«

Ich sah es nicht kommen, hatte kein Gewitter im Kopf und keinen Schmerz, der sich hinter meiner Stirn sammelte. Mein Gehirn war blank. Ich starrte aus dem Loch heraus auf das höhnisch grinsende Gesicht, als ich einen Schatten langsam von hinten auf Pacult zukommen sah. Im nächsten Moment bekam er einen Schlag ins Kreuz und sackte zusammen. Dann erblickte ich plötzlich Vince über mir.

Er hob den Spaten und drosch noch einmal mit voller Wucht auf Pacults Hinterkopf. Wieder und wieder. Dann ließ er die Schaufel fallen.

»Was zum Teufel läuft hier?«, fragte er.

22

Wir legten Natalie vorsichtig auf die Rückbank und packten Pacult und das Mädchen in den Kofferraum vom Lieferwagen des Cantinetta. Dann machten wir uns auf den Weg zum Krankenhaus. Auf der Fahrt erzählte ich Vince, was passiert war. Er murmelte kopfschüttelnd etwas von Irrsinn vor sich hin und erklärte mir, dass ihm der Barkeeper im Cantinetta von meinem Besuch erzählt hatte. Davon, dass ich ziemlich aufgelöst und durcheinander wieder abgezogen war. Daraufhin sei er zu Blücher gefahren und war genau in dem Moment angekommen, als Pacult mich in den Kofferraum verfrachtet hatte. »Weshalb bist du nicht an dein Handy gegangen?«, schnaubte ich.

»Ich war mit Eddie pokern.«

Ich wollte noch etwas sagen, meinem Unmut Luft machen. Stattdessen holte ich das iPhone des Typen raus, der Natalie und mich verfolgt hatte, entsperrte das Handy und ging ins Menü, ohne zu wissen, wonach ich eigentlich suchte. Vince warf einen flüchtigen Blick zu mir rüber. »Was ist das?«

Ich erzählte ihm, wer der Mann war, und zeigte ihm das Foto in dem Ausweis. »Kennst du ihn?«

Er nickte.

»Woher?«

Schweigen.

»Verdammt, woher kennst du diesen Typen?!«

»Er war ein Laufbursche, der das Koks bei mir abgeliefert

248

hat. Wir haben gegen diese Jungs gespielt, falls du dich erinnerst.«

Wir kamen auf der Straße am Parkplatz an, aber es war immer noch stockfinster. Vince gab Gas, und wir rasten in Richtung S-Bahnhof-Heerstraße. »Wieso hast du nicht schon vor Blüchers Haus was gemacht?«, fragte ich.

Nervös zog er mit dem Mund eine Zigarette aus einer Schachtel. »Verflucht. Weil ich gerade angekommen war, als er dich in den Kofferraum geschmissen hat. Ehe ich begriffen hatte, was da läuft, war er schon weg.« Er zog ein Zippo aus seiner Jackentasche, zündete sich die Zigarette an und nahm einen tiefen Zug. »Kurz vor der Heerstraße habe ich euch verloren, als er bei Rot über die Ampel ist. Ich bin einfach runter in Richtung See. Als ich am Ökowerk angekommen bin, habe ich gerade noch die Rücklichter links in den Waldweg abbiegen sehen.«

Wir fädelten rechts in die Heerstraße ein. Eine Weile fuhren wir schweigend durch die nächtliche Stadt. Ich starrte auf die Lichter der entgegenkommenden Wagen, die an uns vorbeiflogen, und dachte an die Stelle neben dem Loch, das ich ausgehoben hatte. Die Stelle, die aussah, als hätte dort jemand bereits eine Grube gegraben.

»Und was wollen wir jetzt machen?«

»Wir liefern Natalie im Krankenhaus ab.«

»Und dann?«

»Fahren wir zu Ernst.«

Als wir bei der Notaufnahme ankamen, stellte Vince den Wagen direkt vor dem Eingang ab. Zum Glück herrschte wenig Betrieb. Nur ein schlaksiger Krankenpfleger in weißer Uniform und zu einem Zopf gebundenen langen blonden Haaren stand an der Seite kauernd und zog an einer Zigarette, als wäre sie ein Inhalator. Wir stiegen aus und hoben Natalie aus dem Wagen. Der Pfleger sah gelangweilt zu uns rüber und machte keine Anstalten, zu helfen. In der vollen Notaufnahme liefen wir einer jungen Ärztin in die Arme.

»Sie braucht dringend Hilfe«, japste ich.

»Was ist passiert?« Sie sah sich Natalie an und signalisierte zwei Pflegern, die bei der Anmeldung standen und sich unterhielten, zu ihr zu kommen. »Wir brauchen eine Liege.« Die beiden rannten los.

»Sie ist ... ich ... keine Ahnung«, erwiderte ich. Kurz darauf kamen die beiden Pfleger mit einer Liege angerollt. Vince und ich hoben Natalie darauf. Die Ärztin deutete einen langen Gang entlang. Sie wandte sich an uns. »Sie können hier warten.«

Ich sah Vince an. »Wir müssen Pacult und das Mädchen noch aus dem Wagen holen.«

Als wir vor Blüchers Haus ankamen, hatte ich das Gefühl, in einem Traum festzustecken, der sich immer wiederholte. Vince parkte den Lieferwagen direkt vor der Villa seines Freundes. Er sah rüber. Es brannte kein Licht. Ein paar Momente hing jeder seinen Gedanken nach.

»Wusstest du, was sie mit den Mädchen machen?«, fragte ich schließlich.

Er zögerte. »Nein. Naja, ich weiß, dass sie sie hart rannehmen. Von dem Rest hatte ich keine Ahnung.«

»Hart rannehmen?«

Er hob die Schultern. Eine Geste, die keine Entschuldigung war, sondern signalisierte, dass er sich um solche Belanglosigkeiten nicht kümmern konnte. »Ernst bekommt das Zeug von den Typen aus der Botschaft.«

»Das ist deine Erklärung? Das ist deine beschissene Erklärung?!«

»Daniel, da gehts ums Geschäft. Die Mädchen wissen, worauf sie sich einlassen.«

»Einen Scheiß wissen sie.«

»Du täuschst dich, mein Freund. Die wissen genau, was auf sie wartet. Aber sie wollen unbedingt an das Zeug kommen.«

Ich konnte hören, wie der Motor unter meiner Haut wieder ansprang. »Was für ein Zeug?«

»Heroin.«

»Heroin?!«

»Ich meine das reine Zeug. Nicht die gestreckte Scheiße. Deine Freundin wusste es auch.«

Die Wut packte mich. »Lea? Schwachsinn ...«

»Hör endlich auf, zu träumen! Was glaubst du, warum sie dir an dem Abend auf die Toilette gefolgt ist? Wegen deiner schönen blauen Augen?«

Es dauerte ein paar Momente, bis ich kapierte. »Soll das heißen, du ...?« Er stieg aus und ging auf das Grundstück zu. Ich zögerte ein paar Momente. Dann folgte ich ihm ... verwirrt und verletzt. Als wir vor dem Tor standen, sah er mich an. »Nicht jetzt, ok?!« Er klingelte. Als sich nichts tat, öffnete er den Metallzaun und ging links um den Eingang rum.

»Wo willst du hin?«, fragte ich leise.

»Komm einfach.«

Kurz darauf standen wir vor der Garage. Vince drückte die Klinke runter und öffnete die graue Metalltür. Er schaltete das Licht an. Vor uns parkte ein mit einer weißen Plane abgedeckter Wagen. Wir gingen die Treppe hoch, und einen Moment später standen wir im Haus. Es war so still, dass ich mich atmen hören konnte. In der Luft lag immer noch der frische Geruch von Shampoo und Petersilie. Ich holte mein iPhone raus und aktivierte die Taschenlampe. Wir gingen durch den Flur. Ich sah nach rechts zu dem Fenster, an dem Bergmann gestanden hatte. Vor dem Wohnzimmerbereich ging eine Treppe nach unten und auf der gegenüberliegenden Seite eine nach oben. »Bleib hier«, sagte Vince. »Ich sehe nach, ob er unten ist.«

Er leuchtete in den Keller und ging langsam die Treppe runter. Ich wartete. Nach ein paar Momenten hörte ich von oben ein Geräusch, als ob irgendetwas umgefallen war. Ich ging langsam die Stufen hoch. Mittlerweile hatten sich meine Augen an die Dunkelheit gewöhnt. Einen Augenblick blieb ich auf halber Höhe stehen und horchte. Aber es war nur die Stille, die durch das Haus hallte. Als ich oben angekommen war, stand ich an der offenen Tür zum Schlafzimmer. Die Straßenbeleuchtung warf ein schwaches Licht in den Raum. Das riesige Bett war gemacht, und an der gegenüberliegenden Wand hing ein überdimensional großer Flatscreen. Darunter stand ein schwarzes Sideboard mit DVD-Rekorder und Sky Receiver. Die ganze Decke war eine einzige Spiegelfläche. Auf dem Nachttisch neben dem Bett war eine Lampe umgekippt, und als ich das Zimmer betrat, schoss plötzlich ein schwarzer Schatten fauchend an meinen Füßen vorbei. Auf dem Nachttisch lagen DVD-Hüllen, die mit Frauennamen beschriftet waren. Auf einer stand 'Little red Bunny'. Ich dachte an die DVD in Ostritz' Haus, öffnete die Hülle und holte den Silberling raus. Ich ging zum Player, legte ihn ein und schaltete den Fernseher an. Es war eine Aufnahme aus dem E-Werk. Ein leicht bekleidetes Mädchen lief durch die Halle in Richtung einer vollen Badewanne. Es dauerte ein paar Momente, ehe ich erkannte, wer es war.

Dass es Josie war.

Ich hatte sie jahrelang nicht gesehen, und die Frau, die ich jetzt in dem Video betrachtete, hatte keinerlei Ähnlichkeit mit dem Mädchen, das mich durch meine letzten vier Schuljahre begleitet hatte. Die Haare waren kurz geschnitten und knallrot gefärbt. Sie hatte ein Tattoo auf dem linken Oberarm und trug Piercings durch den Bauchnabel und ihre Brustwarzen. Sie ging aufreizend durch die Halle. Es sah aus, als würde sie über einen Laufsteg stolzieren. Langsam streifte sie den schwarzen Slip ab und zog die silbernen Stilettos aus. Jetzt trat der Mann ins Blickfeld der Kamera. Er war nackt und trug eine Ledermaske. Bedächtig ging er in ihre Richtung. Ich hielt das Video an und schloss die Augen. Ich spürte, wie mein Puls in die Höhe schoss. Ich wusste, was kommen würde, bevor ich es sah. Ich drückte auf Play. Josie stieg in die Wanne und lächelte den Mann verführerisch an. Als er vor ihr stand, strich er ihr sanft über das Haar. Immer und immer wieder. Dann verpasste er ihr eine Ohrfeige. Sie schaute ihn kurz irritiert an. Dann lächelte sie wieder. Ich hielt eine Hand vor meine Augen und hörte das Klatschen von Wasser ... ein Gurgeln, als wenn man sich verschluckt ... und wieder das Klatschen. Und noch einmal. Wieder und wieder. Schließlich war es still. Ich nahm die Hand von meinen Augen und starrte auf den leblosen Körper, der in der Wanne lag. Von weit her drangen Geräusche zu mir. Ein Poltern ... das Schlagen einer Tür. Ein Schrei. Es dauerte ein paar Augenblicke, bis mir klar wurde, dass der Krach von unten kam.

Ich sprang auf, verzog das Gesicht, weil der Schmerz in meinen Knöchel schoss, und humpelte die Treppe runter.

Als ich am Absatz stand, rief ich Vince' Namen. Keine

Antwort. Ich ging in den Keller. Unten sah ich durch einen langen schmalen Gang Licht, das durch eine halb offene Tür drang. Langsam tastete ich mich den dunklen Flur über den Fliesenboden entlang. Es war ganz still. Der Geruch von Chlor stieg mir in die Nase. Erst als ich nur noch ein paar Meter von dem Eingang entfernt war, hörte ich leise eine Stimme. Durch einen Spalt sah ich Vince auf der Erde sitzend gegen eine Wand am Rand des Pools gelehnt. Er murmelte irgendetwas vor sich hin. Ich betrat den Raum. Blücher trieb kopfunter mit Bademantel im Wasser.

»Was ist passiert?«

23

Man fand zehn weitere Leichen neben der Stelle, an der ich das Loch im Wald gegraben hatte. Darunter die von Brandt und Josie. Natalies Reaktion bestand nur aus einem leeren Gesichtsausdruck. Lea war nicht unter den toten Mädchen, und ich tröstete mich mit der Hoffnung, dass sie mit dem Kind irgendwo an einem sicheren Ort war. Ein Ort, der vermutlich nur in meinem Kopf existierte.

Die Polizei ermittelte auch gegen Ostritz, aber man konnte ihm keine Mittäterschaft nachweisen. Bei meiner Vernehmung fragte mich Wück, Natalies Vorgesetzter, nach Vince' Rolle bei der Geschichte. Wück war ein großer schlaksiger Typ mit schütterem Haar und knochigen Fingern, der aussah, als hätte er noch nie in seinem Leben Sonnenlicht gesehen. Wahrscheinlich zerfiel er zu Asche, wenn er bei Tageslicht vor die Tür trat. Ich antwortete ihm, dass ich nicht wüsste, inwieweit Vince involviert war. Da er Natalie und mir das Leben gerettet hatte und es keine eindeutigen Indizien gab, die ihn mit den Taten in Verbindung brachten, wurde entschieden, nicht gegen ihn zu ermitteln. Als ich Wück gegenüber erwähnte, dass möglicherweise Mitarbeiter aus der Botschaft in diese Sache verwickelt seien, lächelte er nur müde und riet mir, diese Arbeit ihm zu überlassen. Ich konnte sehen, dass er nicht vorhatte, irgendetwas in diese Richtung zu unternehmen. Vermutlich wollte er sich bei seinen Ermittlungen nicht die Finger verbrennen. Niemand wollte einen politischen Skandal.

Blüchers DNA wurde im E-Werk gefunden. Außerdem wurden in seinem Haus reihenweise Utensilien sichergestellt, die ihn mit den Taten in Verbindung brachten. Ledermasken, Peitschen, DVDs ... es war alles da. Nur das Blut in den Papierhandtüchern, die ich in seiner Gästetoilette gesehen hatte, stammte nicht von Natalie, sondern von Blücher selbst.

Es war das Einzige, was nicht ins Bild passte.

Ich saß im Krankenzimmer an Natalies Bett. Es hatte sie schlimm erwischt. Clemens Pacult hatte ihr ein paar Rippen und einen Arm gebrochen. Durch einen Tritt gegen den Kopf hatte sie ein Schädeltrauma erlitten. Ihre Wunde am Bauch war aufgeplatzt und sie hatte viel Blut verloren. Aber der behandelnde Arzt war vorsichtig optimistisch, dass sie sich bei genügend Ruhe wieder vollständig erholen würde. Doch man brauchte kein Genie sein, um zu sehen, dass es nicht ihr geschundener Körper war, der sie schmerzte. Als wir an jenem Morgen zusammensaßen, hatte sie das erste Mal seit Tagen gesprochen. Ich sah zu ihr. Sie schien weit weg. »Woran denkst du?«

Sie ließ sich Zeit mit einer Antwort. »Ich frage mich, ob sie jemals eine Chance hatte.« Ihre Stimme war sehr leise. »Nach dieser üblen Geschichte, die ihr widerfahren war.«

»Ich ...« Ich schüttelte nur traurig den Kopf.

»Das Problem ist, dass man sich selbst unter diesem ganzen Haufen Mist nicht mehr findet. Schon gar nicht, wenn du jemand anderes sein willst.«

»Jemand anderes?«

Sie strich sich durch die Haare und sah aus dem Fenster, als läge dort die Antwort auf eine wichtige Frage bereit. »Die Menschen projizieren alles Mögliche in dich hinein. Bis sie erkennen, dass da nichts ist.«

»Du meinst …«

Ihr Blick schwenkte wieder zu mir. »Brandt war ein Blender. Josie hat es ziemlich spät erkannt. Aber immerhin vor mir. Nur hat sie die falschen Konsequenzen daraus gezogen.« Wieder verging eine Weile, bis sie weitersprach. »Alleinsein kann eine gefährliche Droge sein. Du musst dich niemandem erklären. Keine Konflikte. Keine Enttäuschungen. Kein Druck. Keine Erwartungen. Du entscheidest nur für dich. Es fühlt sich an wie Freiheit.«

Ich brauchte eine Weile, ehe ich begriff, dass sie nicht nur von Josie, sondern auch von sich redete. Ich kannte dieses Gefühl. Nur hatte sich diese Droge für mich irgendwann wie Gift angefühlt. »Die meisten wählen sie nicht freiwillig«, setzte ich an. »Und je länger die Tür zu ist, desto schwerer fällt es, sie wieder zu öffnen.«

Wir sahen uns nur an.

Am Nachmittag verfolgten wir die live übertragene Pressekonferenz zum Stand der Ermittlungen. Die internen Untersuchungen gegen Natalie waren abgeschlossen und endeten mit ihrer Entlastung. Da man 10 kg Kokain in der Innenwand der Fahrertür von Brandts Wagen gefunden hatte, wies man die Verantwortung für den Diebstahl aus der Asservatenkammer ausschließlich ihm zu. Vielleicht hatte Wück kein Interesse daran, dass Natalie weiter grub, und so lange sie unter ihm arbeitete, hatte er sie unter Kontrolle. Vermutlich dachte er das tatsächlich.

Unser Blick schwenkte zeitgleich zum Bildschirm. Man

konnte selbst den kleinen Leberfleck auf dem linken Nasenflügel auf Wücks Gesicht erkennen. Rechts neben ihm saß die Polizeipräsidentin, eine hagere Frau mit dünnen roten Haaren, die zu einem Pferdeschwanz gebunden waren, und auf der anderen Seite hatte die Pressesprecherin Platz genommen, eine kleine unscheinbare Frau mit Kassengestell und Blümchenkleid. Wück rieb sich den Nacken, bevor er begann. Er schien sich nicht wohl in seiner Haut zu fühlen. Als er ansetzte, war seine Stimme dünn und brüchig.

»Wir müssen Ihnen leider mitteilen, dass unser Kollege Paul Bergmann heute Nacht in seiner Wohnung Selbstmord begangen hat.« Er griff nach einem Glas Wasser, das vor ihm stand, und nahm einen Schluck. »Im Zuge der Ermittlungen gegen Mitglieder eines Menschenhändlerringes war er kurzzeitig in den Verdacht der Mittäterschaft geraten. Ein Verdacht, der sich im Laufe der weiteren Untersuchungen als unhaltbar erwiesen hat. Wir können nur spekulieren, was ihn zu einem solch tragischen Schritt bewogen hat. Wir bitten vor allem die Vertreter der Presse darum, seine Angehörigen in angemessener Form trauern zu lassen und ihre Privatsphäre zu respektieren. Unsere Gedanken sind in diesen schweren Stunden bei seiner Familie. Ich danke Ihnen.«

Ich stellte den Ton aus.

Natalie starrte auf den Bildschirm. »Sie müssen irgendetwas gefunden haben.«

»Was meinst du?«

»Belastendes Material.«

»Ich denke, die Ermittlungen gegen ihn sind eingestellt worden.« Nachdem er kurz vor Blüchers Tod in dessen Haus gewesen war und er seine Kollegen weder über Natalies noch mein Verschwinden informiert hatte, war er in den Fokus der

Untersuchungen geraten. Aber schließlich hatten sie ihn doch vom Haken gelassen. Es gab absolut nichts, was ihn mit den Morden in Verbindung brachte. Keine auffälligen Bewegungen auf seinem Konto, und weder auf seinem Handy oder seinem PC fanden sich Hinweise auf Verbindungen zu Blücher, Pacult oder ihren Hintermännern. All diese Informationen hatte ich aus der Presse, die sich ausgiebig mit Bergmann beschäftigt hatte. Am Ende schien er nichts als ein kurz vor der Pension stehender Polizist zu sein, der in eine Geschichte reingeraten war, die seinen Horizont überstieg. Trotzdem hatte ich mich die ganze Zeit gefragt, warum es ihn nicht stutzig gemacht hatte, dass ich auf einmal verschwunden war, als er aus Blüchers Haus gekommen war. Warum er nach meinem Verschwinden nichts unternommen hatte, um mich zu finden.

»Vermutlich hat die Interne weiter gegraben.«

»Du denkst, deshalb hat er sich umgebracht?«

»Paul war nicht der Typ, der auf diese Art seinen Kopf aus der Schlinge zieht.«

Ich sah sie ungläubig an. »Seinen Kopf aus der Schlinge zieht? Er ist tot.«

Sie sah mich an. »Ja, und es war sicher kein Selbstmord.«

»Sondern.«

»Wahrscheinlich hatten sie Angst, dass er einen Deal mit der Staatsanwaltschaft macht und auspackt.«

Ich dachte an meine letzte Begegnung mit Bergmann. Daran, wie er am Fenster in Blüchers Haus stand und in meine Richtung nickte. Ein Nicken, das vielleicht gar nicht für mich bestimmt gewesen war. Mir fielen seine Worte ein, bevor er aus dem Wagen gestiegen war. Dass er seine letzten Jahre am Meer genießen wollte. Dass wir die Finger von der Geschichte hätten lassen sollen. Er hatte nicht damit gerechnet, mich wiederzusehen. »Wer ist sie?«

»Die Hintermänner von Pacult und Blücher.«

Max Pacult war seit jener Nacht, als mich sein Sohn im Wald begraben wollte, verschwunden. Es gab keine Hinweise auf seinen Verbleib, und die einzige Hoffnung der Polizei auf die Hintermänner der beiden war die Aussage von Clemens Pacult, der immer noch im Koma lag.

24

Ich war ins Cantinetta gekommen, um mit Vince zu sprechen. Um zu erfahren, wie es ihm ging. Ob er noch mal etwas von der Polizei gehört hatte. Wir hatten seit jener Nacht in Blüchers Haus nicht mehr miteinander geredet. Jetzt saßen wir im dämmrigen Licht am Tresen, während Vince mit einem Blick den leeren Laden überflog, um zu checken, ob die Kellner irgendetwas vergessen hatten. Aber das Restaurant war perfekt hergerichtet für das Geschäft am nächsten Tag. Die rot-weiß karierten Tischdecken waren aufgezogen, und das Besteck und die Servietten lagen korrekt angeordnet an ihrem Platz. Auch nach Blüchers Tod lief offenbar alles reibungslos weiter.

»Ein Glas Chardonnay?«, fragte er in seinem typischen Ton, den er immer anschlug, wenn der Trubel vorbei war. Erschöpft ... aber zufrieden.

»Ja.«

Er nahm ein leeres Glas aus dem Regal hinter sich und schenkte mir ein. »Hast du es schon gehört?«

»Was?«

»Clem ist heute Morgen gestorben.«

Ich nickte und dachte nicht weiter über Pacult nach. »Was wird jetzt eigentlich aus dem Laden?«

»Es läuft alles weiter wie bisher.«

Ich war überrascht. »Einfach so?«

Er griff nach der Zigarette, die im Aschenbecher vor sich

hin glomm, und nahm einen tiefen Zug. »Ich habe schon mit dem Vermieter und den Lieferanten gesprochen. Ernst hat verfügt, dass ich das Geschäft übernehme für den Fall ...«

»Welches Geschäft meinst du?«

Er lächelte süffisant. »So oder so. Der Laden ist eine Goldgrube.«

Ich nickte gedankenverloren und starrte in mein Glas. Niemand braucht einen Impresario, wenn man nur gekommen ist, um sich selbst zu feiern, dachte ich.

»Was hältst du von der Idee, mit einzusteigen?«

Ich sah ihn ungläubig an. »Mit einzusteigen? Wo?«

Er sah sich im Laden um. »Hier.«

»Als was? Kellner?«

»Geschäftsführer.«

Ich schob den Vorschlag beiseite und zögerte. Wir sahen uns an, und Vince schien allen Ernstes auf eine Antwort zu warten. »Weshalb hast du das gemacht?«

»Was meinst du, Sherlock?«

»Lea.«

Er schüttelte den Kopf und stellte das Glas ab. »War ein Fehler. Sorry.«

»Hattest du Angst, dass ich keine mehr abbekomme?«

»Ich dachte, es könnte dich auf andere Gedanken bringen. Du weißt, ich mochte deine Mutter. Sie war ein echter Sonnenschein. Trotz ihrer Krankheit. Aber es war Zeit ...« Er grinste und deutete mit einem Blick durch den Laden. »Wir wären ein gutes Team. Denk drüber nach.« Ich wollte gerade ansetzen, da erhob er sich vom Hocker. »Ich habe heute noch nichts gegessen. Willst du auch eine Kleinigkeit?«

Ich winkte ab. Zwei Minuten später kam er mit einem kleinen Teller aus der Küche zurück. Als er meinen ungläubigen

Blick sah, lächelte er. »Vom Thailänder. Grünes Curry. Irgendwann kannst du das italienische Zeug nicht mehr sehen.« Er deutete auf den Teller. »Kaffir Limettenblatt ... und das ist bittere Aubergine. Extrem lecker. Auch kalt. Solltest du probieren.«

Es war nicht so, dass sofort meine Alarmglocken schrillten. Die Zutaten kamen mir nur irgendwie bekannt vor. Als hätte ich sie schon mal irgendwo gehört. Was mich wunderte, da ich nie thailändisch aß. Aber es dauerte noch weitere zehn Minuten, in denen Vince mir von seinen Plänen mit dem Cantinetta erzählte, bis ich endlich darauf kam, wo mir dieses Thai Curry schon einmal begegnet war. Es war ein Ort, an den ich nicht zurückkehren wollte.

Vince bemerkte die Veränderung in meinem Blick. »Alles in Ordnung? Du guckst, als hättest du einen Geist gesehen.«

Die Liste der Gedanken, die mir plötzlich durch den Kopf schossen, war lang und ohne Chronologie. »Warum hast du Pacult eigentlich erschlagen?«

Er sah mich überrascht an. »Was glaubst du?«

»Ich habe keine Ahnung.«

»Tja, möglicherweise, weil er dich und deine Freundin gerade begraben wollte.«

»Ja, aber er lag bereits bewusstlos am Boden, und du hast trotzdem weiter zugeschlagen.« Das war etwas, worüber ich mir vorher noch nie Gedanken gemacht hatte. Ich war einfach nur froh gewesen, den Albtraum überlebt zu haben.

Er zuckte unbeteiligt mit den Achseln. »Wahrscheinlich ist die Wut mit mir durchgegangen. Du kennst mich.«

»Die DVD in Blüchers Schlafzimmer.«

»Welche DVD?«

»Die die Polizei beschlagnahmt hat. Auf der Josie ...«

»Ja, ich weiß. Was ist damit?«

»Und all die anderen Sachen. Die waren nicht von ihm, oder?«

Er blieb cool und grinste. »Nimmst du neue Medikamente?«

»Seine DNA im E-Werk.«

»Seine …?«

»Was ist mit dem Vater passiert?«

Sein Lächeln wirkte jetzt angestrengt. »Wessen Vater? Wovon zum Teufel redest du?«

»Ich meine Pacults Vater. Er ist spurlos verschwunden.«

Er sah kurz auf seine goldene Rolex, als erwartete er noch jemanden. »Kein Wunder, oder? Schließlich sind die Bullen hinter ihm her.«

»Und die werden ihn nicht mehr finden, richtig?«

Er schob sein Essen beiseite. »Du solltest deinen Kopf noch mal untersuchen lassen.«

»Meinem Kopf gehts gut.«

»Wenn ich dich höre, bin ich mir da nicht so sicher.«

Ich sah auf seinen Teller, der fast leer war. »Hast du eine Ahnung, was im Magen des letzten Opfers gefunden wurde?«

»Was?«

»Im Magen des …«

»Ich hab's verstanden.«

Ich fixierte seine Augen und wartete … und irgendwann ging das Rollo vor seinem Gesicht hoch, und ich konnte sehen, dass er genau wusste, wovon ich sprach. Er beugte sich vor. »Scheiße, Daniel, ich habe euch den Arsch gerettet. Und das wird mich einiges kosten. Die sehen es nicht gerne, wenn man ihre Geschäftspartner umbringt.«

»Blücher war schon tot, als wir in sein Haus gekommen sind, oder?« Er brauchte nicht zu antworten. Ich sah es an seinem Blick. »Weshalb?«

Er nahm einen tiefen Zug von der Zigarette und drückte sie so heftig aus, dass er sich einen Finger verbrannte. »Scheiße.« Er wedelte mit der Hand, als könnte ihm das Linderung verschaffen. »Bergmann meinte, er wäre der perfekte Sündenbock.«

Irgendetwas in mir zerbrach bei dem Satz. »Aber ihr wart Freunde.«

»Daniel, er war es, der den Kontakt für Pacult mit den Leuten aus der Botschaft hergestellt hat. Er wusste, dass Pacult die Mädchen mit Drogen vollpumpt. Es hat ihn nicht interessiert.«

»Und das macht es besser?«

»Ich habe ihn nicht umgebracht.«

»Macht das einen Unterschied?«, fragte ich ungläubig.

Er wich meinem Blick aus und nippte nervös an seinem Glas Chardonnay.

»Der Typ mit der Ledermaske ...«

»Das willst du nicht wissen.«

»Und Josie? Ich meine, verdammt wir kannten sie seit ...«

»Sie war ein abgefuckter Junkie, der sich für einen Schuss von jedem vögeln ließ. Sie war schon am Ende, bevor sie im Cantinetta aufgetaucht ist.«

»Und das gibt dir das Recht ...«

»Clem hatte mich in der Hand. Er hat mich einmal mit einer Nutte erwischt, bei der ich die Kontrolle verloren habe. Ich hatte keine Wahl.«

»Du hattest keine Wahl?! Verflucht, du hast sie ...«

Er stützte sich mit den Händen auf dem Tresen auf und

starrte mich an. »Und was willst du jetzt mit dieser Information machen?«

Mir blieb keine Zeit für eine Antwort. Ich hörte das Geräusch mit Verzögerung ... wie ein Echo. Ein leises Zischen, und im nächsten Moment sah ich das kleine rote Loch in der Stirn meines Freundes ... die Verblüffung auf seinem Gesicht, und dann kippte er seitlich auf den Dielenboden hinter den Tresen.

Als ich am nächsten Tag aus dem Revier trat, färbte sich der Himmel über mir dunkelgrau. Düstere Wolken hingen tief über der Stadt. Der Regen schien nur noch eine Frage von Minuten. Der schwarze BMW, den ich am Vorabend hatte davonrasen sehen, war einige Stunden zuvor als gestohlen gemeldet worden. Als man ihn später ausgebrannt am Güterbahnhof fand, waren alle Spuren vernichtet. Es gab keinerlei Hinweise auf den oder die möglichen Täter. Aber es war nicht schwer, sich auszumalen, wer dahintersteckte. Ich ersparte es mir, Wück von meinem Verdacht zu erzählen. Er hatte sich seine Geschichte schon zurechtgelegt und in der kam niemand aus der Botschaft vor. Er vertrat die These, dass sich Pacult für den Tod seines Sohnes rächen wollte. Ich weiß nicht, ob er selbst an diese Theorie glaubte.

Aber es spielte auch keine Rolle.

Es änderte nichts mehr.

Vince war tot.

Ich schloss die Augen und atmete tief durch. Die letzten 24 Stunden liefen in Dauerschleife vor meinem inneren Auge ab. Ich dachte daran, dass man im Grunde nichts von einem Menschen wusste, und während ich darüber nachgrübelte, wie wir wurden, wer wir waren, stiegen Bilder von Josie in mir auf. Bilder aus besseren Tagen. Bilder, wie wir gemeinsam im Antiquariat standen und über Bücher redeten. Bilder, wie wir nach einer Klausur lachend durch die Gänge zogen und für ein paar Momente unverwundbar waren. Bilder, wie Natalie und ich Josie anstrahlten, wenn sie aus dem Wasser stieg. Am Ende landeten meine Gedanken im E-Werk. Es kostete mich einige Mühe, sie ziehen zu lassen. »Tief durchatmen, loslassen … es sind nur Gedanken«, fiel mir ein Satz von Doktor Peters ein. Es begann leicht zu nieseln, und die Menschen um mich herum beschleunigten ihren Schritt, um sich in Sicherheit zu bringen. Während ich langsam zu meinem Taxi ging, fragte ich mich, ob es einen Weg gab, irgendeinen Weg, all diese Dinge hinter mir zu lassen, ohne sie in einer dunklen Ecke zu verschließen, wo sie wie eine schwelende Wunde vor sich hin faulen konnten. Als ich meinen Blick hob und der erste Tropfen auf meiner Stirn landete, entschloss ich mich, all das hier aufzuschreiben.

<h1 style="text-align:center">25</h1>

Es war ein frischer Morgen im April, und in der Luft hingen die Überreste eines langen Winters. Der Frühling schien noch in weiter Ferne. Ich schloss das Antiquariat ab und warf einen letzten Blick in den leeren Raum. Die Scheibe war mit einer dicken grauen Schmutzschicht überzogen. Der Laden sah aus, als sei er schon seit Ewigkeiten geschlossen. Ich hatte den Mietvertrag gekündigt und begonnen, die Sachen bei Ebay zu verkaufen. Nur das Foto von Billy Holiday hatte ich behalten. Nach und nach hatte ich mit angesehen, wie sich die Vergangenheit vor meinen Augen auflöste und den Blick auf das freigab, was vor mir lag.

Als ich meine restlichen Sachen zusammenpacken wollte, klingelte mein Handy. Ich nahm es aus der Hosentasche und ging ran. »Ja.« Ich hörte der tiefen, ruhigen Stimme eines Mannes mit gebrochenem Deutsch zu. Das Gespräch dauerte nicht länger als zwei Minuten. Danach war nichts mehr wie zuvor.

Am nächsten Vormittag stand ich mit Natalie gegenüber vom Antiquariat auf der anderen Straßenseite an ihren alten Polo gelehnt und sah auf die leere Auslage. Wir warteten auf den Vermieter zur Schlüsselübergabe. Währenddessen dachte ich an das kurze Telefonat mit dem Arzt am Vortag. Ich war mir nicht sicher, ob ich es hinbekommen würde. Ob ich der Aufgabe gewachsen war. Trotzdem spürte ich die

Vorfreude in mir, die Aufregung, das Gefühl, mehr als die Summe meiner Teile zu sein.

Ich drehte mich zur Seite und sah Natalie an. Ihr Körper hatte sich sehr langsam erholt. Sie wirkte erschöpft und ausgezehrt. Über der linken Augenbraue war eine Narbe von Pacults Tritt als sichtbares Zeichen zurückgeblieben. Dann blickte ich auf meine Hände. Die roten Flecken waren wieder da. Ich dachte an Lea, an unseren ersten Abend. Daran, wie sie mit ihren Fingern über meine Hand gestrichen war. Gedanken … loslassen.

»Weshalb gibst du den Laden auf?«

»Er kostet nur Geld.«

Sie blickte skeptisch zu mir rüber. »War das schon mal anders?«

»Ich schätze …« Ich zuckte mit den Achseln. »Es ist einfach Zeit …«

Es sah aus, als ob sie verstand. »Wann fährst du?«

»Morgen.«

»Bukarest.«

»Ja.«

»Nervös?«

Ich nickte. Eine Weile sagte keiner von uns ein Wort.

»Gut, ich mach mich auf den Weg«, unterbrach sie die Stille.

Bevor sie ging, fragte ich, ohne zu zögern: »Hast du vielleicht Lust, mal einen Kaffee trinken zu gehen?«

Sie lächelte.

Einen kurzen Moment hielt ich inne. »Ich hab mich immer …«

»… melde dich, wenn du zurück bist. Wie heißt die Kleine eigentlich?«

»Keine Ahnung.« Der Arzt am Telefon hatte nur gesagt, dass Lea meinen Namen und meine Nummer für den Notfall angegeben hatte. Einen Tag vor seinem Anruf war sie an einer Überdosis gestorben, nachdem sie wieder rückfällig geworden war. Außer mir gab es offenbar keine weiteren Verwandten. Wie durch ein Wunder war unsere Tochter kerngesund.

»Hast du eine Idee?«, fragte ich.

Sie überlegte, und während der Himmel langsam aufriss und die Straße vor uns in ein warmes Licht tauchte, formten meine Gedanken einen Namen. Wir sahen uns an, und ich war mir sicher, dass wir an denselben Namen dachten.

Danksagung

Mein Dank gilt Monika für ihre Unterstützung und Geduld. Joris, für seine konstruktiven Kommentare und die vielen Gespräche. Karl Heinz für seine treue Freundschaft und beständige Ermutigung. Und schließlich Véronique, deren kreative Anregungen mich stets aufs Neue motiviert haben. Das Schreiben ist oft eine einsame Reise, auf der man manchmal auf Rückmeldungen angewiesen ist, um sicherzustellen, dass man nicht vom Weg abkommt.